author
十夜燈
喜歡藏不住
Sweet Reveal

SWEET REVEAL

目錄

SWEET REVEAL

第一章　像是被人捉姦在床

孔溪正街三十四號。

已近深秋，冷風自巷口竄入，風颳在臉上隱隱刺痛，寧希不由得伸手攏了攏身上單薄的外套。

寧希近十年沒來過了，沒想到這裡一直沒什麼變化，時光像是停止了般，四層樓高的建築裡仍住著不少人。

這種帶著前蘇聯風格的「筒子樓」[1]整排屋子連著，每間約六坪，房間裡連個廁所都沒有，其餘用水的管道也只能裝在走廊外面。

此處地段雖好，卻因為開發商談不攏的緣故，十年後都沒能拆掉。

她上了樓，面前長長窄窄的走道，靠近樓梯處是公共廁所，頭頂橫七豎八晾著各家的衣物。她家以前住在二〇六室，後來搬走這裡就租了出去。

原本老租客在附近菜場做水產生意，住了七八年，最近不幹回老家，房子就空了出來。

她爸媽在東市下面的鄉鎮上開了家規模不大的服裝廠，那兒人力便宜些，廠裡剛接了家大公司的外包單，忙得脫不開身，才讓她幫著把房子掛租。

寧希站在門外摸鑰匙，她跟新租客約好今天來看房。

隔壁屋子卻突然吱呀一聲打開。

1　筒子樓是一種具中國特色的建築，這種建築設有長長的走廊，兩端通風，因形狀如筒子，故名「筒子樓」。

走廊上光線不足，隔壁這人大半身都隱在昏暗中。

鑰匙還塞在鎖孔內，寧希側身往前走了步，還沒等她看清對方，忽然一隻貓撲了出來，黃白色毛茸茸的一團站在走廊上朝她喵喵叫。

寧希嚇了一跳，低頭看牠，很常見的橘貓，養得肥肥壯壯。

「牠還記得妳。」男生清亮的嗓音響起，如剛過去的夏日那般澄淨，一雙修長、骨節分明的手抱起了貓。

「余忱？」

寧希抬頭看著比她高出大半個頭的男生，終於想起了他，她笑了笑，「沒想到你還住在這裡，甚至還養著牠呢。」

余忱小她六歲，她對這小孩的印象其實已經很淡很淡了，只依稀記得這孩子小時候常喜歡跟在她後面，能跟著她安安靜靜坐著看一下午的偶像劇。

男生樣貌清秀，身上穿著東市一中制服，懷裡還抱著他的貓。他看著寧希，羞赧地笑，露出兩個淺淺的酒窩，「寧希姐，好久不見。」

寧希點了點頭。他懷裡的貓年紀很大了，是她小學時養的，常喜歡往他家跑，最後乾脆送給了他。

只是後來，聽說他家出了點事，就剩他一個人。

她轉身打算進屋，余忱將貓放到地上，從制服口袋裡掏出個手機：「寧希姐，加個微信吧。」

寧希同意了他的好友請求，等新房客過來簽完合約便離開。

下樓時，寧希接到男友打來的電話，不知那邊說了什麼，她低笑聲道：「賀成東，你皮癢了是不是……我剛辦完事……好啊，晚上吃飯。」

寧希兩個月前剛從國外回來，賀成東是她高中同學，以前高中交往過一段時間，後來她出國便不了了之。

兩人在一起還是因為上次參加同學聚會，大家起鬨著要兩人喝一杯，勉強算是舊情復燃。

將手機放進包裡後，寧希無意識地抬頭看了一眼，男孩正好打開窗戶探出頭，見寧希看過來，靦腆地咧開了唇。

寧希朝他笑了笑，心中卻輕嘆了口氣，這孩子也是可憐。

不過也只是瞬間而已，她很快便將這小插曲置之腦後。

大學時，寧希念的是插畫相關學系，回國後自己便創了間個人工作室，前兩天剛透過朋友介紹，接了間抽油煙機廠商的商業插畫廣告。

賀成東週末來找她時，寧希熬了大半夜，書桌上亂糟糟的，手繪板、畫紙、速寫筆都堆在電腦前。

這會兒她還沒睡醒，迷迷糊糊接了電話，聽到那邊聲音，驚訝地掀開被子坐起身，「你到樓下了？那你等我一下……」

她急急忙忙換了身衣服，化好妝才下樓。

「今天不用加班怎麼沒提前跟我講，等很久了吧？」賀成東人坐在一樓的木椅上，寧希笑著朝他走過去。

賀成東平時工作也忙，在一間大型零食網購公司擔任資料開發工程師，天天工作二十四小時都成了常態。

「我以為妳會請我上去坐坐。」賀成東打趣道。

寧希瞥了他一眼，沒回答，隔了會兒才問道：「要去哪？」

跟上學時期不同，以前學校老師怕影響學習，明令禁止學生談戀愛，偶爾月考兩人分到同個教室，眼神對到時都覺得心跳加快。

現在大家都是成人了，她自然能大方地勾著賀成東的手臂。這還是兩人確定關係以來第二次約會，出去無非就是看電影和吃飯。

寧希選了一間越南餐廳，這家她以前吃過，口味有稍微調整過，比較合胃口。剛坐下點好菜沒多久，寧希手機便響了一聲。她低頭垂眼一看，竟然是余忱發來的。

上回兩人互加了好友，還沒有說過半句話。

「寧希姐，妳好。」

「**你好**。」

寧希回覆後，那邊似乎遲疑了片刻才又發來一句。

「下週四我們班上要辦家長會，寧希姐妳能幫忙出席一下嗎？」

看到這句，寧希忍不住扶額，她怎麼都想不到對方會提出這個要求。

賀成東見她默不作聲皺著眉，開口問道：「怎麼了？」

「一個不怎麼熟的小朋友，請我幫個忙。」寧希低頭打著字，「不過我拒絕了。」

「不好意思，我下周有事……不然你問問別人？」

本來就沒很熟，說有鄰居感情，也是小時候的事，她記得余忱他應該還有奶奶和叔叔的。

寧希關掉螢幕，抬頭對他說：「以前老家鄰居的小孩，十多年沒見過，也不知道為什麼突然找上我。」

倒是賀成東看著她笑道：「十年沒見過，年紀也該不小了吧，還叫人家小朋友？明明妳自己也才二十二。」

寧希一怔，「習慣了。」

腦子裡忽然冒出余忱那張漂亮乾淨的臉蛋，少年羞赧而拘謹，或許他是真的找不到人才會來問自己。

他既然沒和他奶奶叔叔住在一起，怕是處得也沒有多好。

寧希連忙打開手機，想收回訊息，才發現余忱已經回覆了。

「**好的，寧希姐，打擾妳了**。」

算了，她本來就沒打算去。

最後，寧希將手機徹底拋在一邊，不再理會。

週四的家長會寧希當然沒去，雖然她家離一中就幾分鐘的車程。

她跟賀成東後來又約了幾次會，雙方因為高中時偷偷談戀愛的情愫在，印象都不錯。

賀成東照例送她到樓下，寧希跟他說了幾句就準備進去。

「寧希。」他喊了一聲。

寧希納悶地扭頭，男人突然低下頭，吻了過來。

她眼睛還睜得圓圓的，在賀成東試圖將舌頭伸進來時，她還能分神想著——這人吻技不錯，分開這幾年不知道練了多少次。

「總算親到了。」賀成東輕笑，「高中時膽子太小，牽個手都跟做賊似的。」

寧希推開了他，「我該回家了，跟客戶約好明早要看初稿。」

「很晚了。」賀成東盯著她道。

見寧希沒有任何反應，男人面上有些尷尬，才又補充一句：「妳也別熬夜，對身體不好。」

寧希胡亂點頭，附和了聲：「那你路上小心。」

大家都是成年人，賀成東想表達什麼，寧希不是猜不出來，但她還是選擇獨自回了家。

兩天後，租客那邊聯繫了她。

原來是房子冷氣機出了問題，不太能調節溫度，還特別耗電，租客想著自己喊人來修一修，但是師傅來看過後說沒什麼維修的必要。

寧希還住在那裡時就有那臺冷氣機了，老舊得很。

經過幾番考量後，她買了一臺新的冷氣，安裝那天還親自去了趟孔溪正街。

臨近入冬，屋外很冷，只聽著蕭蕭的風聲。

「小兔崽子，就跟你那個死鬼爸媽一樣不識好歹！」剛走到樓下，就聽到有人在叫罵，上了些年紀的女聲自近處傳來。

一身黑色羽絨衣的中年婦人，腳上穿著幾公分的高跟鞋，臉上化著辨認不出年紀的濃妝，拿著包包站在二〇七門外。

租寧希家房子的是對夫妻，在附近做小本生意，女方姓姚，原本在走廊上看熱鬧，見寧希過來，忙說道：「已經裝好了，麻煩妳進來看看有沒有什麼問題。」

寧希點頭，從她手中接過冷氣機的發票和保證書。

「房東小姐，不是我要說，隔壁老是有人來鬧事，妳之前可沒跟我提過，有時候大半夜還有人來敲門……寧小姐，如果明年我們還要續租，房租是不是該幫我們打點折？」姚大姐低聲說。

「我去看看。」

隔壁氣急敗壞，直接指著屋內人道：「你叔叔不嫌棄，好心好意要接了你過去住，你居然說要自己住在這裡，別人不知道，只會罵我這個奶奶不管你！」

余忱就倚在門邊任由她罵。

見寧希過來，男生笑著道：「寧希姐。」

寧希直接擋在他身前，舉著手機對女人道：「趕緊滾，不滾我直接報警。」

女人瞇眼看著寧希，褶子堆著，沒塗好的粉底浮在臉上，她雙手環胸說：「喲，這不是寧家的小丫頭嗎，都長這麼大啦？殺人犯的兒子，妳也敢和他說話。」

寧希作勢要撥電話：「滾。」

女人這才氣沖沖地走了。

「怎麼沒去上學？」寧希轉頭問他。

男生低頭看向扔在一旁的書包，「早上剛準備出門就被她堵住了。」

「她是你奶奶？」寧希也記起這女人了，是他爸爸的繼母。

余忱點頭。

「那她這……」寧希可沒見過有人用這種惡言惡語請對方去家裡住的。

「她想要這房子。」余忱說。

這附近地皮都炒到十幾萬一坪，房子再小，也值二、三百萬，難怪對方打起了主意。

開車送余忱到學校後，臨走前，寧希想起自己那天回他的話，驀地生出了點愧疚，多問了一句：「我聽房客說她幾乎天天都來，你打算怎麼辦，報警了嗎？」

余忱正要推門下車，扭頭看了她一眼，淡淡地道：「報過了，不過警察那邊也沒辦法，畢竟這房子也有她的份。沒事的，寧希姐妳放心。」

男生朝她笑了笑。

寧希心想，這孩子真懂事。

將車駛離學校後，然而沒多久，她又去而復返。

余忱正準備走進校門，聽到寧希叫他後，連忙小跑過去。

「余忱。」寧希手搭在方向盤上遲疑了一下，「這樣下去不是辦法，我那邊還有兩個空房，離你學校也近，不如你先搬到我那邊住，後面我幫你想想辦法，看是要重新租個房子還是怎麼樣。」

寧希指了指自己手機，跟余忱說：「地址和樓下大門密碼我傳給你了，下課直接過來吧。」

不等余忱回應，她便開著車走了。

當天晚上，寧希沒等到余忱。她心想那孩子或許有自己的堅持，不願來就算了。

外面從下午便一直在下雨，雨敲在窗戶上劈里啪啦地響，寧希走過去把客廳窗簾拉好，盤腿坐在地毯上拿著手繪板東塗西抹。

門鈴響了一聲。

寧希幾乎沒多想，便起身過去開了門，是余忱。他身上背著書包，一手提著個大的行李袋，一手拎著貓籠。

男孩低頭看她，額間頭髮濕透了，不斷往下滴著水，胸前鼓鼓的，「喵」的一聲，小小的腦袋從他制服裡探出頭。

縱然他將貓護在懷裡，但是雨實在太大，貓身上的毛髮全部溼答答地貼在身上，兩雙圓圓的眼同時看向寧希。

「學校九點才結束晚自習，我就先回去了一趟。」

寧希完全忘了高中還有晚自習這件事。

她側開身讓他進屋，男孩的東西仍拎在手上，拘謹地站在玄關處問她：「寧希姐，有沒有紙，我想擦一下。」

寧希進屋拿了條大毛巾和吹風機出來，「行李先放地上吧。」

她原本站著，沒打算幫忙，但是對方顯然比貓看起來更狼狽，她暗暗嘆了口氣，講道：「牠怕不怕生？我幫牠擦，你自己去浴室整理一下。」

「牠認得妳。」余忱頓了頓，不過手上動作沒停，他半蹲在那處把貓吹乾，又將貓籠擦乾，才小心翼翼地將貓抱了進去。

貓大概不習慣被關到籠子裡，剛進去就在裡面狂抓籠子。

余忱輕拍了拍籠子，溫聲細語地哄道：「寧寧乖，一會給妳零食吃。」

寧希忍不住偏過頭，從他嘴裡聽到這兩個字實在覺得怪異，何況他是喊一隻貓。

余忱總算意識到不對勁，臉上露出窘態，站起身說：「寧希姐……牠的名字……因為是妳送給我的……所以我才……」

寧希擺擺手，「沒事，只是突然聽到，才覺得怪怪的……你快去沖個澡，換身衣服，要不要吃宵夜？」

余忱搖頭。

隔了好一會兒，余忱洗完澡出來，屋子裡暖氣很足，男生穿著簡單的純色T恤和運動褲出來。

寧希抬起頭看去，怔了怔。

兩人離得不遠，她甚至能看到水珠從他脖子上滑至鎖骨，最後消失在領口處。精瘦的身體雖沒像大人那般在意肌肉，卻無一處不在昭示著他的鮮活與生嫩。

寧希目光不覺往下挪了挪，那處雖有布料擋著，但薄薄的運動褲隱約裹著沉甸甸的一包。

寧希忙深口氣別開眼，這孩子雖然比自己小，但實際上再過一個多月就十七歲了，孤男寡女住在同個屋簷下確實不妥。

重要的是，自己可能是個老色胚。

好在余忱不知道她心下想法，拿著衣服問道：「寧希姐，衣服要曬在哪裡？」

這間房子是前年她爸媽買了給她的，當時設計師把客廳做成落地窗，她媽嫌棄被子沒地方曬，非讓人在她房間外的陽臺上裝了曬衣架。

那曬得相當平整的男性四角內褲就掛在外面，看得人眼熱，不敢再瞧第二眼。

寧希翻了個身，心想這兩天就幫他找房子去。

睡前打定主意要趁早把余忱這燙手山芋給弄走的寧希，夜裡卻做了個春夢。

她撅著屁股趴在床上，身後男人掐著她的腰不斷往前撞著，胯下那東西也不知道究竟戳進去沒有。

她嗚咽著，低低地哼。

直到身後那人開口喊了聲：「寧希姐，我幹得妳爽不爽？小時候妳還幫我把過尿，妳還記得嗎……」他甚至伸出拇指食指在她面前比了個動作，「捏著小雞雞那樣。妳看看，現在大不大。」

寧希沒能看見那人究竟大不大，她徹底被嚇醒了。

她腦子混混沌沌，在床上枯坐了會兒，又低頭捂住臉，這都叫什麼事，自己又不是沒男朋友，要真想睡一覺，找賀成東就是。

寧希看了眼擺在床頭櫃上的鬧鐘，才凌晨五點，外面竟隱約傳來窸窸窣窣的動靜。

她幾乎沒多想就下了床，打開房門，客廳的燈亮著。

余忱彎身在拖地，兩人剛對上視線，寧希還沒說話，倒是對方紅了臉，低下頭。

「余忱你怎麼這麼早起？家事不用你做啦。昨天忘記問你了，你們幾點上課？」

余忱根本沒抬頭看她，只是捏著拖把柄，「七點半。寧希姐，那我先回房間了，廚房有我弄的早餐，妳起床熱一下就行。」

也不等她回應，余忱扭頭去將拖把放好，像後頭有瘟疫似地跑回了房間。

貓就放在離床不遠的地方，喵喵叫喚著，余忱把牠抱出來擱在貓砂盆上，輕聲說道：「寧寧別亂跑，這幾天妳掉毛掉得厲害，她會不高興的。」

男生揉了揉貓柔軟的毛，她大概不怎麼記得他了。

余忱心裡有些難過，其實他每年都見過她。此時，他又想起剛才看到的情景，不該看的，但他還是不由自主地看了好幾眼。

余忱把貓抱回籠子，他站在床邊，下身驟然發硬，他呼吸粗重地喊了聲：「寧寧……」

隨後，手伸進了褲襠裡。

進了廚房，寧希發現他不但熬了粥，還煎了荷包蛋和小麵餅，廚房裡收拾得整整齊齊。

經過他房門口時，寧希聽見聲悶哼，喊的是那隻貓的名字，傳到她耳裡卻怪怪的。她一頭霧水地回房繼續睡，險些以為余忱因為自己孟浪給嚇壞。

不過再怎麼樣都是在夢裡，她頂多算是意淫，就是猥瑣了點。

直到三個多小時後她起床換衣服，寧希盯著更衣鏡裡的自己，才意識到對方為什麼欲言又止，還落荒而逃。

她尖叫一聲，她居然沒穿內衣！不但如此，身上的睡裙薄得近乎透明，尤其燈光一照，裡面什麼都掩不住，胸前乳尖將布料頂凸起，連粉嫩的顏色都瞧得清清楚楚。

寧希將睡衣脫了，渾身幾乎赤裸，只穿著條內褲站著。

她再次看了眼鏡中人，胸是胸，腰是腰，雖然腰上二兩肉多了些，她手捏了捏腰部，身材還過得去。

寧希嘆了一聲，她真的是沒救了，只是夢到那孩子而已，她的內褲居然濕了。只得重新換一件了。

她去東大研究生部樓下等人，中午她跟唐靜言約好在東大食堂碰面。

寧希跟唐靜言的交情要追溯到筒子樓的時候，寧希奶奶和唐靜言奶奶以前都在同個紡織廠裡工作，工廠還沒破產前，分配的房子就是孔溪正街那邊。

兩人年紀相仿，唐靜言大她一歲，小時候一同在那兒長大，寧希十一歲的時候，唐家先搬了家，不過聯繫一直沒斷過。

寧希成績不怎麼樣，高中畢業後去西澳混了幾年，倒是唐靜言考上東大後又在本校念碩士，聽她說最近正打算申請碩博連讀，忙得連吃飯睡覺的時間都沒有。

「上周不是剛見過嗎？寧希妳是珀斯海風吹久，不理解我們這些凡人的痛處了？」唐靜言眼鏡都沒摘下，只顧著吃飯，抽空跟她說了兩句。

寧希瞥了她一眼，「我這是礙著妳了？那下次別約我出來了。」

「我昨晚才睡三小時，還不是妳一個訊息我就趕來了。」唐靜言擱下筷子，笑看著她，「怎麼了這是，有什麼不能用電話說？」

寧希翻著自己餐盤裡的菜，絲毫沒有食欲，低頭好一會兒才跟她說：「妳還記得住在我家隔壁的那孩子嗎？」

「父母自殺的那個？」唐靜言想了想，「聽說他爸欠了一屁股債，他媽先殺了他爸，然後跟著自殺了……怎麼突然提起他，他小我們好幾歲吧？」

「現在高一了。之前我回去老家，碰到他奶奶上門堵人，覺得他有些可憐，就讓他暫時住我那裡。」

唐靜言嚇了一跳：「叔叔阿姨知道嗎？妳可別同情心泛濫，這又不是養貓養狗，這麼大的事妳怎麼不先跟我們商量一下？」

「我這不是來找妳了？」寧希說，「我爸媽還不清楚，反正他們就算回來也不住我這。」

「我覺得不行。那妳男朋友呢，不會也沒提吧？」唐靜言勸她，「給他點錢就算了，妳把人弄家裡來，先不說對方是個大男生，何況他爸媽……萬一他……」

寧希抿了抿唇，她跟唐靜言認識多年，自然猜到她想說什麼。

「我心裡有數，妳放心。那孩子人滿乖的，又勤快。」寧希拿起手機看了一眼，

寧希心想，莫名性饑渴這事還得自己解決才行。雖然她很吃長相，但賀成東長得也不差，總不至於對著一個高中生發情。

她端起餐盤往整理窗口走，扭頭跟唐靜言講：「妳不是還有論文要寫嗎，吃完趕緊回去吧。」

從東大食堂出來，寧希給賀成東打了通電話，問他這周還要不要加班。

寧希在西澳珀斯待了四年，那裡地廣人稀，道路上到處都是高大的樹木和美麗的花兒，四季陽光明媚。

她在那裡學會的第一件事就是不麻煩人，本身她也怕麻煩。

唯獨余忱是個意外。

等晚上余忱晚自習結束從學校回來，寧希已經朝他微信裡轉了好幾千塊。

她想或許唐靜言是對的，能用一點錢解決問題再好不過，免得以後招來無窮無盡的麻煩。

男生跟她打過招呼，剛回屋餵貓去了，不多會兒他拿著手機出來，一臉納悶地問她：「寧希姐？」

寧希還沒想好要拿余忱怎麼辦。

看著男生乾淨的眼眸，一句讓他離開的話都說不出來，她只能乾笑著道：「我忘記問你需不需要零用錢了，如果缺錢了你再跟我講。」

余忱靜靜地看她，眼底含著笑意，聞言似鬆了口氣，趕緊說：「不用的，寧希姐，我有錢。學校減免了學費，還另給獎學金。」

這可是東市一中。

這孩子果真比自己想得更優秀。

「成績怎麼樣？」寧希問了句。

「還可以。」

他以全市第一的成績進一中的，上次月考依舊考了年級第一，比第二名整整高出了三十分。這還不算，開學沒多久他參加校際物理、數學競賽，替學校捧回了兩個第一名。

余忱並不喜歡在別人目光下生活，但他別無選擇。

寧希跟余忱同住了兩、三天，週六清晨，寧希破天荒早起，她看背著書包要出門的余忱，「今天還要上課？」

余忱點頭，總覺得她今天有點奇怪。

「路上注意安全。」

等余忱一走，寧希就將他放在屋內的東西都收了起來，還有他掛在陽臺上的內褲，他看起來很削瘦，沒想到那裡這麼有料。

她約了賀成東今天來家裡，備了酒和片子，哪兒也不打算去，明眼人一看就知道是怎麼回事。

大家都是成年人了，這種事很正常，何況總要試試他怎麼樣，萬一那地方跟牙籤差不多大呢，趁早散了也好。

賀成東也清楚，他抱著束玫瑰花過來，禮貌地站在門外敲門。

兩人中午在家吃了外送，客廳窗簾一拉，只留了盞昏黃旖旎的落地燈，寧希窩在沙發上看電影，看了沒幾分鐘，男人就向她貼過來，掌心滾燙得厲害。

「怎麼找我白天過來？」

寧希剛才喝了不少酒，抱著軟枕道：「晚上不方便……」

賀成東沒那個心思問她為什麼不方便，他朝著寧希臉就親了下去，手也往她衣服裡探，剛碰到胸前，玄關處忽然傳來一陣開門聲。

兩人都是一驚。

「寧希姐？」屋裡太暗，男生順手打開燈。

聽到這聲，寧希頓時酒醒了大半，忙推開賀成東，慌慌張張理自己衣服。

「余忱回來啦，下午不用上課嗎？」

「週六只上半天。」

寧希尷尬地能在地上摳出個大洞，她緩了緩才出聲介紹：「這是賀成東。」然後轉頭對自己的男友道，「這是鄰居家小孩，在我這裡借住幾天。」

她頭髮凌亂，臉上紅暈明顯，身上衣服皺巴巴的，余忱看了眼從沙發上起身的賀成東，喊了聲你好，沒有多問就回了自己房間。

余忱看著房內擺在桌上的衣服、毛巾還有牙刷之類的東西，怔怔地沒有說話。

寧希將賀成東送走後，才發現他房門開著，不知在那兒站了多久。她順著男生視線看向桌上的東西，臉色一變，連忙解釋道：「我就是覺得不……也不是……」

余忱見她手足無措的模樣，反而笑著安慰她道：「沒事的，寧希姐……我剛才是不是打擾到你們了？」

他離得太近，比她高了近二十公分，堵在她面前，男生瞧著純粹樸素未受半絲汙染，乾淨制服上肥皂清香竄入鼻腔。

要命。

寧希愣了一下，雞皮疙瘩頓時全冒出來。

就像高中那會兒，她跟賀成東在桌子下偷偷牽手，心撲通跳得厲害，後來兩人親吻就再也沒這種感覺了。

她總以為是年少沒見識，一遇上點事才會這樣。

看來不是。

「沒……有。」她深吸口氣，磕絆說了句，「廚房裡還有飯菜，你自己熱來吃吧。」

寧希轉身回了房間後，她撲在床上，用枕頭捂住了臉。

嗚嗚，她果然是個變態，好好的男朋友不睡，總想著那孩子……

寧希開始避著余忱，白天余忱上學時她還沒起床，等他晚自習回來，她也早已回房休息。余忱只能找了幾根衣架，把衣服晾在自己房裡。

這樣的情況一直持續到她幫余忱找到了房子，一房一廳，雖不大，但他一個人住也夠了。

寧希還沒付押金，只是先跟仲介約了週末去看房。

她把這消息告訴余忱時，空氣頓時凝固了。

余忱書包甚至還沒放下來，眸色整個黯淡下來，揉搓著背帶艱澀地道：「寧希姐……我可以付租金給妳，妳……」

他一動不動地站著，抿唇低垂著頭，睫毛微微顫動，看起來有點可憐。

要是東市一中師生見了余忱這樣，怕是要跌破眼鏡，誰不知道高一一班的余忱冷得跟個冰塊似的。

自開學以來，已經有好幾個女生直接或委婉地跟他告白了，不過余忱從沒給過誰好臉色，最多說句「謝謝」就從旁邊走過。

不只女生，他跟男生也不熟，待誰都是一副敬而遠之的模樣。

後來大家知道了他家裡的情況後，原本想邀他去家裡玩的幾名同學，也不再提起這件事。

寧希無奈地攤了攤手，「週末先跟我去看看吧，我看過照片，環境還不錯。」

「我知道了。」男生輕輕道。

寧希心想，你知道個屁。

要是曉得她的心思，肯定嚇得連夜就跑。

不過在此之前，寧希向賀成東提出了分手。

賀成東毫不驚訝，像是早有預料似地對寧希說：「我還以為妳會再早一點跟我提。」

「為什麼？」寧希心不在焉地喝了口咖啡。

「上周妳鄰居家那個男生回來的時候……」賀成東頓了頓，「寧希，妳當時的表情——」

就像被人捉姦在床。

寧希沒說話，瞥了他一眼，那眼神像是在說聽你在亂講。

賀成東無奈地放下咖啡，笑道：「妳不信就算了。不過寧希，妳追了我兩次，又甩了我兩次，不會再有第三次了，我也不是沒有市場的。」

寧希成功被這句話逗笑了，「走吧你，老同學。」

賀成東已準備起身，又正了正神色道：「既然是老同學，我好意提醒妳一句，那男生不適合妳。年齡是一回事……」

那天他看寧希的眼神，總讓人覺得發毛。

寧希直接打斷他：「好了好了，根本沒發生的事，被你越說越像是真的。」

見她一副做賊心虛的樣子，賀成東也沒有拆穿她。

寧希已經很久沒有像現在這樣煩惱了，學生時期的她不是老師眼中的好學生，翹課、談戀愛一個都沒漏掉。

她以前跟賀成東坐隔壁，她扔了張紙條過去後，兩人就在一起了。

其實高中生談戀愛也滿正常的——她腦中突然冒出這樣的念頭。

然而一抬頭，對上賀成東若有所思的臉，她頓時被自己想法給嚇到。

瞬間又掐滅了心中的小火苗。

跟賀成東一前一後從他公司樓下咖啡館出來，寧希繞路去了趟超市，蝦和排骨回去留著晚上吃，結帳時看到冷藏櫃上的牛奶，她鬼使神差地取了一盒。

她自己不愛喝，但家裡有個正在成長期的男孩。

回到家，寧希打開門，見到坐在客廳裡的余忱，嚇了一跳，還以為他蹺課了，畢竟今天才星期五。

余忱抬起頭，在她開口之前先說道：「寧希姐，我有點不舒服，跟老師請了半天假。」

「哪裡不舒服，我帶你去醫院。」寧希忙將東西仍在桌上，走過去摸他的額頭，「發燒了嗎？」

她剛從外面回來，掌心凍得像冰塊，余忱卻毫無抗拒地任由她把手貼上去。

等她後知後覺收回，余忱才輕聲說：「沒有，她鬧到學校去了……」

寧希還在因自己過於親暱的動作而暗自懊惱，一聽這個「她」，差點飆出髒話。

「我想了想，還是把房子給她。」余忱說。

寧希沒吭聲。

「那房子是我爺爺那時候分的，後來我媽……他們出錢買下，但總歸有她的份，何況……」余忱抬頭看她，「我自己也不是很想要那間房子。」

他爸媽死在屋裡的事件，當時嚇得好幾家連忙搬走。連寧希家的租客死活也不肯再租，直到寧希爸媽降了租金，才有戶在水產市場做生意的人家租下。

也就最近這兩三年，才漸漸被人遺忘。

寧希理解他，但房子畢竟不是小數目，她點點頭道：「這件事我也不好插手，你要想好了。」

「我想好了。」男生嗓音有些沙啞，帶著重重的鼻音。

那房子對他而言，已經沒有任何意義。

第二章　不受控制地被他吸引

夜裡寧希起床喝水，經過余忱的房門時，忽然聽到裡頭傳出陣陣嗚咽聲。

寧希腳步微頓，那聲音斷斷續續，在夜裡頭聽起來格外明顯，似乎還夾雜著她的名字。

那孩子，不會抱著貓在哭吧？

寧希皺著眉，推門走了進去。

房間裡亮著一盞小夜燈，應該是他自己買的，寧希果然看到可憐兮兮蹲在貓籠邊的余忱，她的視線在他身上停留片刻。

余忱站起身，狼狽地對著她笑了一下。

可能是睡到半夜又起身，他身上只穿了件平口內褲，這會兒眼角泛紅，卻仍對著她露出溫和的笑。

一副被人蹂躪過的模樣。

啪。

寧希感覺腦中繃著的那根弦，驟然斷裂。

誘人的殷紅順勢爬上她的耳朵，寧希默默看著他，忍不住悄悄夾緊了腿，她羞恥地察覺到雙腿間湧出一股熱流。

她似乎又濕了。

男生明明那麼傷心。

余忱走上前抱住了她，他比她高了那麼多，俯著身下巴靠近她頸部，太過逾矩，溫熱的呼吸撲在她耳側。

他沒有穿上衣，胸膛滾燙得厲害，熱度透過寧希單薄的睡衣傳到她身上，男生肩部隱隱顫抖，他們如此之近，遠超過安全距離。

「寧希姐，拜託妳別趕我走。」

寧希眨了眨眼，沒說話。

東市那麼大，沒有人知道，在這三房一廳的房子裡，究竟孵化了什麼。

寧希應了聲，偏過頭時不小心撞上對方臉頰，她想避開，余忱卻在她躲閃之前，咬住了她的唇。

男生動作慌亂而急切，一看就是個新手，他把她嘴唇都快給咬破了，還不知道要怎麼做。

寧希跟賀成東那幾次少得可憐的經驗派上了用場，她輕輕探出舌尖，抵開他的牙齒鑽了進去。

好在余忱聰明，學得很快，他仿著她的動作伸出舌，與她糾纏著，啃咬廝磨，汲取她唇間蜜津。

寧希口乾舌燥，她從不知道，親個吻而已，都能叫人去了半條命。

自從余忱剛住進來那天看到了自己走光的樣子後，寧希就連睡覺都將內衣老老實實穿身上，也不再穿睡裙。

這就苦了余忱。他抱著她上床後，手在她衣服裡摸索了半天都沒找到內衣釦子，他在她耳邊低低喘息，如小獸撓著爪子向她求救：「寧希姐，我解不開。」

似乎還有幾分懊惱。

寧希清楚這是不對的，這孩子太小，家裡又過複雜。她爸媽以前還私下抱怨過，因為這家人的事，害得自家房子跟著貶值。

但她完全不受控制地被他吸引。

不只是他的臉，還有他身上清爽的肥皂香，還有他此刻糟糕的吻技，不知所措的慌亂，都能讓她渾身酥麻。

內褲大概已經全濕透了，那一塊布料包裹著陰唇，黏糊糊貼在身上，非常不舒服。

她忍不住挪了下屁股，余忱的胯部正緊緊抵著她，隔著兩人的衣服，都能感覺它的硬度。

余忱將她上衣脫了，整個人低頭趴在她胸前，試圖把她的胸部從內衣裡直接撥出來。

這期間，乳頭被他修剪整齊的指甲刮過，瞬間硬挺起來，卡在內衣邊邊不上不下的，令寧希相當難受。

「別弄。」一出聲，寧希才發現自己口氣怎麼變得有些撒嬌。

她自行摸到暗釦，解開了胸罩，這下她上身完全沒了遮蔽，余忱幾乎看痴了。

屋內光線其實有些昏暗，男生怔怔盯著她胸前瞧了好會兒，才遲疑地拿指尖輕戳了戳乳頭說：「姐姐，我那天看到了，妳的奶子果然是粉色的。」

寧希心停跳了一拍，沒想到自己讓個孩子騷話給調戲了，尤其她還喜歡聽。

她惱羞成怒捂住男生的眼睛，「閉嘴。」

男生默默地反握住她的手，捏著她的指放在唇邊親吻，牙齒輕磕指腹小聲道：「妳別生氣，我覺得很好看。」

寧希仰頭看他，男生半含著她的指，清秀的面容異常認真，卻說出這樣色情的話，她險些被他逼瘋。

余忱埋下頭，輕輕地咬住她左側乳尖。

幾乎是濕潤唇舌纏住的瞬間，寧希弓起腰，身子裡似電流通過，癢癢的。

「余忱。」她喊他，「你換另一邊啊。」

男生很聽話，她兩邊嫩乳都被他吃得徹底。

寧希哆嗦了下輕哼出聲，腿縫間已經泛濫成災，她悄悄分開了腿，男生胯間那東西似乎又往下沉了幾分。

余忱上國中時，他得到一臺手機作為比賽獎品。他用那臺手機偷偷看過A片，不過片中男主角是個隔壁的糟老頭，女主角也不夠漂亮，叫床聲也難聽。

他連把人想像成她的模樣都覺得玷污了她，根本沒心情看下去。

她就該是她現在這個樣子。

她剛才臉紅了，分明喜歡自己說的話，卻還故意裝作不想聽。

余忱將手探到她內褲邊緣，寧希終於生出絲羞恥心，手擋了擋，本來今夜就是個錯誤，她試圖結束。

大概是看出她的想法，余忱湊上前親了親她的唇，「我就看看，什麼都沒有準備，我不會做別的。」

不只沒有保險套，他也沒有任何經驗，不知道怎樣才能讓她舒服。早知道他應該多看幾部片子的……他不想給她留下壞印象。

我就看看，我就在外面摩擦一下，我不進去，男人在床上最會拿這幾句話騙人。

也許是濕漉漉的內褲黏在身上太難受，寧希默許了對方的動作。

在她發愣的間隙裡，余忱已將她衣服剝光了。

寧希雖然經常把「這孩子，這孩子」掛在嘴上，她其實也才二十二歲而已。

她害羞地捂住了下面。

男生完全沒有他這年紀該有的莽撞，他性情溫和且耐心十足，寧希不願意，他也不逼她，只青澀地親著她的唇，她的鼻尖，她柔軟的耳垂，親得她渾身癱軟。

「寧寧。」

不知道是不是寧希的錯覺，明明應該是喊著貓的名字，她總覺得他是在呼喚她，畢竟從小爸媽就這樣喊她。

貓貓似乎聽到主人的聲音，喵了一聲。

寧希鬆開了手。

雙腿夾得緊緊的，卻藏不住裡面的小穴，男生直盯著那處看了許久，方伸出指碰了下嬌嫩的地方，挪開，低了頭，又湊近摸了摸。

寧希紅著臉嗚咽，身子緊繃，被他摸得忍不住打了個寒顫，狹窄粉嫩的洞口忽然急劇哆嗦，縫裡不斷往外淌著蜜液。

「妳濕了。」

不知什麼時候，余忱把自己身上唯一的內褲也脫掉了。

寧希慌張地偏過頭不想去看。

然而已經遲了，男生才十六歲，還在發育，那根東西已長得有些駭人，粗長的陽物抬起頭，顏色比他腹部肌膚要深些，陽物根部蜷著黑色恥毛。

男生已俯下身去，再次趴在她身上，那根凶狠的棍子沿著她腿縫插了進去，正擠在她雙腿間，恥毛扎著她腿內側，有點癢。

「不要……」頂在腿邊的陰莖滾燙炙熱，寧希進退不得，她剛張開些腿，這東西就順勢往前傾了傾，撞到她的軟嫩。

男生悶哼一聲，隨著本能去磨她的嬌嫩，他在她身上前後聳動著，男生小聲喊她的名字：「寧希……寧寧……」

寧希呻吟著，癢，好癢，一股從密穴深處泛起的空虛酥麻，讓她難以忍耐。她搖著頭，腿乾脆纏上男生的腰，著急道：「你進來吧，插進來。」

穴口微微分開，不斷蹭著肉棒。

「余忱，我想要。」

余忱臉上滴下汗珠，他伏在她肩頭，重重的喘息聲落在她耳畔，他臉漲得通紅，溫熱的唇掠過她臉頰，有下沒一下地舔吻著，下身撞擊沒有停過。

「你再等等，唔……明天好不好……」

寧希壓根不知道還要等什麼。

此時，男生突然沒了聲音。

寧希感覺腿根像被水澆灌了數下，濕濕的，乳白色的黏稠液體一波又一波噴濺至她穴口稀疏的毛髮。

寧希知道他射了。

這感覺實在太糟了，尤其她都求著他進來，他居然沒什麼反應。體內空虛沒得到半點紓解，寧希一把推開男生，光著身子下床，拉開門跑回了自己房間。

余忱跟在後面敲門，她連理都沒有理，抱著被子捂住臉。她跟個小孩求歡，小孩還沒同意，好丟臉。

過了一會兒，外面敲門聲便停了。

她的房門並未反鎖，但余忱也沒有自作主張打開門，他站在她房門口輕聲道：「那妳早點睡。」

回到自己房間後，余忱見她的衣服還扔在他床上，那件濕透的內褲，原本淺紫色的布料都被浸成了深色。

他鬼使神差地拿了起來，這麼小件，她到底是怎麼穿上去的？悄悄擱在鼻下嗅了嗅，沒什麼味道，又伸出舌頭舔了下。

幸好只有貓看見。

剛才她躺在這裡的時候，余忱就想親她了，想把她從頭舔到腳，不只她的胸部，她的小穴，就連髮絲都不想放過。

但他怕嚇壞了她，所以每一個動作都做得小心翼翼。

余忱把她的衣服帶進浴室，拿出了臉盆，小心翼翼沾上肥皂，將衣服搓洗乾淨後，扭乾拿回房間晾起來。

男生又收拾了屋子一下，才換上衣服出門。

這會兒已經是凌晨，外面冷風像刀子似地撲在臉上，余忱憑著記憶走了兩條街才找到一家二十四小時營業的藥局。

店員見多了形形色色的人，看了眼他身上的一中制服，波瀾不驚地指著對面架子道：「都在那裡，你自己挑。」

余忱幾乎一夜沒睡。

第二天是週六。

余忱上午要上課。

寧希偷偷摸摸趴在門口聽了好一會兒，沒聽見任何動靜，才放心拉開了門走出去。

剛走了兩步，扭頭就看到坐在茶几附近的余忱，男生手裡拿著筆，大概在寫作業。正對上她的目光，他仰頭笑著道：「妳起來了?去刷牙吧，我把早餐端過來。」

寧希披頭散髮，有些尷尬地別過臉，腳趾在拖鞋中蜷縮起來，「余忱你怎麼沒去學校？」

「昨天跟老師講過了，星期一再去。」余忱站起身，「很快就好。」

寧希還沒淪落到需要個孩子來照顧，但偏偏對方動作太快了，這地板乾淨到都能反光了，一看就知道他肯定重新拖過。

做飯又好吃。

長得也好，那兒……也大，今天早上她起床發現自己腿內側都磨紅了。

寧希耳根發燙，瞥了眼他擱在桌子上的《歷屆中學生物理競賽決賽真題》後，慢吞吞進了浴室。

她不愛喝粥，男生給她用荷包蛋、培根、烤麵包做了三明治，又溫了牛奶出來。

「中午想吃什麼，一會兒我去買菜。」

彷彿昨晚什麼事都沒發生過。

寧希低下頭，輕嘆了口氣，請他搬出去什麼的，這會兒說了也不合適。罷了。

「我給你菜錢。」寧希說，上回微信轉給他的兩千塊，對方沒收。

余忱搖搖頭，「我有錢。」

他怕她不相信，打開手機給她看上面餘額。

寧希默默看了眼，這孩子居然比自己帳戶裡的錢還多！

不過他離自己太近，呼吸落在她鼻尖，她忍不住想後退，男生卻輕輕拉住了她手腕，在她耳邊低聲說了句。

「我昨晚出去買了保險套。」

還連看了幾個小時的A片，差點看吐了。

寧希老臉一紅，蹙眉扯出自己的手，拿起三明治狠狠咬了一口。

她居然被一個小孩兒撩得春心萌動，稍微動一下，腦子裡都能聽得見水聲。

不過這種事說到底她也不虧，指不定哪天還能在唐靜言面前吹噓一回，自己也是睡過小狼狗的人。

寧希沒吭聲，吃完飯她自己去廚房將碗筷收拾好，出來就看到余忱拿著她的衣服，正打算曬到陽臺上去。

「我自己來。」她見到自己內褲，忙上前去拿。

余忱沒跟她搶，遞出了衣服，「我出去買菜。」

隨後，他進房換了出門的衣服。

余忱似乎就兩套制服輪流著穿，腳上也是便宜的運動鞋，寧希記得自己表弟國中時，光是鞋子就一兩千塊了。

他的帳戶裡明明有十多萬，卻用得這麼省。

撇開他爸媽的事，余忱身上似乎找不到一丁點毛病，完全是別人家的優秀孩子。

寧希想了別人家的孩子一整天。

冬天天黑得早些，她剛從自己房間裡的浴室出來，就被人抵在了牆上。

余忱比她高出許久，俯身親著她的脖子，手伸到她胸前摸索著。她沒有穿內衣，他幾乎沒費什麼力氣就摸到了軟軟的胸部。

「寧希。」余忱很認真地看著她，房間裡亮著暖黃的燈光，能清楚地瞧見男生喉結滾動，還有他微顫的睫毛。

此刻他同她的衣服都單薄，男生褲襠高高隆起，本能地抵戳著她，緩緩磨蹭。

寧希手垂在腿側一顫，她清楚地記得昨夜他插到自己腿間的觸感，令人焦躁得發狂。

她覺得自己腦子裡的水似乎比白天又多了些。

余忱咬住她的唇，又輕碰著她的額粗粗喘息，「可以嗎？」

她腦子一抽，舔了舔對方鼻尖上的汗珠。

余忱眼睛開始泛紅，他忽然打橫抱起她，一聲不吭上了床，輕輕將她放下，自己就坐在她身邊脫著衣服。

寧希愣怔看著他把自己扒光後，又來褪她的睡裙，就是先前薄透的那一條，扯了她的底褲，將她腿分開。

寧希以為男生打算就這樣橫衝直撞，生出絲懼意來，「余忱……聽說第一次沒那麼舒服，會有點痛。」

余忱愣了下，他以為她跟她那個男朋友已經做過了……

一心想著如何不那麼生澀，好讓她覺得自己更厲害些，什麼背入式、六九式，花樣倒看了不少。

但這會兒再打退堂鼓，只怕要被她直接踹下床，永遠上不來了。

何況自己，也忍不住了。

余忱摸著她的臉，乾巴巴地安慰了句：「我會輕一點。」

寧希閉眼，輕輕地唔了一聲。

余忱小心翼翼地掰開陰阜，頭往前湊，向來清亮的嗓音這會兒有點發啞：「妳這裡又濕了，流了好多水，昨天我幫妳洗內褲的時候就發現……」

他趴在她小腹附近，將兩瓣肥厚的大陰唇往外撥開，露出裡面嬌嫩的媚肉，指尖大小的洞口。

他昨天都沒敢細看，生怕看了會失控。

伸出舌頭在洞口附近舔了舔，將她溢出的蜜液全數舔去。

跟她內褲上的不同，這水有點甜腥味。

她瀕臨失控仰著頭，拽住身下的被子，雙腿緊繃著搖頭，「你別舔那裡啊！」

余忱來不及反應，穴口已是泛濫成災。

「妳是不是很喜歡？」

寧希不知道，她連自慰都沒有過，頂多洗澡的時候自己在外頭磨蹭過，沒想到這會兒直接讓他舔了穴，甚至試圖把舌頭鑽進縫裡。

她哼哼嗚咽著，根本不清楚自己想要什麼，穴口裡面痙攣了幾下，男生頭顱被她緊緊夾住又鬆開。

「唔，我不知道……」

「寧寧妳好香。」余忱輕輕把舌尖捅了進去。

寧希暈乎著，總算聽清了男生的話，從昨天開始，他就不再喊她姐姐，她搖著頭：「不要這樣叫我。」

男生沒有回應，他的手在她胯骨處摸了摸，溫暖潮濕的舌尖不敢往裡面亂擠，只在穴口附近來回舔弄。

雖是隔靴搔癢，但對寧希來說已經刺激過了頭，她連聲音都是顫的：「不要……」

余忱鼻尖全是她的氣息，很熟悉。

就像很多年前，他爸媽在走廊裡打架，她忽然開了門出來，捂住他的眼，抱著在一旁傻站的他進屋，「余忱，跟姐姐來家裡吃西瓜吧。」

男孩趴在她肩頭，任由她抱著走。

後來爸媽每次吵架，他大半時候都躲在寧家。

再後來她搬走，不過他爸媽總算不吵架了。

余忱指腹輕蹭著她肚皮附近，張嘴把鮑肉全部含進唇齒間，寧希急躁不安地扭著臀，她試圖去拽男生。

「余忱，我癢……」

昨夜她就差點被這感覺給逼瘋，希望他舌頭更深些，又嫌他太軟太溫柔了，換個更硬的東西來才好。

余忱終於鬆開了嘴。

他向來清冷的面容此刻溫柔得不像話，他將她整個人裹在身下，吻著她的髮絲，想把她藏起來。

他的小太陽，照著他一人就夠了。

他堅硬滾燙的棍子戳在她腿心，男生不知道想起什麼，伸手在床頭櫃上摸索著，半跪在她大腿上。

寧希眼睜睜看著男生撕開包裝，動作不熟練地將套子套進自己粗壯的肉棒上，沉甸甸的睾丸被留在外面，被毛髮遮住了些。

她眼睛瞪得滾圓，幾乎挪不開視線。

余忱似乎看出了她的心思，「要不要摸摸看？」

寧希咬著唇沒說話。

但下一秒，余忱已牽過她的手，她剛碰上棍子，那東西就在她手邊彈了彈，寧希嚇了一跳。

「它很喜歡妳。」我也喜歡。

這孩子太會說話，寧希被他撩得身子早軟了。

余忱手摸到穴肉，陰莖試探了好幾次才對準地方，猙獰的龜頭比洞口粗了好幾個尺寸。

他剛往裡擠進半分，寧希就渾身繃緊了，仰頭輕聲細語喊他：「余忱……」

「嗯。」他親著她的眼，安撫著她。

「我有點怕痛。」

他又舔了下她的唇角，「那我輕一點。」

明明還是個孩子，卻莫名叫人覺得安心。

余忱手摸到兩人下身，安撫般蹭了蹭她的小穴，又握住了自己的炙熱，生怕一個衝動直接狠撞進去。

余忱剛才看過，她那處很窄很小，還嫣紅嫣紅的，感覺稍用些力感覺都能搗壞，和片子裡的不太一樣。

硬得跟鐵棍似的陰莖，一點點破開穴口往裡鑽，她裡面全是水，不過她太緊張，甬道也窄，雖然很滑，余忱還是前進得很困難。

自鼠蹊處傳來的快感令他頭皮發麻，恨不得立刻捅進她身子裡面解脫。

然而他卻忍住了，只是貼著她的臉頰輕聲問：「覺得怎麼樣？」

「唔。」寧希蹙眉哼了聲，沒進過東西的穴肉突然被撐開，肯定沒有多舒服，但也沒到受不了的地步。

倒是他的聲音，太溫柔了，似乎還帶了些莫名的寵溺，寧希幾乎忘了這孩子比自己小好幾歲。

她搖了搖頭道：「有點脹，其他還好。」

其實還有點她自己都說不清的空虛，她實在不好意思說出口。

余忱又親了親她，「不舒服的話妳跟我說，我不會亂來的。」

他略略沉下了腰，鼻尖抵著她，看她閉著的眼輕顫，忍不住舔了舔她長而細密的睫毛，同時長驅直入。

「痛！」寧希險些掉下淚來，她拽住余忱的手臂，他的肌肉結實又硬，根本掐不動，差點把她指甲掐斷了。

氣得她張嘴在他肩頭狠狠咬了一口。

「我不動了，不動了。」余忱驚慌失措地安撫她，胯下堅硬的昂揚插了一半在她體內。

她不舒服，他便是一動也不敢動，細密的汗從他額間滾落，墜在她臉上，他的身體甚至在微微打顫。

余忱忍得很痛苦。

陰莖頂端已經插了進去，她的密穴像是有自己的意識，不斷痙攣抽搐絞著肉棒，溫暖潮濕的甬道瘋狂刺激著馬眼。

可還有一半連她穴口都沒碰到，這樣極端的差別，全身欲求不滿的燥熱差點把余忱逼瘋。

這孩子。

寧希不知道說什麼好了，不都說男人都是下半身動物，在床上跟禽獸沒差別嗎？

這孩子好像是個例外。

「余忱。」

她紅著臉將雙腿架到他腰間，喊了聲他的名字。

然而余忱沒動，就維持著這樣怪異的姿勢盯著她，問她說：「妳好一點了嗎？」

寧希別過臉輕應了聲，雖然還是疼，總比現在這樣不上不下來得好，磨得她渾身上下都酥軟了。

余忱鬆開扶著肉棍的手，揉著她的胸在她耳邊低喃：「寧希，我好高興。」駭人的長物終於全部送了進去，指甲蓋大點的小洞被扯開，生生捅成比鵝蛋還大的尺寸。

寧希明顯感覺下面被撐開，那麼大一根明顯不屬於自己的東西侵略進來，她瞬間僵直身子，纏著他呻吟了聲。

「好奇怪……」

他們身子連在一起，她把他全部吃了下去，像比世上任何人都要來得親近。

余忱循著本能抽插起來，陽具從穴口拔出，又輕輕頂進去。

好癢，明明已經插進來了，明明小穴被撐到再吃不下任何東西，還是很癢，身子裡像缺了什麼，那樣磨人，空蕩蕩的。

寧希咬著唇，終於忍不住帶著哭腔喊他：「余忱，你動一動啊，我不疼了。」

她腦子糊塗，聲音嬌媚跟山林中精靈似的，蠱惑著沉睡的野獸。

「寧希。」

余忱神情有些扭曲，喘著粗氣喊她的名字，沒等寧希反應過來，凶狠的硬物已莽撞地往穴裡戳。

「啊……唔……」寧希嗚咽著。

不到一分鐘她就後悔了。

滾燙炙熱的碩物直往小穴深處捅，一次又一次，余忱不斷挺動腰腹，肉棒在她身體裡蠻橫衝刺，龜頭往深處擠，恨不能將她幹死在床上。

他像是要把她給揉進身體裡，粗長的硬物重重撞擊在她嫩肉上，叩開宮頸，接連抽插攪動數十下，胯間力道越發加快。

她絞著他，他纏著她。

男生翹挺的臀撅起又落下，兩人下體幾乎不見一絲縫隙，貼得密密實實。

寧希下身的小洞早被插得合不攏，不停往外滲著蜜液。

「余忱……」她攀著他，胡亂喊著他的名字，不知喊了幾次。

余忱聽得越發激動，不停抽插著小穴。

不過他畢竟是第一次，沒多久後，就在她體內射了出來。

寧希手擋著臉，懨懨地不想說話。

余忱將保險套用紙包著扔進垃圾桶，蹲在她身邊，溫熱的唇掠過她脊背，有一下沒一下地舔吻著。

「要洗嗎？」

寧希搖頭，半個指頭都不想動。

身邊人動了下，凹陷下去的床鋪又恢復平整。

余忱隔了會兒才進來，他端著盆溫水擱在地板上，「我幫妳擦一下。」

寧希懶得動彈，他就半趴在她旁邊，用濕紙巾一點一點地幫她擦乾淨。

她側著身子，身上留著深淺不一的痕跡，縱使身上污漬都不見，她這副淫靡而浮豔的模樣，明眼人一瞧，就是剛被狠狠疼愛過。

寧希一覺睡到自然醒。

醒來時余忱人不在，她身下床單已經被他換掉了，正曬在她陽臺外面。她身上什麼都沒穿，低頭看自己胸前，上頭青紫色的淤痕，乍一看怪瘮人，還以為被人暴打過。

寧希抱著被子坐在床上發呆，昨晚她真的跟那孩子上床了。

都說第一次很痛，男人那根越大越疼，雖然余忱那根很大，她倒沒覺得多難受。最疼的也就那幾分鐘，只是後頭他動作太快，刺激得她有些受不了。

余忱從外面走進來，就看見她抱著被子，一臉懊惱地在那兒發呆。

「妳醒了？」他走過來坐在床邊。

寧希還有點不太習慣，她跟余忱現在算什麼關係？雖然睡了一覺，連男女朋友都談不上，說是炮友還差不多。

不過她能看出來，他應該滿喜歡自己的。

她沒吭聲，余忱小聲問她：「還會痛嗎，我買了藥。」

寧希臉又開始發燙。

不過對方先遞過來的卻是維生素C，寧希一臉疑惑地看他，余忱忙說：「剛才買藥的時候，人家說搭配吃對身體好。」

藥局都有績效，但凡有個頭疼腦熱的，店員都會問要不要維生素C，還偏推銷最貴的那種。

像余忱手上拿的這個，怕比他那雙鞋還貴了不少。

「余忱你不是滿聰明的嗎，怎麼人家說什麼你就信什麼。」她忍不住笑出聲，「我不用補這個。」

不過她還是接了過去。

余忱手在她腰間一頓，也跟著笑了，眼睛跟著彎起，認真地望向她，「寧希，妳可以考慮一下跟妳男朋友分手嗎？」

寧希怔忡地盯著他，眨了眨眼後，尷尬地別過頭去。這孩子太會作弊了，誘得她腦子發昏，到頭來還是她先繳械投降……

「我們已經分手了。」

聽到她這麼說，余忱愣了半拍，攬著她的手一緊，低頭吻上了她的唇。

自再次遇上她的那刻開始，就像作夢一樣。他對那個房子確實沒多少感情，趙芳找上門來，他之所以不願意搬走，是想著只要她家還在隔壁，也許某天還有可能遇到她。

他知道她的新家在哪裡，不是她現在住的這套公寓，是她跟她爸媽的家。她在國外那四年，春節時只回來過兩次，他私下查過，可能因為澳洲那邊正好放長假的關係。

余忱帶著薄荷清香的呼吸撲在她臉上，寧希才想起自己還沒有刷牙。

「寧希，我會對妳好的，妳不要嫌我小。」

寧希忍不住往他下身瞟，這可不小啊。

余忱低笑了一聲，她才回過神，不自在摸了摸鼻尖，跟這孩子在一起，她不自覺就成了老色胚。

「妳等等我。」男生湊近她的耳，「聽說還會再長一些的。」

再長就不得了了，寧希心想。

兩人在床上磨蹭了好一會兒，等余忱幫她擦藥時，差點又要擦槍走火。

好在余忱一心惦記著她沒吃早餐，寧希則是想著自己沒刷牙，嘴裡肯定有味道，總算在失控前徹底分開。

只不過她奶尖上又沾了些他的口水。

吃完早餐後，寧希去沖了個澡，出來就見余忱在廚房裡忙，她覺得總不能都讓他做，便走過去站到他身邊，「我來吧。」

余忱頭也沒抬，俐落地切著南瓜，「不用。」

聞到她身上沐浴乳的味道，他轉過身看了寧希一眼，「頭髮不擦乾會感冒的，我幫妳拿吹風機。」

說完，就放下刀去洗手。

「我自己拿就好。」寧希心想，這孩子太會照顧人了，飯是他做，地是他拖，這兩天的衣服也是他洗。

要是因此影響他學習，她罪過可就大了，都是經歷過高中的人，課業繁重程度她很清楚。

何況余忱家裡這情況，除了好好念書，沒有第二條路好走。

中午時分，寧希說什麼都不肯再讓余忱去洗碗，「快去寫作業吧，我看你那書扔在桌上就沒再動過。」

余忱沒再跟她搶，卻還叮囑她：「記得戴手套。」

年紀輕輕，卻比她媽還要囉嗦。

第三章　我很想……妳

余忱在客廳裡寫作業，寧希則抱著自己的筆記本和手繪板，一屁股在他身旁的地毯坐下。

男生挪了點位置給她，她湊過去瞥了眼他的書，別說隔了這麼多年腦子僵化，就算回到高中時期，她也看不懂。

「這競賽參加了是不是能保送？」寧希指著最上面一行標題問余忱。

余忱幫她把懶人椅調了調，「決賽獲獎，又被選入國家隊集訓的話，能保送清大。」

「哦。」寧希隨口問了句，「你要去考嗎？」

余忱點點頭，「決賽在下周，我要去海市幾天。」

寧希沒想到他這麼厲害，看來他說自己成績還行怕是謙虛了。內心生出了一點與有榮焉的自豪，她輕拍了拍他的肩，「那你努力抱個獎盃回來。」

「好。」余忱對她說。

寧希好笑地看著他一本正經的臉，伸手扯了下他的臉，「幹嘛這麼嚴肅？就算沒得獎，你也很厲害，這決賽可不是隨便拉個人就能參加的……早知道上次你喊我去家長會我就去了，好歹能嘗嘗被老師表揚的滋味。」

余忱有點跟不上她的腦回路，還是跟著附和：「再兩個月就要期末考了，那妳要不要去？」

寧希愣住，「到時再說吧。」

兩人說了會話後，便開始做各自的事，余忱繼續寫他的題目，寧希則逛了會兒網頁，如今她接的基本都是商業插畫，順便參加些線上比賽，好增加知名度。

他們這樣，就像是對同居的情侶似的。

寧希一直想著，這才三天，她就立刻找好下家了，要是被賀成東知道，怕是會笑死她，畢竟那天她還死鴨子嘴硬不肯承認。

不過她現在確實滿喜歡余忱的，畢竟優秀又美好的事物誰不愛？

未來的事她暫時不考慮，反正就只是談戀愛而已，等這孩子上大學，也許就跟她和賀成東一樣，自然而然地分開。

也沒什麼不好。

十一月底時，余忱跟著帶隊老師去了海市參加全國中學生物理競賽決賽，要去一個禮拜。

寧希本來想開車送他去，後來才知道他們都是集體活動，連飯店都早已規定好，不可擅自行動。

她隨口一說而已，倒是余忱很失望，寧希指著他腳下的老貓說：「那三十號我帶著牠去接你啊，你不說那天結束嗎？」

余忱抱著她又吻了下來，「好，等妳來接我，我不會讓妳失望的。」

這孩子太喜歡親她了吧。

前天晚上把她從頭到腳都舔了遍，連腳趾和下面兩個洞都沒有放過，害得寧希受不了，直接興奮地在床上失禁了。

明明上週六之前，兩人都還是新手，沒想到余忱進步得這麼快。

這大概就是資優生和吊車尾的差距。

寧希讓余忱把貓放了出來，牠年紀大了，基本上每天只在固定的地方活動。牠倒是很喜歡余忱，只要他在家，牠就一直黏在余忱身邊。

只有寧希在家的話，基本上是看不到貓的。

現在余忱不在，寧希感覺牠都要患上憂鬱症了，每天趴在余忱床邊的墊子上，只有每天晚上視訊的時候才會喵幾聲。

「余忱，牠很想你呢，連貓食都不肯好好吃。」寧希把鏡頭頭對著貓，笑著跟余忱告狀。

「寧寧。」

余忱剛回到飯店準備歇下，房間裡只住了他一人，男生經歷過變聲期，嗓音清亮又乾淨。

明知道他喊的是貓，寧希的手還是顫了一下。

她在旁邊聽著男生溫柔哄著貓，他耐性可真好，跟貓也能說這麼多話，也不知牠聽懂沒，叫得倒開心。

這兩天她幫牠換貓砂、餵貓食，牠都不怎麼親近自己。

「寧希。」

余忱突然叫了她的名字。

「嗯？」

余忱看向螢幕裡仰頭的貓，圓溜溜似琥珀般的眼睛直直瞧著，螢幕角落裡露了雙腳出來，他面色柔和說：「妳轉一下手機，對著自己。」

「喔。」寧希慢吞吞地把手機舉高。

余忱還穿著制服，見她出現在螢幕裡，他抿唇朝她笑了笑，「寧希，明天成績就出來了。」

「考得怎麼樣？」寧希問他。

他猶豫了一下，而後點頭回應：「還可以。」

寧希沒有察覺，鏡頭又稍低了低對著貓，「等你的好消息啊，我後天跟牠一起去接你。」

余忱看著一閃而過的畫面，開口說：「寧希，妳在家還是要穿個襪子，不能光腳在地上走，這樣容易感冒。」

「知道了，知道了。」寧希忙看著他，笑著說，「我媽都沒你這麼囉嗦，男朋友。」

余忱呼吸一窒，轉而咧唇笑開，嘴角酒窩明顯，他目光灼灼地隔著螢幕看來。

「我想妳了。」他說。

寧希頓時感覺胸口狂跳不止，直到余忱房間有人敲門，兩人提前結束通話，才平歇下來。

她也想他了。

寧希一直覺得自己喜歡獨自生活，然而余忱住進家來不過兩、三個星期，就將她所謂的堅持拋得乾乾淨淨。

而另一邊的余忱開了門，門外站著他同校高三的學長學姐，還有個東大附中高二的女生。

余忱記得她，陳齊瑤，物理滿厲害的。雖然余忱跟寧希說具體成績還沒有出來，但內部其實早傳開了，若不出意外，她應該是今年的第一。

余忱物理排在第二，但他名聲也響，他在隊伍裡年級最小，上個月全國中學生數學競賽決賽，他是第一。

余忱默不作聲側開身，讓他們進來。

「晚上打王者啊。」幾人坐在沙發上指了指手機，「明天也沒什麼事了。」

余忱搖了搖頭，「我不會。」

他是真的不會，比起隊裡這些同學除無物理外各有所長，會樂器、會書法、會滑雪，他就像是人們口中名副其實的書呆子，除了學習，沒有任何拿得出手的東西。

這次決賽結束後，下個月十號開始為期五十天的集訓，據說會在清大開營。

幾個人也不勉強他，他除了和這個高三學長錢浩熟一點，跟另外兩個女生都沒說到幾句話。

余忱坐在桌前翻著手機，陳齊瑤不知道什麼時候走到他身後，看了眼他手機上的內容，正好看見他截了圖。

「余忱，你要買抽油煙機？」陳齊瑤好奇問道，不然怎麼一直盯著頁面上的廣告看。

余忱臉上笑意還沒散去，他將手機放進口袋後，輕嗯了聲。

「下個月數學和物理集訓隊你準備選哪個？」陳齊瑤又說，側過身看了他一眼。

按照余忱的成績，其實兩個都可以選，不過國家集訓隊後面還有國奧隊和亞奧隊，肯定要為長遠做打算。

余忱早就想好了，「應該會選物理吧。」

聽到他這麼說，陳齊瑤一臉驚喜道：「我還以為你肯定會選數學呢，這樣好，到時候我們又能在一起了。」下一刻，察覺自己失言，忙補充道，「我的意思，到時候又能一起學習。」

「我們懂。」

「都懂。」

錢浩與韓怡兩人是情侶，這次考試若不出意外，應該都能保送。兩人對看一眼，還有什麼不明白的，頗有默契笑了下。

陳齊瑤臉紅得厲害。

余忱則沒什麼表情，似乎還走神了。

第二天一早，寧希就起床收拾東西，她想著下午就開車過去，晚上在附近的飯店住下，到時還能騰點時間跟余忱在海市玩一圈。

不過她東西還沒收拾好，她媽先撥了電話過來。

「寧寧，妳上次去老房子那兒是不得罪趙芳了，她不知道從哪個老鄰居那兒要來了妳爸的號碼，讓我們好好管教妳。」

「趙芳是誰？」

「就我們家隔壁那個後媽。妳怎麼惹上她的，說妳還幫著罵人。」

寧希總算反應過來，她媽指的是余忱他繼奶奶。

她還沒開口，她媽又繼續道：「好了，趙芳什麼性子我也清楚，妳下次碰到她家裡人可要躲遠點，一家子都夠糟心的。」

這話寧希不喜歡聽，「那孩子不是滿好的嗎，我記得以前妳還誇過他聰明。」

「聰明能當飯吃嗎？」邵麗說，「今天鎮上代工廠的人送了些大閘蟹過來，妳要不要，要的話我寄一點過去給妳。」

她家的工廠雖然接的別家外貿單，不過有些小單子也會再分給小工廠，具體寧希也不懂，聽她媽說去年她家還是鎮上納稅第二名。

她嫌吃起來麻煩，正想告訴她媽不要了，忽然想起余忱，也不知他喜不喜歡，又改口道：「媽，我今天要去趟海市，明天晚上才能回來，不然妳少寄點。」

清大、北大的老師今日輪流來跟余忱談過，依他的成績，高二應該就能確定保送，尤其北大甚至願意提前和他簽約，高考降一百分錄取。

余忱其實滿有意願去北大物理學院。

但他遲遲沒有給出答覆，老師們只當余忱有費用上的考量，說學校會解決他學費和生活費問題。

事實是，余忱另有想法。

下午頒獎典禮結束，贊助方給前三名各獎勵了塊旗下手錶，都是差不多偏中性的款式，余忱聽過這個牌子，班上有同學在用，大概好一些的款式也要兩、三千左右。

陳齊瑤在後臺喊他：「余忱！」

男生把手錶盒子塞進書包裡，女生笑著問他：「你怎麼不戴上？」

余忱默默皺了下眉，他跟陳齊瑤見過好幾次，兩人一直沒怎麼說過話，見面最多打個招呼，但他隱約察覺女生的心思了。

「要送人。」余忱說完，便推開門走了出去。

他朋友圈基本都是同學和老師，人並不少，但是只有一個特別關注。

下意識點開，發現寧希一分鐘前分享了所在位置，定位就在離這裡不遠的希林飯店。

明明兩人下午通話時，她都沒有提過。

寧希把貓從籠子裡放出，幫牠擺好貓砂和食物才想起來去看手機。

那條狀態下多了好幾個評論，她也有老同學在海市，其中有兩條約她一起吃飯。

寧希連忙把這則發文刪了，因為她發現自己忘記擋掉余忱……不過發出去才幾分鐘而已，不一定能瞧見。

她還想著明天給那孩子驚喜來著。

然而已經遲了。

余忱電話撥了過來，「寧希，妳到海市了？」

「余忱你看到啦，你們吃過飯了嗎，我剛到飯店沒多久，明早我去接你啊。」

電話那邊似乎很安靜。

余忱握緊了手機，輕聲道：「寧希，我在飯店大廳，妳能下來接我嗎？」

飯店離余忱住的地方說遠不遠，說近不近，走路也要二十分鐘左右，但她狀態才發出去不到十分鐘，他怎麼就在大廳出現了？

難道是搭計程車？那孩子肯定捨不得的。

果然寧希一下樓，就瞧見了站在大堂裡的余忱，他穿著制服背著書包，這麼冷的天卻滿頭大汗，額角全是細密的汗珠。

一看就是跑過來的。

寧希忽然不知道說什麼好，只問他：「你是不是一會兒就要回去，我送你吧。」她特意把車鑰匙帶下來了。

余忱搖頭道：「我跟領隊老師請了假，不用回去的。」

他身邊還放著個黑色的行李箱。

寧希只好領他去前臺辦理入住手續，看到他證件上的年齡，不免心虛了一下，忍不住抬頭去看服務生的臉。

好在這間五星級飯店，服務生大概見得多了，除了職業性微笑，她也瞧不出什麼來。

倒是余忱察覺到她的不安，默不作聲地牽住了她的手。

寧希本就慌張，手心驀地被他冰冷的手觸碰到，險些把他給甩開。

他握得更緊了。

等兩人進了房間，余忱都沒有鬆開她，他把行李箱擱下，拉著她倚在門後，他的貓開心地跑到他腳下。

余忱低頭喚了它一聲：「寧寧。」而後又抬頭看向寧希，目光分外溫柔，「我已經年滿十四了，妳別擔心。」

他輕輕吻住了她。

「妳今天過來，我好高興，寧希。」

寧希能感覺到。

這孩子跟自己在一起後，說得最多的就是這幾個字。

「我很想妳。」男生的心思明明白白寫在臉上，連一絲隱藏的想法都沒有。

寧希也想他，否則也不會開了兩、三個小時車就為了給他驚喜。

兩人五、六天沒見面，余忱低頭抱著她不肯鬆手，「我不希望妳有什麼心理負擔，要是妳覺得不好，我們瞞著別人也沒有關係。」

寧希幾乎以為他看穿了自己的心思，勾著他墊腳咬了下他的唇，「你不要多想，不是得了獎嗎，也給我看看獎牌長什麼樣啊。」

男生額間汗珠落在她鼻尖，他跑了一路也不嫌累。

余忱把肩上書包放下，從裡面拿出本證書還有獎牌遞給她。

寧希接過來翻來覆去看了好幾遍，笑得眼睛瞇起，「男朋友，你好厲害啊。」

可惜不能發到朋友圈，但寧希還是拍了照留念。

余忱將手上包裝盒子拆了，「寧希，這個送給妳。」

是個運動手錶。

「主辦方送的。」余忱抬頭看她，「樣子不怎麼好看。」

寧希看到錶盤後面果然刻著「全國中學生物理競賽決賽紀念」字樣，她搖頭過去抱了抱他，「我很喜歡，余忱。你先去洗澡吧。」

浴室門很快讓人給掩上。

寧希重新換了睡衣，坐在床邊傳訊息給唐靜言，貓把余忱的鞋子叼過來，蜷在她腿邊咬著他的鞋帶玩。

她低頭看了眼，直接甩了張圖過去。

那邊幾分鐘後才回她：**「不是去上海，從哪兒偷了張莫名其妙的圖發給我。」**

「照片是我拍的。」

唐靜言發了個大大的問號過來。

寧希扭頭看著露出道縫隙，未完全鎖上的浴門，忍不住笑了。

「獎牌是那孩子的，我和他在一起了。」

那孩子比自己要勇敢。

唐靜言那邊，只是一直顯示著「對方正在輸入」。

寧希剛切換介面，余忱就在浴室裡喊她：「寧希，能幫我送件衣服進來嗎？在我行李箱裡。」

行李箱裡，書籍衣服整齊擺著，還有股淡淡的清香，寧希沒看到過比他更愛乾淨的男生了。

其實他不穿衣服也沒差，反正一會兒也要脫的。

她還是拿了條內褲過去，門剛推開，就看見男生裸著身子站在水下，寧希呆住，色咪咪地盯著他，忍不住咽了咽口水。

男生平時穿著衣服看起來挺瘦的，脫去衣服該有料的地方半點都不打折扣，從她的位置看去，男生屁股似乎更翹了，還有他胯下那玩意兒，還沒完全勃起，尺寸就叫人無法忽視。

寧希想起他來海市前那幾晚沒羞沒臊的場景，都說十七、八歲的男生是公狗腰，這話半點不假。

余忱不知什麼時候走近，忽環住了她，低頭親起她的脖子，「在想什麼？」

身下半軟不硬的陽物幾乎瞬間勃起，硬邦邦的棍子就那樣戳在她腰間，寧希腦子一抽，手直接握了上去，「想你啊。」

寧希讓男生推到蓮蓬頭下面，全身濕透，她沒有穿內衣，單薄的睡裙貼在身上，余忱關了水，俯下身隔著衣服含住她的乳尖。

「唔……」寧希身子軟了半截，她被余忱抵在牆上，手不自覺地插入他髮間。

余忱渾身赤裸，摟著她的腰，嘴裡含著她的乳尖，手從她衣服裡探進去，囫圇跟她說話：「寧希，妳身上好香。」

恍惚間，寧希又想起八、九歲時看到隔壁阿姨在走廊上給這孩子洗澡，這孩子才兩歲多，大熱天光著屁股站在水盆裡，小雞雞比毛毛蟲大不了多少。

她怕是決計想不到有一天，這小孩會跟她坦誠相見，在這裡抱著她的胸部啃。偏偏她還很高興，不想藏著掖著，恨不得昭告天下，讓大家都知道的那種。

寧希不知道唐靜言差點把她丟在外面的手機給打爆了。

她半瞇著眼，任由余忱蹲在她身前，掀起她的睡裙鑽了進去，從寧希的姿勢乍看過去，像懷胎數月似的。

她的內褲被人扯至膝蓋附近，他埋進她腿心，迫不及待地去啃她那兩瓣嫩肉，又拿舌尖狠狠戳著藏匿在穴口上方的肉芽。

上次為了找這塊敏感地兒，男生咬了她半個多小時，後頭寧希實在受不了了，肉芽被按壓得紅腫凸起，稍碰一下就渾身哆嗦。

了余忱。

「唔啊。」寧希嗚咽哼了聲，雙手不知道往哪裡放，只能身子微弓，再次拽住

余忱耐性十足，每次性事前戲總是磨人而漫長，幾乎寧希先高潮過一兩次，裡面濕透，他才會插進去。

「寧希，妳放鬆。」他悶悶的聲音從她衣服底下傳來。

他舌頭還在縫隙裡攪弄，甬道裡媚肉被他戳著、舔著，寧希大口地喘息，屁股頂著牆壁退無可退。

突然腳上被什麼毛茸茸的東西掃了一下，怪異的觸感驚得她尖叫，連連喊著余忱的名字，渾身汗毛豎立，竟就這樣打著顫洩了身。

「余忱，余忱。」寧希被嚇得不輕，淚都被逼出來，好容易穩下心來低頭去看，原來是他的貓。

男生忙從她裙子下鑽出來，頭髮被她抓扯得亂糟糟，她眼底泛紅，余忱抱著她傾身去安撫她：「別怕。」

寧希回過神來忍不住捂臉，竟然被隻貓嚇成這樣，方才那聲淒厲的慘叫，她根本不想承認是自己發出的。

只聽余忱無奈地對貓說話，這貓剛才尾巴炸毛擺動，讓他輕聲斥責了幾句後，沮喪地垂下尾巴，委委屈屈地低喵著。

太丟人了。

寧希讓余忱圈在懷裡，連頭都不好意思抬，躲在他胸前小聲道：「余忱，我們去床上吧。」

他的貓從不上床。

她突然覺得自己有些賤是怎麼回事，像跟貓主子爭寵似的。

余忱幫寧希把濕衣服脫了，又把兩人身子擦乾，才托著她的屁股，面對面把她抱出浴室。

她雙腿大張夾著他的腰，他胯下亢奮的陽物已高高聳起，頂端似有若無掃過她的穴肉，有一下沒一下磨蹭著，寧希腹部稍沉下，就能將他盡數吞入。

寧希被余忱抱在身上，勾著他脖子的手慢慢鬆開，她側臉親了他一下，「你進來啊。」

剛才在浴室裡就被他逗弄狠了，甚至等不及去床上。

「寧希。」余忱喊她，原本清亮的嗓音聽著有些沙啞，「沒有套子。」

她在他身上扭著身子，自己試圖沉下去咬棒子，卻被對方牢牢托住了屁股，不肯讓她亂動。

「余忱。」她知道自己想要什麼，雙腿大張不停蹭著他小腹上方，「余忱，我癢，你先進來。」

余忱忍得難受，額間直冒汗，還在掙扎：「我一會兒去買。」

「求你了。」她在他耳邊低低地哼，「余忱，余忱……」

誰抵擋得住。

下一刻，寧希感覺有什麼炙熱的東西正慢慢擠進自己身子，緊窒的穴口被慢慢捅開，陰莖慢慢將裡面的褶皺撐平。

寧希渾身酥軟低吟了聲，余忱頭皮發麻，猛地往前一撞，碩物全塞進了她穴裡。

她疼的，也爽的。

余忱往前走了一小步，寧希纏在他身前，嫩肉含著他的棍子，隨著他的動作，肉棒又往裡面戳進去幾分，粗長的凶物直衝到底，龜頭擠開宮頸口，鑽入了一小截。

「余忱，我肚子要被你捅破了。」寧希不覺抖了下，趴在他肩頭輕輕叫，「你摸摸，真的，肚子好硬好疼。」

余忱根本不敢鬆手，生怕一不留神把她摔到地上，更怕自己忍不住，提前射在她身體裡。

直到把人抱上床後，余忱才讓她雙腿大張平躺著，自己跪在她腿間，低頭去看兩人連著的地方。

她嬌嫩的穴花實在生得小了些，幾乎張至極限可憐兮兮咬著棍子，難怪每次她都會喊不舒服，即使她裡面水已經夠多。

余忱伸手去揉她小腹，低聲說：「妳太緊張了，才會引起局部器官收縮痙攣。沒事的，戳不到這裡，妳放鬆，腿再張開些。」

她依著他的話照做，他卻退身出去。

寧希懵懵地看他，只見對方下床從桌子上拿了盒沒拆的套子過來，他俯身親了親她的鼻尖，「房間裡有，不用去買了。」

他一臉認真，連這會兒都忘不了避孕，相比之下倒顯得她饑渴得很。

寧希覺得自己臉在這孩子面前全丟光了，她一把扯過被子蒙住臉，不想再看他。

余忱扯掉被子，將她頭掰過來，許是看出她的心思，他吻著她唇角安撫道：「寧希，妳再等等我。」

寧希閉著眼一聲不吭。

余忱抱著她，手摸到她下面，龜頭分開穴肉擠入後，結實精壯的腰身緩緩前後挺動。

畢竟年輕，剛開始還能忍著慢慢來，漸漸地動作就變了味，陰莖捅入穴口，拔出時只剩了小半個龜頭還留在她穴內，下一秒又狠狠戳入。

寧希被撞得頭往後仰，微微張開嘴嬌喘著：「余忱，你慢一點……別停，唔啊……」

她恍恍惚惚，說了些什麼都不知道，卻險些把男生逼瘋。

余忱自己最清楚的，他自制力哪有她看到的那麼好，每次她在跟前，就恨不得幹得她下不了床。

但他又不想傷了她。

饒是余忱，看了那麼多的片子，也得慢慢摸索了才知道揉陰蒂她濕得最快，她很怕癢，最敏感的地方在脖子那兒，她腳背上有一塊疤痕。

余忱汲汲了解著關於她的一切。

寧希個子不算高，她讓男生全藏在身下，他胸膛緊壓著她的乳房，腹部下方陰莖狠狠捅開嬌嫩的穴肉。

余忱清爽的氣息撲在她頸側，他輕輕舔著她下顎與脖頸那塊，碩大的陽物在她腿縫間迅速進出，始終沒有完全抽出過。

才幾回過去，寧希就有些受不了，下面濕得一塌糊塗，肯定已經把床單弄濕了。

余忱湊過去咬她的唇，輕聲問：「感覺怎麼樣？」

「有點爽……還脹……你太大了。」她嗚咽著說。

寧希壓根沒注意到，余忱耳根處全紅了，似能滴出血來。

余忱換了個姿勢，他把她的腿架在自己肩頭，下身牢牢插著她，這樣的姿勢，能將她如何吞下自己看得一清二楚。

他伸手去摸她紅得充血的陰唇，花肉周圍很濕滑，全是她流出的淫液，中間夾著他的陽具，對她來說確實太大了點。

修長的指輕輕刮了下穴肉上方凸起，試圖幫她放鬆身子。

然而這一下令寧希渾身哆嗦得更厲害，本就繃緊的穴肉瞬間死命絞著他的胯部，余忱額角青筋明顯，手臂上肌肉微微隆起。

「余忱……唔……余忱……」欲望來得凶猛而劇烈，寧希雙眼迷離，嘴裡含糊不清一遍又一遍地喊他的名字。

余忱沒能忍住，他徹底歇了幫她緩緩的心思。

他掐著她的腰往前撞，她被撞得屁股懸空，直接讓他自上而下貫穿了個徹底。

寧希尖叫了聲，完全是爽的，把窩在地毯上打盹的貓驚得炸毛。

可是沒有人注意到牠，余忱的心思全在身下這人身上。

他低頭看著自己在她小穴裡進出，跟她比起來，他這根棍子顯得又黑又醜，他看著棍子深深埋進她身子，又拔出，翻帶出嫣紅的內壁。

粉嫩的穴肉看得人眼熱。

「你別看了。」寧希稍微緩過神來，原本陷在情欲中的臉閃過絲尷尬，她拿手擋住了自己小腹，她肚子上本來有點肉，平躺著還看不出來，這樣擠在一起就相當

明顯。

她想在男生面前展示最好的一面。

余忱卻揉了揉她的手背，「不要遮。」

他偏頭舔她腳，她光著腳丫子，十根蔥白的腳趾緊張地蜷縮起來，「你別咬那兒啊。」

托著她屁股的力道漸重，男生腹部動作越來越快，次次插入底端，被幹弄得直痙攣洩了身的寧希，哪會有力氣再管肚子上的肉。

耳邊只剩下他在自己腿心「啪啪啪」的撞擊聲。

穴口被磨得發疼。

「慢一點。」寧希呻吟著，這樣懸空仰著她腿好痠，全憑男生撐著。

余忱捏住她的大腿，陽具重重頂入甬道告訴她：「快了。」

過了五、六分鐘，寧希又哼了聲：「余忱，我不舒服……明天還要去玩呢。」

他才接連衝刺數下，從她裡面退出。

寧希終於明白，余忱這樣的孩子也是個男人，男人在床上說的話壓根信不得。

原本她想著和他去海市樂園，連快速通道票都買好了呢，這會兒只能懨懨地躺在床上，腿根處疼得厲害，大概昨天被扯得狠了。

這個年紀的男生正是精力用不完的時候，余忱昨夜比寧希睡得還晚，一早卻出了門，給寧希帶了當地的飯糰和鹹豆漿。

寧希不想起來，只想一覺睡到下午然後回家。

「都是我不好，妳先起床吃點東西。」余忱過去親她，「一會兒再睡。」

寧希不想被他當成孩子哄，蹙眉瞪著男生秀氣的臉，最後嘆了口氣，認命地從床上爬起。

余忱連牙膏都幫她擠好了，寧希看著鏡中跟著她進來的人笑了聲：「余忱，你這麼勤快，以後離了你，我還怎麼活啊。」

余忱神情微僵，他默默看著寧希沒說話，而後轉身走了出去。

寧希看著他的背影，臉上笑容慢慢淡了下去，這還是兩人在一起後，他第一次對她露出這樣的情緒。

寧希隔了會兒才從浴室裡出來，余忱坐在靠窗的沙發上看書，他的貓安靜地窩在他腳下。

見她出來，一人一貓同時抬眼看了看她，余忱抿唇道：「快吃吧，飯糰冷了吃對身子不好。」

她乾笑一聲，湊近問：「你在看什麼？」

「Also sprach Zarathustra……」男生沉默會兒告訴她。

寧希仔細辨別著上頭的字，試探問：「這是德文原版？」

她在澳洲念書時，同住的室友就是德國人，是個馬拉松狂熱者，在西澳看了大半年夕陽，後來去厄瓜多爾的亞馬遜雨林徒步，看食人魚在河裡游泳了。

「**Vincy，妳該一起來看看。**」

對方曾在 ins 上給她留言。

寧希想想亞馬遜野豬、日常的鱷魚和毒蛇，婉拒了對方的好意。

「嗯。」余忱將書合上道，「尼采的《查拉圖斯特拉如是說》。」

要是旁人說這話未免有裝酷嫌疑，但說這話的人是余忱，寧希點點頭，換了個話題：「你剛剛生氣了？」

她拿起飯糰咬了口，低頭看他。

余忱猶豫了一會兒後，老實承認：「是有一點。」

他真的想和她過一輩子，但她好像從沒打算過。

寧希將飯糰嚼了幾口咽下去，這孩子年紀還是太小，等他離開這座城市，見到更多的人，越走越遠，心境就不會和現在一樣了。

「別多想。」她開口，「現在這樣不是很好嗎？以後的事以後再說，回東市我帶你去見見我朋友。」

寧希終於想起昨晚剛跟唐靜言聊到一半。

忙去翻手機，上面兩條未接來電，都是唐靜言打來的，再看昨晚的聊天紀錄，只多了一條。

「**談談也沒什麼，就是自己多留個心眼**。」

她怕自己吃虧，無非擔心被騙財騙色。

不過寧希卻忍不住為余忱辯解——騙色的話，兩人算扯平了，她還更饞對方身子點。至於財，這孩子沒花自己一分錢，反而是她，無端收了人家價格不菲的手錶。

她回了一條訊息。

「**明晚有空嗎，一起吃頓飯**。」

明天就是週六。

下午兩人開車回東市。

車上高速時寧希她媽打了電話過來，寧希抽空看了眼螢幕，跟余忱講：「你幫我按一下免持聽筒接聽。」

八成是螃蟹的事。

「寧寧，妳到家沒，剛才送貨員說螃蟹已經到了代收點。」

「還沒呢。」

「那妳到家的時候記得拿一下。」邵麗女士在那邊唉聲嘆氣，「昨晚我做了個噩夢，寧寧，妳還記得妳腳上傷疤怎麼來的嗎，那一家瘋子，妳離他們……」

「媽，我在高速公路上開車呢。」寧希心下一沉，壓根不敢看余忱的臉色，急急忙忙地掛了電話。

余忱坐在副駕駛，沒再吭聲。

寧希將車停在了服務區，她做了半天心理建設，深吸口氣扭頭看向男生：「余忱對不起，我媽她……」

話還沒說完，對方卻傾身吻住了她。

他咬著她的唇，鼻尖抵著她的，直到將她嘴唇給吻麻了才鬆手。

第四章　男朋友

這一吻，竟讓他親出了一往無前的味道。

「沒事。」余忱說，「是我爸媽不好，我記得那時妳哭得很大聲，我去妳家找妳的時候，伯父已抱著妳去了醫院。」

寧希忽然有點心疼這孩子，這些年類似的話他怕是聽了不少。

她腳上傷疤是以前余忱他爸媽以前燙的，那時家裡都在外面檯子上燒水，隔壁夫妻倆又吵起來，不知道誰先動手推了水壺。

她放學回家本來在寫作業，聽到聲音有點擔心余忱，拉開門去看，水壺就直接砸她腳上。

當時的確很疼，後來她爸媽覺得在這裡住著終究不是辦法，她外婆那會還在世，養老金都拿出來借給他們去別處買了房。

「他們也不是故意的……」

寧希從來沒有在他面前提過他父母，斟酌片刻才開口。

「是不是趙芳去找妳了？」余忱稍微想想就能猜到，她應該不大可能跟她父母講自己的事。

寧希搖頭道：「那天我不是罵了她麼，她從以前老鄰居那兒要了我爸電話，來興師問罪。」她輕輕抱住了余忱，又說道，「余忱，你不要管別人，在我看來你最厲害，你的同齡人甚至比你年長的大多數人，一輩子都追不上你的腳步。你要做的，就是一直往前走，總有一天你會發現這些聲音都消失了。」

人向來只會詆毀嫉妒身邊的人。

余忱眼彎了彎，眸裡星光熠熠，「好。」

寧希那一大段話，他大概只聽進了前面幾句。

邵麗女士寄了八隻大閘蟹給寧希嘗鮮，個頭都挺大，當晚她就把它們都給蒸熟，她嫌麻煩並不怎麼愛吃這個，沒想到余忱也不太感興趣。

「我幫妳剝？」

不過螃蟹一下吃多了對身子並不好，弄不好還會誘發胰臟炎，余忱看她吃了兩個螃蟹肚子，覺得差不多了。

寧希有些為難，「那這些怎麼辦？先放冰箱吧，還是不想吃就算了。」

再放下去肯定不新鮮了。

寧希夜裡頭醒來，才發現余忱人不在，一摸身旁，被子也是冷的。

廚房裡亮著燈，寧希站在門邊喊了他一聲，余忱回過頭看她，臉上還沾了些白色粉末，「妳怎麼起來了？還有最後一個就包好了。」

余忱不知道忙了多久，她家裡可沒有酵母、麵粉這些東西，怕是他臨時出去買的。

寧希看著那些蟹黃包子，忽然鼻頭發酸。

她走上前抱住了他，「余忱，你不要做這些。」

余忱心跳快得厲害，他手上還拿著包子，不好去回摟她，只好低頭蹭了蹭她的髮頂，「怎麼了？不然扔掉也可惜。」

「下次不要做了。」她埋在他懷裡，固執地再重複一遍。

余忱嗓音清洌地應聲道：「好。」

雲端餐廳在東市標誌性建築的七十八樓，幾乎能俯瞰整個東市，是間價格不菲、但味道極好的中式餐廳，唐靜言和余忱都還在上學，自然是寧希負責預約，負責請客。

唐靜言先抵達，她跟寧希從小就認識，感情比家人還親。據寧希所說，兩人才在一起沒多久，她卻急急領了人來見自己。

這麼說來，她高中談了後面複合又分手的男朋友，自己都沒看過。

看著腳下璀璨燈火，唐靜言心裡已經有數了。

因為路上塞車，寧希晚了一點才到。

當然不只是她自己，後面還跟著個男生，一看就很青澀，穿著簡單的棒球服和牛仔褲，默不作聲繞過吧臺走近。

兩人乍一看，男生樣貌清秀，女生美豔動人，還挺配的。

唐靜言站起身，寧希走到她身邊笑道：「妳這個大忙人今天來得倒早，妳家周澈人呢，怎麼沒跟妳一起？」

周澈是唐靜言的男友，比她大一屆，跟她同個指導老師。

「妳哪次叫我，我沒來的？」唐靜言看著她，目光又挪到余忱身上，「他被老闆喊過去幹活了。」

服務生拉開座椅，寧希和余忱坐下，寧希才指著余忱對唐靜言說：「你們認識，我就不多介紹了。」

「原來余忱都長這麼大啦。」唐靜言矜持地笑了笑，「還記得我嗎，我是以前住三樓的唐靜言，跟妳寧希姐是好朋友。」

筒子樓裡的住戶們大致都熟悉彼此。

余忱抿著唇，點頭應道：「妳好。」

兩人簡單打過招呼，余忱低垂下眸坐在外側喝了口水，聽著寧希與唐靜言說笑。

寧希問了唐靜言幾句碩博連讀的事，唐靜言忽然看向余忱，「聽寧希說你成績不錯，國家物理集訓隊是不是能保送？」

余忱摸著杯口應了一聲：「前天北大清大的老師找我談過，明年就能確定保送。」

「豈不是一年後就要去京市？」唐靜言瞥了眼寧希，「你們集訓應該也在京市吧，以後再參加國際物理奧林匹亞競賽就更忙了，以後大概也沒什麼時間回來。」

「下週四去清大，年前要培訓五十天。」

寧希的確還不知道這件事，不過總覺得好朋友的話語間帶著點咄咄逼人的感覺。她偷偷瞪唐靜言，在桌子底下暗自踢了對方一腳。

唐靜言沒理她。

三人各懷心思吃著飯，中途余忱去了趟洗手間。

寧希瞬間變臉，壓低了聲音對唐靜言道：「妳剛才那話是想表達什麼意思啊？」

唐靜言只差拿筷子戳著她的額了，嘆了口氣解釋：「別的我就不說了，他未來會在東市待多久？談談可以，妳別糊裡糊塗給我陷進去，到時候哭都沒地方去。」

「我也沒想怎麼樣啊。」寧希嘀咕道。

唐靜言還想再說什麼，抬頭看到余忱正從不遠處慢慢走來，便沒再開口。

當年的事其實鬧得滿大，什麼樣的傳言都有。那時正值盛夏，聽說這男生和他爸媽的屍體待在一塊兒，直到兩、三天後周圍鄰居聞到惡臭，才報了警。

在這樣環境下長大的孩子，究竟會變成怎麼樣呢，誰都說不準。

吃完飯後，寧希先把唐靜言送回學校，然後繞道回家。

「你下周要去京市？」寧希卻沒發動車，看了看余忱。

余忱沉默了片刻，告訴她：「嗯，我不是故意不告訴妳的，只是保送的事我還沒想好。」

他有點捨不得跟她分開。

原本他在這世上無親眷也無至交，獨自生活了八、九年，孑然一身的他，清楚自己要走的路，也能堅持下去。

但現在身邊多了寧希，一切都不同了。

余忱看著寧希，慢慢把手覆在她手上。

「別人求都求不來的好事，有什麼好考慮的？我當年要能考上稍微好點的大學，我爸媽也不至於把送我出國。」寧希低頭看向男生骨節分明的手掌，笑了聲，「剛才在餐廳裡面，你故意避開的吧？」

余忱沒有否認。唐靜言對他印象並不好，他看得出來。

寧希打開車窗，外面寒風刺骨迎面而來，眼被吹得泛紅，她沒有躲開，迎著風輕聲道：「余忱，我喜歡你。」

起碼當下這一刻是真心實意。

唐靜言說她糊塗，分不清喜歡與同情，其實不是的。她扭頭看向余忱，心跳得有多快，只有她自己最清楚。

余忱唇微動了動，似乎想說什麼，但終究只是默默幫她圍上自己的圍巾，「窗戶關上吧，小心一會兒感冒了。」

「喜歡」這個詞對他來說太過沉重，而現在的他，也不是個適合給予承諾的身分。

就像他爸，跟他媽結婚了，卻又喜歡上別人，家裡錢都給人拿出去還不夠，便去賭，想著以小博大。

他媽跟在後面還了幾次賭債，最後終於受不了。

余忱從沒有說過喜歡她的話，但他剛才那動作殺傷力委實太大，男生指尖停留還在她頰邊，寧希感覺自己又回到了高中時的叛逆期。

她轉身關了窗戶發動車，不知道是脖子上圍巾太暖還是車內暖氣溫度太高，她的臉逐漸漲紅起來。

熄了火。

她沒有回家，反而把車開到了東大不遠處的公園附近。

余忱還沒反應過來，寧希已從駕駛座赤著腳爬到他身上，單手把車座往後調了調。

「余忱。」

「嗯。」余忱喉頭滾動，聲音比平日低啞不少。

這裡是一個隱蔽處，離路燈還有一段距離，車內光線只能隱約看到對方臉的輪廓。

她的手忽然按在他牛仔褲上，不偏不倚就在襠部那，余忱伸手掐著她的手臂，「寧希……」

寧希撲過去咬著他的耳垂，低喃道：「余忱，幫我把內搭褲脫了，我想要你。」

聞言，余忱手一顫，牛仔褲中間那處迅速地鼓了起來，幾乎要衝破束縛。他什麼話都沒說，手鑽到寧希衣服底下，摸到她的腰臀部，把內搭連同裡面內褲一同扯了下來。

脫掉後，余忱還把它們各自分開整理好，疊在了駕駛座上。

寧希俯身去解他牛仔褲子上的釦子，又去扯拉鍊，但是男生早被她弄得勃起，布料緊緊繃著，她試了好幾次都沒能拉下來。

「我來吧。」余忱眸光一黯，自己稍動了動，褲子落在他腳踝處。

寧希踩著座椅兩側，雙手摟著他的脖子慢慢往下蹲，寬鬆的上衣之下空蕩蕩的，粉嫩的穴肉就準備這樣套住陽物。

「別，我幫妳摸摸，看濕了沒。」余忱扣著她的腰，連忙阻止道，「也不怕把自己給弄傷。」

「你都硬成這樣了。」寧希手心蹭著棍子，捏了捏，又往下面睾丸處蹭，「就一點都不想要嗎，不都說你這麼大的男生腰最好最強嗎。」

弄。

像是為了配合她的話，碩大的陰莖彈跳著，似乎又脹大了一圈，根本經不住逗

寧希不知道從哪裡拿了個套子出來，塞到余忱手裡後，便趴在他肩頭，軟軟在他耳邊道：「余忱，你進來吧。」

余忱不覺鬆開手，哆嗦著幫自己戴上套子。

寧希順勢沉身，圓潤的龜頭就抵在穴口，猛地鑽了進去，盡根沒入。

兩人幾乎同時悶哼。

余忱自然是爽的。

然而寧希未免太高估了自己，這姿勢讓凶物直直捅到了宮頸口，連喘口氣的機會都沒有，前所未有的刺激感與充實感傳滿全身。

「痛。」她雙腿岔開，屁股坐在男生身上，難受地捂住了小腹，「余忱，我痛。」

余忱去親她，低聲道：「剛才太急了，哪裡痛？裡面嗎？」

「肚子痛，裡面也痛。」嗓音明顯帶了絲撒嬌的意味。

寧希下身赤裸靠在男生懷裡，突然覺得有些丟臉，他明明小自己六歲，自己這是在做什麼！

男生見她痛成這樣，剛摟著她試圖退出些，卻讓寧希一屁股破罐子破摔坐回去，還先聲奪人：「唔，你別亂動啦。」

明明已經被塞滿，卻還吮吸著不肯放開。

余忱身子微顫，單手揉著她的穴肉，她流了好多水，兩人緊緊黏著的地方濕答答。

她嘗試著慢慢在他身上動起來。

可是她根本不會，胡亂蹭了一番後，余忱疼得厲害，龜頭不斷被撩撥，棍身幾乎要爆炸。

一向冷清的少年被逼到極限，粗粗喘息求饒：「寧希，妳別動了，讓我來好不好。」

寧希本來也是撐著口氣主動，腿要一直保持這個姿勢，很累的。聽到他這麼說，頓時洩了氣，癱軟在他胸前，「那你來。」隔了會兒又問他，「剛才我弄得不好嗎？」

余忱將手指插入她髮間，違心地搖了搖頭，「不會的，很爽。」

余忱親吻著寧希的臉，手托著她的臀，上下抓著往自己腹部撞，癢意總算紓解了些。

可是還遠遠不夠。

寧希渾身一顫，在他身上顛簸，忍不住呻吟出聲。

車裡光線不好，余忱看不清她面上的表情，聽到她的聲音，手間動作猛然加劇，腰身重重往上頂。

余忱喜歡在做愛的時候吸吮她的奶子，他下意識想去掀她衣服。

下一刻，他意識到這裡是在外面，說不定會有什麼人經過，他才不願她被人看去。

他低頭貼在她胸前，隔著衣服咬她，下面動作又狠又重。

「余忱。」寧希推開他的頭，身往後仰，差點磕到置物箱上，還好余忱及時拽住了她。

他的手從她上衣下襬鑽入，單手解開胸罩，摸著她的奶子，乳尖被他夾在兩指之間輕撚。

男生學習能力快得驚人，就在不久前，他還根本不會解內衣。

寧希敏感地直哆嗦，尤其男生指腹粗糙，似還有龜裂，乳頭都被他蹂躪酥麻，那兩團嫩肉都被他拽了大半出來。

肉棒插在穴戳進去，又將媚肉帶得外翻，男生呼吸急促，聽著她低低的呻吟更是血脈賁張。

陽具不斷在她身子裡進進出出，軟嫩肉壁受到刺激痙攣不止，他緊抱著她，重重將自己擠進最深處。

過了好久，余忱略抬起頭舔她脖子，男生在她頸邊輕聲道：「寧希，妳舒不舒服？」

寧希迷迷糊糊咬著唇趴在他肩處，喟嘆道：「余忱，你要去京市那麼久，我吃不到該怎麼辦啊……」

總不能再重新再找根棍子吧？

寧希一度懷疑自己如狼似虎的年紀到了，否則怎麼老不饜足似的。

明明每次弄了以後穴肉都有點疼……

余忱心想，她怕是根本不知道自己說了什麼。

生怕自己再下去會失控，只能掐著她的腰肢，忽接連戳弄了百十來下，粗壯的凶物如狂風暴雨般襲來，雨打芭蕉，一波又一波。

這回寧希真的有些吃不消了，「腿疼……余忱，不能再弄了，一會兒連車都開不了。」

黏糊糊，灌滿白精的透明薄膜被男生從陽具取下。

寧希還坐在他腿上，余忱伸手拿來紙，先幫她把泥濘的花肉擦乾淨，才開始收拾自己。

她不想動，余忱就抱著她換了個姿勢，讓她坐在自己膝上，並幫她把內褲、內搭褲重新穿好。

「還能不能開車？」他連駕照都沒有，暫時只能靠寧希了。

「腿軟。」寧希在他懷裡靠了一會兒。

余忱掰過她的頭親了她一下，並摸著她的臉道：「妳是不是不希望我去京市？」若真的只有五十天，他也不必藏著掖著，左右為難。事實上，五十天後如果能入選國家隊，還會有更久的培訓，以便參加明年六月的國際物理奧林匹克競賽。

寧希這會兒緩過神來了，雖然剛脫口而出的那話還記得點，但她怎麼都不肯承認：「哪有，余忱你好好學習，別整天想著有的沒的。」

「嗯。」他又摸了摸她。

寧希爬回駕駛座。

不知怎麼地，她忽然有些難過。唐靜言起碼有句話說對了，她跟余忱註定以後會越走越遠。

她側身看了眼余忱，哪曉得對方也在看她，她心慌地低頭去穿鞋子，「記得繫安全帶。」

第三天一早，余忱去了學校。

寧希在家裡畫圖，她在這方面格外有天賦，算是誤打誤撞找到了熱愛又擅長的工作。有時候，工作忙起來的話連飯都會忘記吃，余忱怕她不按時吃飯，上學前都會弄好飯菜放在冰箱裡。

晚上十點，寧希從書房裡出來，才發現余忱還沒有回來。

一中到她家走路最多二十分鐘，他卻連個電話都沒打，寧希突然有點慌，剛要去拿手機，手機鈴聲倒先響起來。

「你好，我們是恒單路派出所，妳是余忱的家屬嗎？」

寧希開始只聽了前面幾個字還以為是騙子，到後面心裡不由咯噔，捏緊手機忙說了聲：「是。」

「要麻煩妳來這裡一趟了。」

寧希急匆匆趕過去時，警員已做好筆錄，余忱一人坐在靠牆的座椅上，身邊好幾個家長模樣的人圍著。

寧希隱約看到他身上的血跡，嚇了一跳，忙擠開人群上前問：「余忱，這是怎麼了，哪裡受傷了？要不要去醫院？」

余忱搖頭道：「我沒事，不是我的，是趙芳。」

寧希一臉疑惑，怎麼又有趙芳的事？剛才電話裡警員也沒講清楚，只叫她帶著證件來。

她低頭看見他手臂上青一塊紫一塊，深吸了口氣，「誰幹的？」

余忱還沒開口，旁邊站著的幾人說道：「都是小孩子不懂事，有個磕磕絆絆也正常。」

「醫藥費該賠的我們會賠。」

「我看這孩子也還好，身上沒什麼傷嘛。」

寧希扭頭瞪了他們一眼。

「都跟我過來吧。」年輕的女警走過來道。

一大群人到訊問室準備調解。

余忱低聲向寧希說：「我原本約趙芳談房子的事，正好遇到他們來堵我，趙芳在混亂中被他們推了一把，已經送醫了，人應該沒有大礙。只是市民廣場那地方監視器壞了，找不到具體肇事者。」

「你真的沒事嗎？」寧希對趙芳不怎麼感興趣，看著另外幾個同樣穿著一中制服的學生，她心想他脾氣這麼好，怎麼會惹上別人，是不是對方主動找麻煩的？但畢竟這麼多人，也不好開口問。

余忱搖頭。

打人的幾個還沒成年，也都是一中的學生，此刻各個被家長訓過倒認乖，輪流來向余忱道歉。

余忱沒什麼大礙，連輕傷都算不上。

至於趙芳，後期協商賠償就是她自己的事了。

寧希領著余忱從裡面出來，他默默牽住她的手，寧希沒拒絕。

「怎麼會惹上他們的？」寧希問他。

余忱似有些難以啟齒，頓了頓才說：「也不是，就隔壁班上女生有道問題不會，我講解給她聽，他們之中有人喜歡她……」

居然是爭風吃醋。

要不是中途混了個趙芳近來，寧希真有些想笑。她在男生手心摳了下，仰頭揶揄道：「人家喜歡你吧。」

余忱抿著唇，垂眼看她沒有說話。

寧希咳了聲：「喜歡也很正常啊，我又沒說什麼。趙芳那兒，你談妥了嗎？」

「嗯，過戶給她，不過也得等她出院了再說。我週四就要出發，一時半會也沒辦法辦手續。」

倒也不會來騷擾她了。

「也好。」寧希之前幫他諮詢過，若真要跟趙芳打官司，其中糾葛太複雜了，比例劃分就是個問題，怕是會再翻出當年事情。

這孩子不想要就不要吧。

回到家裡，寧希找出藥箱幫余忱簡單做消毒處理，他的手臂上有一大塊破皮，她溫柔地道：「可能會有點痛喔。」

寧希跟哄孩子似地在傷口上吹了吹。

余忱神情恍惚了下，彷彿又回到了五、六歲的時候，他從幼稚園回來路上摔了一跤，她也是這樣幫他把灰塵吹乾淨，「你媽還沒回來呢，先跟我回家待會兒。」

她給他抹了那種紅色的藥水。

小孩子不太能分清人與人的界限，兩家就隔了堵牆，連對方家裡放電視的聲音都能聽見，他覺得寧寧姐就是自家人，她養了隻貓，特別喜歡抱在懷裡，余忱也跟著她學，還常偷偷留下好吃的餵牠。

後來她丟下了他和貓，十年都沒回來過。

藥水浸在傷口上一陣刺痛，余忱連眉頭都沒皺，他低頭問她：「寧希，我是不是給妳添麻煩了？」

寧希蹲在地毯上納悶地抬頭看他，「怎麼會，這又不是你的錯，你也不知道他們會來堵你啊。你還有兩天就要去京市了吧？明天晚上我去接你。」

余忱臉色微變，低頭看著自己手心「嗯」了聲。

如果……他早就知道他們會來堵他了呢。

明戀卻不得的男生太好被激怒。

市民廣場的監視器已經壞了好幾個月，他偶爾放學的時候會去那餵流浪貓，再清楚不過了。

余忱暗暗發誓，這是最後一次了，他不想寧希對自己失望。

他將她摟坐在身上，摸著她的髮，湊過去舔她，「我會努力的。」

寧希似嗔似哼呻吟了聲：「你已經夠努力了，我在你這年紀還整天糊裡糊塗過日子呢。別啊，你明天還要去學校。」

她下巴那兒軟肉怕癢又敏感得很，稍弄一下就受不了刺激，在他腿上胡亂扭著，余忱原先只是想親近她而已。

然而她這個樣子，男生立刻起了反應。

「很快的，我們去洗澡。」余忱抱著她起身。

寧希從來沒試過這種姿勢。

余忱從前面擁住她，抬高她的左腿，她被迫單腳站立，雙手則抵在一旁的牆壁上。

灼熱而堅挺的硬物沿著穴口擠了進去，她低聲喊他：「余忱，這樣好奇怪……」

他們還沒在浴室裡做過呢，上回在海市也只做到一半。

「哪裡怪？」余忱聲音含糊地咬著她的唇，重重頂到底，將她裡面完全捅開。

寧希說不清這怪異感從何而來，她隨著對方的動作，幾乎半身都靠在他身上。

余忱毫無顧忌地頂著她，巨物抵進小穴不斷抽動。

她裡面在男生戳進來一會兒便濕潤了，不過余忱依然入得艱難，穴肉推拒收縮，絲毫不肯鬆口，不過還是敵不過男生的力道。

寧希動動被男生舔得水潤潤的唇，終於明白這股違和感從哪裡來，余忱今天太急切了。

他幾乎剛進來剝光她衣服就迫不及待埋進她身子裡，連前戲都沒有，跟平常的他完全不同。

不過寧希不得不承認，這感覺也不壞。

余忱眸色沉沉，雙手掐著她的屁股，放縱自己在她身體裡肆虐，「寧希……我想跟妳在一起。」

寧希任由他搗入撞擊，身子被他徹底貫穿，她覺得自己早已經失控，只是昏昏沉沉地想——他們不是在一起了嗎？

巨物占據小穴，她把他吞在自己身體裡，這樣還不夠在一起嗎？

嗓音支離破碎，輕聲低吟他的名字：「余忱……唔……你輕一點啊余忱……」

聞言，余忱動作緩了緩。

她咬著他，箍著他。

余忱覺得自己還是高估了自己，多重刺激之下，他突然急促而劇烈地衝刺，在裡面射了出來。

他放下她的腿，卻還不肯退出，又堵了會兒，把套子扔進垃圾桶。

兩人洗了澡從浴室出來，身上都沒有穿衣服，男生站在鏡子前幫她把髮絲理順，拿著毛巾一點點裹至半乾，才拿起吹風機。

寧希的頭髮又軟又細，燙成大波浪垂在身後，望著鏡中赤條條的兩人，她臉有點紅，她撩起一縷髮問：「余忱，我去把頭髮剪短怎麼樣？」

這髮型是不是太成熟了點，和余忱站在一起明顯就是姐姐。

「這樣就很好。」余忱眼神飄忽說。

寧希想想又作罷，她很寶貝自己頭髮的，每年不知道要花多少錢照顧，貿然剪了她也捨不得。反正她本來就比余忱大啊，這點又改變不了。

倒是余忱似乎一直有些心神不寧。

兩人上床後，寧希捏了捏他的臉，「怎麼了，我總覺得你心情不好，是不是因為那幾個人？你別怕他們，有事就告訴老師和警察，看誰還敢再欺負你。你沒看剛才他們那模樣，回家怕是要挨揍了。」

余忱搖搖頭，他覆住她的手在自己臉上輕蹭著：「寧希，如果妳發現我不如妳想像的那麼好，妳會不會……」

那雙漂亮純淨的眸子就那樣盯著寧希，對方患得患失的心思全然暴露在她眼下，無所遁形。

她親了下他的唇，朝他笑了笑，「不會。」

余忱也笑了，攬著她的脖子回吻她，瞬間整個人都放鬆了下來。

週三中午，余忱提早下課。

其實自從他簽約北大後，即使在學校裡，老師根本不會管他到底有沒有聽課，就算他上課睡覺，老師大概也不會說什麼。

寧希知道後感慨得不行，要是她有余忱這腦子，當年早戀也不至於偷偷摸摸，每次家長會，老師都會來一句：「寧希同學的家長，會後麻煩留下來一下。」

她家的工廠那時剛有點起色，爸媽雖然忙得不可開交，卻從來沒缺席過女兒的家長會，可惜次次都是丟臉。

「余忱，你這腦子是怎麼長的？」兩人窩在沙發上看電影，寧希頭擱在他肩處嘆道。

余忱摟著她，臉貼了貼她臉，「寧希，妳一人在家要按時吃飯，少吃外送，還有別熬夜了，對身體不好。」

寧希已習慣了，這孩子比她媽還囉嗦。

她也有治他的法子。

「昨晚我說睏，想睡覺。」寧希掐著他的腰哼，「是誰掰住我的腿，不肯讓我閉眼的？」

騙她很快就好，套子都用了四個！

還誇她厲害，誇她能吃，小穴咬了肉棒好久。

「你摸摸，還腫著呢。」她引著他的手往自己裙下去。

余忱幾乎剛才聽到她的話就硬了，連忙掙扎了一下，「咳，我就不碰了。早上不是抹過藥，還難受嗎？」

昨晚確實有些過火了。

但一想到要分別這麼久，他就無法克制自己內心的衝動……

不過他哪裡拗得過她，更何況心底也是貪念的，余忱順著她的意思，指尖才碰到布料，就讓她輕拍了下手。

「年紀輕輕的，整天不學好。」

寧希起身往屋子裡去，不多會兒卻抱了件衣服出來。

「余忱，你試試合不合身，京市挺冷的。」寧希展開手中的長款羽絨外套，「我上午已經洗過烘乾了。」

余忱愣住，忽起身抱住她親了口，掌心扣在她頸後輕撫著：「什麼時候買的？」

「就我家工廠接了代工案，這件是樣衣，昨天讓我媽寄了過來。」還是假借唐靜言她男朋友的名義。

余忱睫毛輕顫，從她手裡接過，「寧希，謝謝妳。」

「我就是借花獻佛。」寧希笑道，「你到那兒要好好學習喔，來，穿起來看看。」

余忱身材高眺，又長得帥，就是個天生的衣架子，寧希讓他穿上，眼裡含笑欣賞半天，又拍了好幾張照：「余忱，你好帥啊。」

屋裡暖氣很強，余忱早熱出了一身汗，他卻絲毫沒提，只站在那兒溫柔地看著她。

寧希明明還有些難受，卻被男生誘得又吃了回棍子。

這次被選入集訓隊的五十人中，東市一中就占了三個名額，余忱、韓怡和錢浩，去京市的機票錢是學校出的，除此之外，還有高額的獎學金作為生活費。

過去一中從沒在奧林匹克競賽上獲獎過，這次連壓三個寶。尤其余忱，雖然之前物理大賽得了第二，但他理論可是排名第一。以他的成績，入選國家隊肯定是板上釘釘，說不定能捧個金牌回來。

第二天，寧希把余忱送到機場，他右手拉著行李箱，左手牽著她。

寧希沒想到還有別人。

她送余忱到安檢口，遠遠聽到有人喊著他的名字：「余忱！」

寧希渾身一激靈，連忙甩開了他的手。

他偏過身低頭看她，也不說話。

「我想說是你同學嘛。」寧希乾笑了幾聲，「人家過來了。」

「余忱。」

錢浩跟韓怡走過來，兩人看到寧希都有些驚奇。余忱家裡情況在學校早已不是什麼祕密，除了沒血緣的奶奶和叔叔，他沒有半個親人。

然而余忱面無表情，似乎沒有打算介紹的意思。

寧希看了余忱一眼，對他們笑道：「是余忱同學吧，我是他姐姐。」

「姐姐好。」

大概是哪個遠房的親戚吧。

寧希應聲，裝模作樣掏出手機看了眼，「你們快進去吧，一會兒趕不上飛機。」

寧希盯著余忱的背影，嘆了口氣，往回走。

這孩子應該是生氣了，連頭也沒回。

三人排著隊，快輪到他們的時候，原本一直沒怎麼吭聲的余忱忽然開口：「你們先進去吧，我突然想到我還有點事要跟她說。」

「之後用電話講不就好了？」錢浩說了句。

余忱卻拎著行李箱轉身離開。

錢浩還想再說，讓韓怡拉了把：「時間還早，來得及的。」

寧希並沒有走多遠，她低頭想著事情，手腕從後頭被人拽住的時候，她嚇了一跳。還沒等她反應過來，卻已經讓人拉扯著到旁邊。

「余忱？你怎麼回來了？」

男生抿著唇，他緊緊攥著她沒有鬆開，寧希能感覺到這孩子的手在輕輕顫抖，他的目光落在她身上。

寧希瞧出了絲哀傷。

「余忱。」寧希喊了他一聲，伸手去摸他的臉，「快走吧。」

余忱終於有了點反應，他盯著她問道：「寧希，我是誰？」

「余忱啊。」

他又一言不發了。

寧希很快反應過來，她輕笑了聲，墊腳勾著他的脖子，在他耳邊輕聲道：「男朋友，寧希的男朋友。」

余忱的臉一下紅到了耳根，面頰發燙，他想親她，但是不想在這人來人往的大廳裡讓人家看熱鬧，只能乾乾地「哦」了聲。

「那我走了，妳要照顧好自己，冰箱裡有餃子，也不能放太久……」

「知道了，男朋友。」

第五章　等我幾年好不好

一直到了候機大廳，余忱還一副心不在焉的模樣，在場的人幾乎都看出來了，連剛到沒多久的陳齊瑤跟他打招呼，他都沒注意。

「跟你姐說完話了？」錢浩問他。

余忱胡亂點頭。

飛機上，余忱一路都在看《奧林匹亞競賽題目合集》，他在幾人裡年紀最小，卻天賦極高，幾乎競賽圈子裡沒人不知道有個孩子在初中就拿到了數學、物理的全國賽前五十。

余忱進一中，純粹是當初一中獎學金更多而已。

坐在余忱旁邊的阿姨見他這麼認真，還誇了他幾句，卻不知道余忱其實是在發呆，分別沒多久，他就想她了。

他生命裡也就只有她而已。

在清大的集訓很枯燥，每天都在西郊賓館和信科樓間打卡。

清大發了不少免費餐券，大家都沒什麼意願去吃，只有余忱，早上中午都吃免費餐。

東市來的四人，韓怡和錢浩是有名的情侶，集訓班上傳言，余忱與陳齊瑤也是一對。

韓怡知道陳齊瑤的心思，開始還想著幫忙撮合她跟余忱，都說女追男很好追，偏偏余忱心硬得像塊石頭。

陳齊瑤沒有明說，余忱就當作不知道。

直到有一次，陳齊瑤問起余忱手錶的事，只見他默默收拾好餐盤，說道：「送給我女朋友了。」

桌上幾人愣住。

大家一起參加比賽到現在，從沒聽說余忱有女朋友，都覺得這是他為了拒絕陳齊瑤說的謊。

只有韓怡若有所思地看了余忱一眼。

回頭她私下跟錢浩說：「以後我還是別亂摻和他倆了，我看余忱說的是真的。」

「妳怎麼知道，連影子都沒的事。」錢浩狐疑地看著女朋友。

「就上次我們在機場見到的那個姐姐，當時我親眼看到余忱牽人家手了。那時沒細想，今天他說我才想起來。」

當然還有些事，韓怡沒說。余忱身上那件黑色羽絨外套，沒一萬是買不到的，平時連幾十塊的飯錢都捨不得花的他，怎麼可能自己花錢買。

他那個姐姐，身上衣服B家的，包包是C家新款，幾萬塊的行頭，不說大富大貴，總比普通人要好得多。

要不是韓怡還算了解余忱，幾乎以為他誤入歧途了。

聽女朋友這麼說，錢浩也想起來了，他和余忱住在一間房：「難怪他老往浴室裡跑，躲在裡頭打電話。」

韓怡笑了聲：「真想看看他那時是什麼樣子。」

余忱太冷了，對誰都這樣，就連錢浩他們，也無法聊超過兩句。

寧希之前跟賀成東複合一個多月，這事還沒來得及告訴她爸媽，兩人就分手了。至於余忱，上次她媽那態度，寧希壓根不敢提。

她爸媽一直以為她還單身，不知道讓哪個七大姑八大姨說動心思，把她給騙去相親。

等到了地方，寧希看她二姑媽跟個陌生男人坐在那兒，她才發現自己被騙了。又不好當場打她二姑媽的臉。

她二姑媽在學校裡工作，語文老師還是教導主任，訓起人來一套一套的。

寧希從小就有點怕她，更不怎麼敢往她家裡去，但她爸媽忙著工廠的事，寧希偏偏在她家住的時間最多。

他們家那是教師公寓，對門、上下鄰居基本都是教育體系裡的，逢人見面都是學生怎麼樣怎麼樣。

她笑嘻嘻拉開椅子在她二姑身邊坐下：「二姑，今天怎麼有空喊我出來吃飯？」

二姑寧偉娟瞪了她眼，讓她好好跟人打招呼，又扭頭跟男人笑說：「小梁，這是我侄女，今年才從國外回來，自己開了個工作室，生活滿穩定的。」

寧希暗自撇嘴，上回一家人聚餐，她可不是這樣講的，說自己不務正業，要不然就定下心來好好考公職。

「這是梁老師，現在教高中。妳還記得康老師吧，住我家對門，之前還幫妳補過數學，梁老師是她外甥。」
寧希輕笑點頭：「你好。」
對方從座位上起身伸出手，虛虛握了下，「妳好。」
寧偉娟替雙方介紹兩句，便起身往外走，「好了，你們年輕人一起吃飯吧，我還有事，就先走了。」
寧希尷尬地朝對方笑了笑，實在不知道該說什麼。
對面梁老師倒像是看出她的窘迫，把菜單遞了過來，體貼問道：「想吃什麼？」
寧希隨意點了兩個菜，想著走個過場，回頭就跟她二姑說不合適。
梁申比寧希大四歲，說是教高一物理，寧希聽到「高一」和「物理」兩字懵了瞬，一口喝完杯子裡的檸檬水：「冒昧請問一下，梁老師在哪個學校任職？」
「東市一中。」
寧希手一慌，差點把杯子摔到地上。
她摸著手腕上的錶蓋，連忙說道：「一中滿好的，能考上一中的都是名校的苗子，你們教著也輕鬆，不錯，不錯。」
她有些語無倫次地說完，才意識到自己話太多，乾笑了兩聲。
「其實我比妳還緊張。」梁申輕笑道，「跟公開授課那會兒差不多，話琢磨了好幾遍都不知道怎麼開口。」
話裡的意思讓寧希更加不好接了。
吃完飯，兩人交換了聯繫方式。
梁申說要送寧希回家，寧希指了指停在不遠處的車，「不用啦，我自己開車來的。」

男人目光落在車上，沒再說話。

寧希毫不在意，心想還是跟她媽說清楚，別再變著法子安排相親了，她年紀還輕，對婚姻根本沒有想法。

更何況，她有男朋友的，她男朋友優秀又努力。

余忱才走沒多久，她就開始想念那孩子在的時候了。明明以前她一人在澳洲生活得也很好，最近一段時間被余忱照顧得太好，快要喪失生活自理能力。

到家後不久，梁申發了訊息過來。

「到家了嗎？」

寧希簡單回覆了他幾個字，便擱下手機。

她在書房裡待了一下午，晚上五、六點左右，余忱打了電話過來。寧希覺得奇怪，他平常都是打視訊電話的。

「寧希。」他那邊似乎有點吵，這個時間點他們應該在吃飯吧。

余忱在食堂外面捏緊了手機，沉默了一下才又開口：「在做什麼？我們今天考了一天試，碰到幾個新題型……」

其實他想問的不是這個。

寧希實在不怎麼懂這些知識，只想著中午和人相親吃飯的事，還是別跟他說了，免得他亂想。

「在家畫了一天圖，正準備煮點吃的呢。」

「嗯。」他低低說了聲，「少吃點外送，那我掛了。」

寧希總覺得他不太對勁，但又說不出個所以然。

余忱一整晚都在盯著手機看。

錢浩覺得奇怪，湊過去看了看，「余忱，在玩什麼遊戲嗎？」

這也不像他的作風。

余忱倒沒藏著掖著，把手機螢幕給錢浩瞧，「你看梁老師是不是談戀愛了。」

「哪個梁老師？」錢浩瞄了眼，四宮格的美食照，實在看不出什麼。

「教物理的那個。」

「哦，談就談啦，我還是他第一屆學生呢。」錢浩不感興趣，又趴回自己床上。

余忱把第三張圖來回看了許多遍，右下角女人腕間戴著一支錶，那手錶相當眼熟……更熟悉的是，他上週三晚上才陪她去做過美甲。

跟上面的圖案一模一樣。

余忱甚至不知道怎麼開口問。

自那天起，余忱的話少了許多，即使寧希打視訊電話過去，他也總是欲言又止，沒多久就掛斷。

寧希只當他集訓太忙。

梁申那兒約了她一回，去看電影，寧希委婉拒絕了，回頭告訴她媽：「梁老師二十六了，我看他衝著結婚來的，跟我也不合適。何況……」

寧希頓了頓：「我喜歡年紀比我小的。」

「不合適就算了。」邵麗說，「妳二姑那兒把對方說得天花亂墜，還覺得妳高攀，這話我聽了就不高興，只是當著妳二姑的面不好多說。鐵飯碗又怎麼樣，我們家也不缺那麼點薪水。不過妳也不能整天悶在家裡，也該找個對象了。」

寧家就生了她一個，夫妻倆寶貝得很，趕在她從西澳回來之前把房子和車都準備齊全。八、九十萬的車，寧家爸爸眼都沒眨半下，只怕她在外面待久了不肯回來。

寧希一邊應付著她媽，一邊用腳逗著余忱的貓。剛才她給牠餵食，這會兒才勉強願意搭理她，爪子扒著她的拖鞋叫了一聲。

「寧寧妳養貓了？」

邵麗在電話那端聽見了貓叫聲。

「嗯，之前撿到的……沒事，疫苗都打了，也送去醫院檢查過……身體沒什麼病。」

寧希掛斷電話，低頭抱起貓，輕輕幫牠順著毛，問了句：「妳想他了沒？」貓喵了一聲。

算起來，余忱已經兩天沒聯繫她了。

明明前天晚上還發過訊息，直接被寧希四捨五入說成兩天，她點著貓的眉心調笑，「我看他八成有了別的貓。」

雖然在笑，語氣裡是她自己都沒察覺到的失落。

她當初把那孩子撿回家，當真是半點齷齪的心思都沒有，純粹覺得那孩子可憐。沒想到，可憐到床上去。

寧希嘆了口氣，翻看了幾眼日曆。

很快就到耶誕節，寧希跟在唐靜言後頭出去吃了頓免錢的。

「妳家老周沒嫌棄我當你們的電燈泡嗎？」

唐靜言瞥她，「這麼熱鬧的日子放妳一個人，妳待得住？每年都提前催我給妳禮物，妳那個小朋友呢，就沒半點示好？」

倒沒再提不看好余忱的事。

寧希擺擺手，「他忙著讀書呢，而且他八成都沒把這天當做節日。」

想起往事後，唐靜言笑了聲，「以前上學那會兒，妳把叔叔氣得來找我爸喝酒，他們肯定想不到妳以後找了個準清北的男朋友。」

從飯店出來，外面天色已暗，聖誕氛圍越加濃厚，沿路各家商戶櫥窗都裝飾上了金色與銀色的ＬＥＤ燈。

寧希開著車從熙熙攘攘的街上回家，看了眼沒任何動靜的手機。

她給余忱傳了條訊息過去。

「**聖誕快樂啊，男朋友**。」

余忱直到第二天才看見，他連忙回撥給寧希：「寧希，我都沒注意到昨天是耶誕節……」

寧希迷迷糊糊接起電話，打了個哈欠，頭埋在被子裡，眼睛都睜不開。

「沒關係……我先掛了啊，余忱。」

昨天她熬到三、四點才睡，現在剛入睡沒多久。

余忱還想說什麼，電話那頭卻只剩下嘟嘟嘟的聲音。

「余忱，走吧。」錢浩站在門口喊他。

余忱愣了一下，才失魂落魄地拿起書包往外走。

好不容易寧希主動發了個訊息來，還稱呼他男朋友，他也做好做好心理準備問她梁老師的事了，沒想到會是這樣……

然而接下來幾天，寧希似乎也很忙，往往聊不到幾句話就要掛斷，跟他逃避那會兒一模一樣。

錢浩發現余忱越來越安靜，一天有十八個小時都在寫題目，不愧是資優生，不只有天賦，還比大多數人努力。

四大力學從零到基礎，不到一個月的時間就得學完，新題型、新知識理解的關鍵點在於天賦。昨天考的新題型很難，連陳齊瑤都只拿到了八十五分，只有余忱是滿分。

元旦前一天，物理集訓隊十幾個人約好去京市之光跨年，余忱也被錢浩拉了過去。

京市之光離清大並不遠，約二十多分鐘路程。他們到地方的時候還早，才十一點多，廣場上已經聚了不少人。

余忱口袋裡手機響了幾聲。

因為人太多，剛開始他還沒發現，還是陳齊瑤問過一圈：「誰手機在響？」他這才注意到。

「余忱，你在哪裡，在做什麼？」女人軟軟的聲音傳來。

余忱看著人群，愣了片刻說：「在京市之光這裡，聽說一會兒有跨年表演，我拍照給妳看？」

那邊好像低笑了聲：「好啊。」

其他幾人聽得目瞪口呆，第一次看到余忱說這麼多話。

寧希沒說兩句就掛斷，余忱頓時連看表演的心情都沒了，要不是應了她要拍照，他大概早就扭頭走人。

寧希收起電話，抬頭對計程車司機道：「司機，可以麻煩您改去京市之光那邊嗎？不知道會不會太遠？」

「不遠不遠，路程差不多，特意來看世紀之光的吧，保證妳能看到。」司機豪邁地回答。

寧希笑著應了聲。

余忱的手機一直沒離手，拍了許多張照片，等著回頭整理好給寧希看。

寧希拖著行李箱往人群邊上走了走，這才站到標誌性物旁邊跟余忱打視訊電話。

盯著她背後熟悉的景色，余忱有點呆住了。

「看到我身後的牌子了嗎，你來這邊找我吧，我就站在它底下。」寧希指了指自己身後，余忱那兒有點嘈雜，她不自覺地加大了一點音量。

「誰啊？」

陳齊瑤跟韓怡挽著手湊過來看。

上回寧希見過韓怡，她在螢幕裡朝她們擺了擺手，「是余忱的同學吧，你們好。」

這邊幾人還來不及打招呼，余忱往四周看了看，已經跑了出去。

「寧希。」

穿過人群，余忱幾乎一眼就看到了站在燈下的她，他直接將她摟進懷裡，「妳怎麼來了？冷不冷？吃晚飯了沒？怎麼沒跟我說一聲？」

寧希讓他一連串的問題弄得頭暈，忙止住了他，指抵在他唇邊道：「一次只能問一個。」

余忱反握住她的手，指尖冰涼，這會兒零下十幾度，肯定是冷的。他鬆開她，將她兩隻手都裹住搓了搓，說道：「寧希，妳吃晚飯了嗎？」

寧希點點頭，「在飛機上吃過了。」

余忱咧嘴笑了下，周圍五顏六色的燈光映照在他臉上，看著有幾分滑稽，身後不遠處傳來眾人倒數計時的聲音。

「十，九……」

「余忱你低頭。」寧希墊腳勾住他的脖子。

他愣愣地照做了。

帶著絲絲涼意的唇覆上他的，他僵硬地站在那兒有些不可置信，寧希突然就出現在了他面前，甚至親吻了他。

身後的倒數還在繼續，驟然間一束白色光線衝上雲霄，新年的第一縷光下，余忱再次聽到了她的聲音。

「生日快樂，余忱。」

沒有人記得今天是他的生日，連他自己都忘了。

他被爸媽從醫院抱回來時，正好是元旦假期的最後一天。那會兒，寧希家還收到他媽送來的紅蛋，寧希還去看過。

小小的嬰兒被裹在繈褓裡，睡醒沒多久，圓溜溜的眼睛四處望著。

寧希正準備鬆開他，卻被對方再次回摟住。她以為他要親她，害羞地閉上眼，然而男生只是俯身抵著她的額。

她臉上濕濕的，像是被濺到了水珠，寧希剛要睜眼，卻瞬間被人捂住了。

「別看。」低啞的嗓音中寧希聽出了絲晦澀、壓抑的情緒。

這孩子在哭。

氣氛窒息得難受，寧希不知如何是好，她輕輕環抱住他的腰，湊近他的鼻尖蹭了蹭，「余忱。」

對方沒吭聲。

跟著余忱過來的三人同時看到這幕，余忱緊緊擁著身前女人，姿態親密又溫柔。

余忱大概是因為家庭變故，他平日裡大多是一副生人莫近的淡漠樣，誰也沒想到他還有這樣的一面。

陳齊瑤想上前，卻被韓悅扯了扯衣服，意有所指道：「這姐姐上次我和錢浩看到過，送余忱去機場的，原來真的是他女朋友。」

兩人終於分開。

寧希抬眼就看到站在不遠處的韓悅幾人，不由得尷尬起來。她拉了拉余忱袖子，余忱抿著唇，眼圈有點紅，好在四周光線五色斑斕，旁人並沒有注意到。

然而男生這樣子，一開口怕就會就露了餡兒，寧希這次總算沒甩開余忱，她走上前笑道：「你們好。」

他們的手還交握著。

一看就知道怎麼回事。

寧希帶著余忱先離開了。

「今天不住宿舍有沒有關係？」她在車上小聲問他。

這話指向性太明顯了，寧希忍不住抬頭看了眼前面司機。

余忱原本就沒打算回去，他扭過頭看了寧希手腕好一會兒，輕輕搖頭道：「沒關係。」

剛才在外面很冷，她衣袖完全擋著，這會車內暖和，寧希稍微抬手，不自覺就露出了腕間的錶。

余忱眸色暗了暗。

那張圖，精緻得說不出來名字的菜肴，女人皓白纖細的手腕，不大合適的運動手錶。

如同一根刺，在他心中生了根。

寧希在清大附近飯店訂了兩天的房，這回沒把他的貓帶過來，暫時借住在唐靜言她家，讓伯母幫忙照顧幾天。

余忱來了京市後，兩人分別近一個月，連他們在一起的日子都沒這麼久。

飯店房門被關上，原在外面還費心藏著掩飾著，不好意思跟對方太親近，這會兒再也沒任何心理負擔了。

余忱把自己身上羽絨外套和她的大衣都脫下，拿衣架掛好。

兩人齊齊倒在床間，男生的手從她黑色毛衣底下鑽進去，單手解開她胸前束縛後，握住她嬌嫩的乳房。

「唔。」寧希呻吟了聲，轉而抱住余忱，「想我了沒？我可是辛苦忙了好幾天才騰出空來的，今天出門連筆電都沒帶。」

她眼裡亮晶晶地盯著男生笑。

余忱很快想到前幾天聯繫時，她總是在忙，他以為她不願意理會自己。原來並不是。

他捧著她的臉，輕咬住她的唇珠道：「想了，很想。」

想得他一度打算回東市找她，可是他清楚自己沒有資本，如果沒有競賽，沒有名次，他什麼都不是。

寧希心想雖然她理解男生，但這段時間兩人確實沒說過多少話。

她順勢蹭了蹭他，語氣膩乎道：「余忱，這麼久沒見，你說句好話來哄哄我嘛。」

余忱愣住，好一會兒才理解她的話，他沉沉注視著她道：「寧希，其實當年妳離開孔溪正街，我很想讓妳帶我一起走。」

他就抱著貓站在她家門外，看著她和伯父伯母收拾東西，樓下來了輛廂型車，是來幫他們搬家的。

她臨走前摸了摸他的頭，「小余忱，以後要乖乖的。」

有些話他本來能藏一輩子，她父母慈愛，家庭和睦，小半輩子都泡在蜜罐裡，愛她的人那麼多，根本不缺他一個。

可是今晚她從東市趕來，她抱著他祝他生日快樂，她在他懷裡，似乎也沒那麼說不出口了。

「我知道妳新家在哪裡，有時學校放假，我會跑到妳家附近去……」後來，她長大了，他也上了初中，周圍十幾歲的男同學隱晦地討論男女知識，互相分享資源。

余忱十四歲時懵懵懂懂第一次遺精，他的夢裡全是寧希。二十歲的寧希嬌豔欲滴，羞赧而順從地躺在他身下，任他為所欲為。

那份感情漸漸變了質。

寧希愕然，不知怎麼地淚就從眼眶裡滾了出來。

她其實早就忘記余忱了，她越長大，身邊的人和事就越多，哪裡還會記得幼時鄰居家的小可憐。

她從不知道他還記得。

然而寧希莫名又生了點異樣的感覺，那天唐靜言告訴她，別把同情和喜歡混淆了。

這孩子，他分得清什麼是依賴和愛情嗎？

余忱一點一點地吻去她臉上的淚，溫熱的唇重重落在她面頰，他箍緊了她，「寧希，我喜歡妳……我……不是什麼變態。」

寧希連忙回吻他，「余忱聰明又能幹，是我喜歡的人，當然不是什麼變態。」

她的手鑽進了他的褲子裡，那根滾燙的硬物被她輕輕握住，在他還沒反應過來時，她已掙脫了他，低身下去親了親猙獰昂首的小余忱，還伸出舌尖在頂端裂口舔了下。

余忱心停跳了拍，「寧希。」

寧希沒理他，把他褲子給扒了去。

余忱忍不住夾緊腿，甚至想伸手去擋，這無心的舉止，倒弄得她像個強姦無知少年的淫魔。

「給我看看。」寧希臉上還掛著淚珠，卻被他逗笑了。

他慢吞吞地挪開手，粗壯的棍子從腿心探出，龜頭圓潤光滑，看著比片子裡耐看得多，起碼顏色沒那麼黑，只是比他皮膚要深些。

而且非常乾淨，幾乎聞不到什麼異味。

寧希就這麼著準備低下身的時候，余忱從褲子口袋裡掏了包濕紙巾出來，「寧希，妳……先擦一擦吧。」

他聲音抖得厲害。

女人身上衣服被卷到了肚臍眼上方，男生昂揚的胯下正抵著她的唇，竄入鼻尖的是少年身上濃郁的麝香味及似有若無的陽光氣息。

寧希從余忱手裡接過濕紙巾，卻下了床，又取了個東西塞到余忱手裡。

她蹲在他腿中間把包裝拆了，冰涼的面紙巾刺激得男生哆嗦了下，陽具彈跳著，打在她鼻尖。

余忱沒想到，她就這樣張開唇，將肉棒直接吞入。

男生身子打顫慌亂地哼了聲，寧希沒有幫人口交過，根本談不上任何技術，而且余忱長得高，這裡也大，那麼粗長的陽具，她根本吃不下。

她只含住了一點點龜頭，甚至牙齒還磕到了一下。

驟然襲來的痛驚得余忱直皺眉，可是溫暖口腔裹住陰莖的瞬間，余忱仍是舒服地差點直接射出來。

「寧希。」他情不自禁喊著她。

寧希虔誠地趴跪在他雙腿間，唇舌伺候著他昂揚的陰莖，細細舔舐吞含，不過只入了一半在嘴裡，讓她再深入她也不會，還覺得喉嚨脹。

她試著舔舐棒身，雙手則去揉搓下面兩個囊袋。

余忱的手不自覺地插入她細軟的髮間，扣著她的腦袋往前抵，寧希搖頭抗議，卻被迫貼著他的腹部，硬物向裡捅進幾分。

寧希不依，直往後推著他，想把塞滿口腔的東西給吐出來，嘴裡嗚嚶嚶哼著。

「寧希，別動了，別動。」

余忱正值血氣方剛的年紀，哪裡忍得住這樣的刺激，只見他臉色潮紅，突然狠狠地悶哼了聲，雙手攥著她，陽具在她嘴裡痙攣抽搐，就這樣猝不及防洩了出來，一波又一波。

要推開他已經遲了。

大部分精液都被射到了寧希嘴裡，還有小部分弄在臉上，看著淫穢且勾人。

寧希僵在那兒，差點被嗆到。

還是余忱先回過神，拿了垃圾桶讓她吐掉，還讓她漱口，並小心翼翼幫她把臉上擦拭乾淨。

「寧希怎麼樣，還好嗎？我剛才不是故意的。」余忱抱著她低聲問。

寧希摳著他上身襯衫的釦子，咬著唇瞄他，「唔，剛才不小心吞了點下去，這東西吃起來倒沒什麼味道。」

余忱手一頓，幾乎沒細想就將她推倒在床被間，猴急地壓下身，手則去拽她的衣服和褲子。

「妳那兒水是甜的。」余忱在她耳邊低喃，「寧希，我想吃，我還要吃奶。」兩人都學壞了。

寧希幾不可聞「哦」聲，隨手扯過枕頭，「那你輕一點，別咬破皮。」

胸前忽然一陣溫熱，他已經叼含住她右側的乳尖，吮吸起來，乳頭在他唇齒間慢慢腫大，硬成石子。

寧希小聲哼著。

她對余忱的喜歡不帶一絲雜質，正因為喜歡，她對他不免又多了點憐憫之心，心疼他受過的苦。

寧希輕撫著他的髮，像給幼兒餵食那般，忍不住稍微弓起身，把乳尖往他嘴裡送。

余忱咬著她的奶，粗糲的掌沿著小腹慢慢摸下，她那兒沒多少毛髮，而且恥毛又細又軟，根本擋不住穴肉。

指腹蹭著陰唇，食指微勾起按到陰蒂的位置，那是她的敏感點。

他才揉了兩下，寧希就又癢又麻地蹬著腿，「余忱，不要弄。」

「寧希，妳淌水了。」余忱在穴口抹了一把。

寧希能感覺到腿心一陣潮溼，似乎都漫到了床單上了。

腿縫間的穴肉讓人往兩邊扯開，余忱試圖把指頭伸進去，男生手上有裂口，骨頭又硬，感覺比前次更明顯。

有段日子沒弄，她渾身都緊繃了。

「不要這個。」她細細地喊。

余忱疲軟的肉棒早已再次抬頭，聽到她的話之後，他從她胸前挪開，手摸索著她剛才給的套子。然後又伏在她身上親她的嘴，陽物戳在她腿心，有一下沒一下地撞著穴肉。

「想要什麼？」余忱低聲問。

她頭一歪，別過眼去，「你進來啊。」

余忱親著她的鬢角，腰身一沉，徹底把自己埋進她身子裡，以這樣親密的姿勢，直接戳到了底。

寧希仰頭叫了句：「余忱，痛。」

他撐起身看去，自己的陽物完全塞進花道裡，穴肉被人為地撐開，粉嫩陰唇死死咬住根部，似乎還吃了幾根黑毛下去。

余忱忍不住咽了咽口水，寧希精緻的臉蛋皺成一團，他從眼角、鼻尖到脖頸，親了好一會兒，才終於感覺到她的鬆懈。

「好些了嗎？」他輕聲開口。

寧希將腿架到男生背上，有些不好意思地搖頭，「本來就不怎麼痛的……」

只是余忱本錢不小，陽具又粗又硬，凶物硬是借著壓迫的力道，撥開層層阻礙鑽進小穴深處，她吞下來確實有些吃力，陰唇已被他捅得外翻起來。

而且余忱太溫柔了，她只要一喊疼，他就會慢下來耐著性子哄她。

彷彿兩人的年紀顛倒過來了。

余忱什麼也沒說，只在她體內停頓了幾秒，便摟緊了她的腰，身下動作越演越烈，似拚了命地往洞裡戳，肉棒端懸掛著的兩顆肉蛋持續撞上穴肉，發出淫靡的聲響。

「寧希，寧希！」他喊著她的名字，節奏拿捏得極好，「希」字尾音落下的瞬間，碩物也跟著抵至宮頸口。

寧希欲眼迷離，被余忱幹弄得只有嬌喘的份，她扯著嗓子哼哼唧唧：「唔，嗯……余忱你輕一點……脹……」

余忱輕吻住她凌亂的髮絲，身下力道反而更重了。

猙獰的陽物和他清秀的面容比起來很是違和，它異常凶猛地在狹窄的甬道裡戳來戳去，偶爾小穴外會露出一小段肉粉色的棍子。

沒全部拔出，但是讓寧希體內輕鬆了許多，至少脹滿的感覺沒那麼駭人。

不過短暫的一兩秒，趁她喘息的縫隙裡，余忱又重重壓回她身上，堅挺的性物強硬地捅穿內壁盡根搗入，幾次來回，險些要把她的嫩穴插爛。

而敏感的甬道在不斷痙攣收縮下更加緊了幾分，牢牢包住它。

激烈的撞擊刺激又過於磨人，寧希雙腿大張，身子裡一波又一波快感來襲，她終於忍不住，拽緊他的手臂，哆嗦著吐出數股溫熱的液體，全澆灌在體內的龜頭上。

雖然隔著套子，余忱還是能感覺到她的溫度。

抿著唇猛顫了幾下，肉棒裡的東西再也堵不住，乳白色的液體盡數噴出。

空氣裡略沾了點腥味。

元旦第一天的課程，余忱準備翹掉，畢竟老師不會點名，也有不少人會找各種藉口在清大校園裡閒逛。

寧希背對余忱躺著，一頭偏棕的大波浪長髮服貼地散在背後。余忱愛極了她，忍不住撩起髮，湊過去親吻她的蝴蝶骨。

寧希嚶嚀一聲，慢慢轉醒，扭頭看在埋在她肩處的人，「余忱？」

他這年紀，太容易衝動了，身下早已撐起帳篷，硬硬地抵著她的臀。

「嗯。」余忱在寧希身上蹭了蹭。

她摸過擱在床頭櫃上的手錶看了看，又說道：「已經七點了，你是不是該起床去上課？」

余忱垂眼，決定不說出自己的打算，只是點點頭道：「八點半上課，來得及的。妳要吃什麼，我去幫妳買？」

寧希翻了個身坐起，「不用，一會兒我去飯店餐廳吃。等你們五點下課，我再去找你。」

「好。」余忱想了想才回，「那妳白天要不要去清大校園轉轉，這兩天清大藝術博物館有個古代繪畫展。」

寧希應他，扯過毯子披在肩處，「也行，我後天才回去呢，中午你要有空就一起吃飯。」

「有的。」她話音剛落，余忱已忙不迭應了，「聽說紫荊四樓的麻辣香鍋很好吃，中午去吃吧。」

寧希輕笑一聲，掀開被子準備下床。

哪知她腳剛踩到拖鞋上，余忱忽地從身後抱住了她，「寧希，我想問妳一件事……」

「什麼事？」寧希嚇了一跳，穿好拖鞋問他。

余忱醞釀了會兒，才拿出手機給她看之前的截圖，「妳是不是認識梁老師？」

梁老師，一中的物理老師，應該還教過余忱的。

寧希都快忘記這人了。

她壓根沒想到對方曾發過朋友圈，不知道什麼時候讓余忱看到了，怕是一直耿耿於懷。

「就上回，我二姑喊我出去吃飯，正好梁老師也在。」寧希想了想，還是選擇說實話，「我也是到那裡才知道我二姑的意思……不過我們都沒看對眼呢。我是怕你多想，所以才沒告訴你。」

余忱沒說話，他額邊碎髮垂落下來，「寧希，妳還有好幾個月才二十三歲，但我今天就十七了。妳想結婚的話，等我幾年好不好。」

等他到法定年齡。

寧希啞然失笑，「余忱，我暫時沒有結婚的想法。何況你現在想這些是不是太早了點？小朋友還是好好學習吧，整天想什麼呢。」

「我不是小朋友。」男生環著她否認，「妳昨夜不是還說我弄得妳很舒服嗎？」

寧希嘴角一抽，「先放開我，我想去上廁所……不是小朋友……那也要趕緊起床上課……」

第六章　寧希，妳好香

余恍破天荒地遲到了。

他昨天沒回去宿舍，錢浩再清楚不過，拋了個大家都懂的眼神給他。

而且今天余恍明顯心情不錯，前段時間宿舍裡盡是低氣壓，錢浩差點崩潰。

余恍一聲不吭地拉開椅子，有些尷尬，他不是很想讓人這樣臆測寧希，雖然兩人確實什麼都做過了。

京市的冬天比東市冷很多，天氣乾燥，風颳在臉上跟刀子似的，寧希將長髮挽起來紮成花苞，特意換了一件聯名款粉色休閒上衣。

這麼刻意裝嫩的一身，走在校園裡沒有半點違和，不過寧希都忘了自己才二十二呢，年紀本來就不大。

都怪余恍才上高中，看起來太嫩了一點。

中午還沒到十一點，余恍就過來找她了。

「不是還有半個小時才下課嗎？」寧希狐疑地看他，「余恍，你可不能蹺課。」

余恍看著她手上拿的畫冊搖頭，「沒有，上午是考試，提前交完卷就可以走了。」

的確是考試，只是余恍沒有說出口的是，為了提前交卷，有道求未知液體折射率的試題，液體無色無味，他沒有按照步驟求證，而是直接嘗了一口。

是水，折射率一點三三。

物理不是化學，會用來實驗的液體不外乎酒精和水，雖然很多同學會這樣做，但余忱一直覺得物理是實驗科學，應該要動手證實才算。

只不過今天除外。

寧希信以為真，也沒再說什麼。

兩人吃完飯在學校裡逛了逛，余忱默默幫寧希拍了好幾張照片，最後又一起在清華園前面合影。

寧希指著手機上的兩人看了半天，高興道：「余忱，這好像是我們第一張合照。」

余忱抿唇盯著她的側臉，輕笑道：「妳傳給我吧。」

寧希立刻轉傳過去，不過也沒忘記叮囑道：「朋友圈就別發了……唔，也不是……總之等你成年了再說。」

余忱朋友圈裡本來就沒有任何東西，仍是點點頭道：「好，下午要不要去聽課，旁聽的人還不少。」

「不了。」寧希搖頭，「我還想去別的地方逛逛，放學我再來接你。」

寧希一本正經地告訴余忱不要亂發，自己卻忍不住放了一張在她平日裡碎碎念用的微博小帳。

微博主帳號基本都是工作需求，商家會私訊敲她，還有些線上約畫頭像或半身像的個人戶。

下午寧希遲到了，余忱在校門口等了好久，才見他氣喘吁吁地跑來。

「妳去哪裡了？」

余忱從口袋掏出面紙幫她擦汗，見她袖子上不知道黏了什麼奶白色的東西，他自然牽過她的手，幫她簡單清理了下。

寧希沒回答他的話，眨眨眼說：「逛一天有點累，晚上也別出去吃，叫飯店裡的餐好了。」

余忱壓根沒有多想，「好。」

回到飯店後，寧希洗了個澡。

把身上衣服換掉從浴室裡出來時，見余忱正在辦公桌前寫作業，便沒有打擾他，躡手躡腳地進了旁邊的臥室打電話。

二十分鐘後，客房外面門鈴忽然響起，寧希忙不迭跑過去開門。

只見飯店服務生用推車送來了一份蛋糕和餐食，但奇怪的是，蛋糕明顯沒有外面賣得那樣精緻，裱花還一坨坨堆著。

余忱見狀，似乎突然明白了什麼。

直到服務生出去，他才艱澀開口：「下午妳就是去做這個？」

「今天是你的生日嘛。」寧希眉眼含笑，「這已經最好看的版本了，還有些連蛋糕體都烤焦，實在拿不出手……對了，我還有東西要給你。」

她彎身從行李箱裡取出個盒子，余忱一看那熟悉的包裝就再清楚不過。

「你上次不是送了我一支錶嗎，正好現在可以湊一對。」寧希塞到他手裡，「不過我沒辦法在上面刻字就是了。」

寧希話剛說完，整個人就被對方緊緊摟在懷裡，余忱額抵著她的，低聲道：「寧希，謝謝妳。」

他怕是把餘生的運氣都用光了，才會遇到她。

她一愣，主動往余忱懷裡貼了貼，「余忱，去吹蠟燭許願吧，還有長壽麵，一會兒糊掉就不好吃了。」

「嗯。」

當天晚上鬧得狠了，隔天余忱沒有吵她就先去上課了，寧希睡到手機響才睜眼。電話是她媽打來的。

「媽，什麼事？」她趴在枕頭上睡眼惺忪地問道。

「寧希！」淒厲又夾雜著憤怒的女聲從那端傳來，寧希唬了一跳，徹底醒了。

余忱應該還在上課，寧希只能發了訊息過去。

「余忱，我之前的客戶突然聯繫我，有點事要忙，我先回東市囉。」

她匆匆收拾了東西退房，往機場趕。

直到臨近下課時，余忱才看到寧希的訊息。

當時幾人一組正在做溶解熱實驗，余忱晃了會兒神，還是同組組員提醒他：「余忱，你溫度計沒有完全浸入液體。」

好不容易撐到下課，寧希的手機已處於打不通的狀態，她應該已經上了飛機。

余忱知道寧希一直滿忙的，只是感到有點可惜，他本來想用身上的錢，晚上帶她去四處逛逛的。

男生低頭看著腕間的手錶，忽然抿唇輕笑了下。

總歸來日方長，她前天晚上突然出現在他面前，已經是天大的驚喜。

寧希一丁點兒都高興不起來，下了飛機去停車場取回自己的車，忙往家裡趕。

邵麗人回了東市。

一早她跟著客戶送貨的大卡車回來的，貨基本上沒有問題，邵麗臨走前便想著來看一看女兒。

房子安裝了電子鎖，當初為了方便，也有記錄寧家夫婦的指紋，不過他們夫妻倆從沒有來過，寧希壓根都不知道這回事。

一開門，就看到邵麗人坐在沙發上，地毯上亂糟糟堆了好多東西，余忱的制服、書籍，都是余忱留在家裡沒帶走的，那本德文原版的《查拉圖斯特拉如是說》被隨意仍在一旁。

余忱最寶貝這書。

「媽。」寧希喊了她聲，蹲下把書撿起來。

邵麗上午到現在，氣得連飯都沒有吃，這會兒見到寧希，已經是冷靜許多，「妳自己說是怎麼回事。」

寧希看著她媽的臉色，斟酌了兩句：「上回我不是跟妳說過嗎，趙芳去騷擾那孩子，我看那孩子可憐，讓他來我這裡住一段時間。」

「這樣的孩子妳也敢帶回家！離他遠一些，他神經不正常的！」邵麗聽完她的話，心沉了半截。

「寧希，我和妳爸就妳這麼個丫頭，要出了事，妳讓我們怎麼活？趁妳爸還不知道這事，趕緊把他弄出去。要真覺得那孩子可憐，我給妳幾萬塊，妳幫他租個房子，也算我們這些老鄰居的一點心意。」

她媽可比她大方多了。

寧希沉默了片刻，跟邵麗說道：「媽，余忱他很正常，沒有神經病，他媽當年雖然行為過激，其實也是受害者不是嗎？況且退一萬步來說，那時候他才七、八歲，他爸媽的事跟他有什麼關係。」

寧希知道她媽的脾氣，這會兒該什麼都不說，順著她才是，但她還是忍不住為余忱辯解了幾句。

然而她不清楚，邵麗更了解自己的女兒，屋子裡蛛絲馬跡那麼多，她媽早已猜出了大概。

寧希都沒注意到，她媽說了半天余忱的問題，卻愣是沒提對方已經十六、七歲，孤男寡女住在一塊怎麼都不合適的話。

「要是妳想幫他，我也不反對。」邵麗扶了下額，「我們家也不缺那十幾萬，錢我來出，妳直接給那孩子吧，這筆錢應該連他上大學都夠了。」

寧希被她媽嚇到了，邵麗女士什麼時候這麼大方，原本說幾萬，這會兒十幾萬說出口都面不改色。

「媽，妳和爸在哪裡發大財了？」

邵麗瞥她眼，嘆了口氣道：「說起來，余忱這孩子小時候也是叫過我伯母的，還常來我們家玩，我也不是那麼心狠的人，能幫就幫一把。」

寧希當了真。

「他不會要的，學校獎學金不少，夠他上學用了。」

「先這麼著，等他放學回來我跟他談談。」邵麗說，「妳也真是大膽，自己出門，讓他單獨住在這裡。」

寧希心一梗，好在她媽不知道自己去了哪兒，「他在清大那兒參加培訓，以後要參加奧林匹克競賽的，月底才回來，其實他在我這裡也就住了幾天而已。」

邵麗愣了會兒，感慨道：「成績倒是不錯。」

不過成績再好，跟她家也沒什麼關係。寧希這是沒經過事，不知道輕重，也不能怪她對那孩子有偏見。

以前那件事，誰聽了不害怕？

工廠也忙，一、兩百個工人從吃飯到考勤都要邵麗來管，就她跟寧希說話這會兒功夫，電話都進來了兩個。

原本邵麗想跟余忱見一面，下午四、五點時工廠那邊又來了電話，看來是不能再等了。

「寧寧，妳的脾氣打小像我，一根筋，又倔強。」邵麗拎著包站起身，「反正這事妳要聽我的，缺錢的話再跟媽媽講。」

寧希看著她媽點了點頭，「沒事，妳放心，我會看著辦的。」

只是借住幾天而已，她媽反應就大成這樣，要是知道她已經跟那孩子在一起，甚至連她身子都進去過了，她媽豈不是要發瘋……

寧希跟邵麗一起出了門，她要去唐靜言家裡領貓，路上回了個電話給余忱。

余忱什麼都不知道，寧希也不想耽誤他學習，雖然她媽今天過來說了一通，但寧希壓根沒聽進去，她打定主意要陽奉陰違。

因為還在元旦假期，唐靜言也回了家，唐家爸媽留寧希家裡吃飯。

兩家長輩關係都處得不錯，寧希沒推辭，朝唐靜言眨了眨眼，「還是伯父伯母了解我，我就特意抓吃飯時間來的呢。」

「就妳會趕巧，我爸知道妳來，剛才還特意去買了隻烤鴨。」

飯桌上，唐母提起唐靜言她男朋友：「周澈他家不在本地，靜言妳回頭也多把人家帶回家吃個飯，知道嗎？」

「知道知道。」唐靜言嘀咕，「之前明明就來過……」

「寧寧妳看她，講她兩句就要回嘴一句，真是的。周澈我瞧著挺不錯，他爸媽一個公務員，一個老師，家教也好，這以後……對了，寧寧妳有對象了嗎……」

唐母話還沒說完，就被唐靜言打斷了：「爸，你今天這鴨子買哪家的，醬怎這麼鹹！」

唐母讓她這麼打茬，笑罵了句：「妳這丫頭，有得吃還嫌啊。」

話題跟著扯開了。

寧希暗自鬆了口氣。

吃完飯，唐靜言送寧希下樓，「妳不是說要去京市幾天，怎麼今天就回來了？」

「我媽早上去我那兒了。」

「那她知道妳跟余忱的事了？」

「應該還不知道吧，不過看我媽那態度，普通來往都不行。」寧希搖頭，她稍頓了下又感慨道，「我滿羨慕妳的，妳家周澈看起來前途一片光明啊，妳爸媽根本恨不得你們明天就去結婚吧。」

唐靜言沒吭聲，看了她半天。

兩人站在路燈下，寧希被她盯得頭皮發麻，「怎、怎麼了？」

「寧希，妳上次跟我講，只談個戀愛而已呢。」唐靜言說。

寧希一驚，這念頭幾乎沒多想，就冒出來了，她想像唐靜言一樣，光明正大地帶著余忱去家裡。

不用唐靜言提醒，寧希心裡也清楚，她小心翼翼地將貓籠放進副駕駛座，聳了聳肩道：「但那也不是我能控制的事。」

邵麗回去路上，給寧希的二姑打了個電話。

寧偉娟覺得奇怪：「弟妹，上次他們吃飯之後，寧寧不是覺得不合適嗎，怎麼突然又問起小梁來了。」

「那孩子小時候我也見過幾回，就是可惜跟寧希這丫頭沒緣分。」邵麗臉上掛著笑，「我聽說他在一中做老師，正好我們家以前住孔溪正街隔壁的孩子也在那兒念書，有日子沒聯繫了，我想問問小梁認不認識。」

「是那個余忱？」寧偉娟問了句。

邵麗沒想到她還記得，嘆了口氣道：「就是他。孩子父母都死了，他奶奶成天琢磨著想要房子，我和偉斌都覺得他挺可憐的，看能不能幫襯幫襯。」

「也好，他奶奶是頭腦不清楚。邵麗妳不知道，這孩子可出息了，之前我們學校也打算爭取讓他來上高中，可惜沒搶過一中。我上次聽我們教研組的同事講，他已經和北大物理學院簽了約，一中還指望著他今年拿下奧林匹克獎呢。」

話題繞了幾個彎後，邵麗順利要到了余忱的號碼。撥出去後，很快就被人接起，剛聽到對面說了聲「你好」，她卻一句話沒說就掛斷了。

想當年邵麗跟她丈夫寧偉斌兩人創業，寧偉斌嘴拙，廠裡訂單大都是她一點點跑出來的，從最小的家庭工坊，逐漸做成今天這樣，都沒有看她怯過場。

這會兒邵麗卻莫名為難了起來。

要是沒這回事呢，要是她想錯了呢，寧希也大了，在她房間裡瞧見保險套不算什麼，她和寧偉斌也不是那種頑固不化的父母。

至於掛在她衣櫃中的制服，或許只是寧希收拾衣服時不小心混放在一起而已。

退一萬步說，要真有什麼，她家寧希的責任肯定大一點。

畢竟余忱還沒成年。

十幾分鐘後，邵麗手機突然來了封訊息。

「**您好，我是余忱**。」

寧偉斌一整晚都聽到妻子在床上唉聲嘆氣，翻來覆去的。

「這是怎麼了，是今天見到女兒，高興得睡不著？」

邵麗沒好氣瞪了他一眼，「都怪你，我就說那老房子早該轉手賣掉，你沒事還讓寧寧去幫著租房。」

「今天妳去老房子那了？又遇到趙芳？」寧偉斌順手打開夜燈，「我看寧寧上次罵得也沒錯，當年隔壁兩口子本來日子過得還好，就她時常來挑撥，小余才……」

「別提他們家的事了，睡吧。」邵麗不願提及，背對他翻了個身。

余忱主動發來訊息後，她跟余忱其實沒有聊多久，她只是委婉地問了余忱要不要資助，那孩子沒要，她一時也不知道還能說什麼。

聽說他馬上要進行國家隊選拔賽，邵麗不想在這情況為還沒確定的事當這惡人。邵麗推了把已響起輕微鼾聲的寧偉斌，「你說是不是我們把寧寧這孩子給慣壞了？」

「又關寧寧什麼事？」寧偉斌打著哈欠含糊道，一把將老婆摟過來，「睡吧，明天還有貨要妳幫忙盯著。」

次日，寧希收拾大半天才將余忱的東西一一歸類好，貓似乎聞到主人的味道，在她身邊亂竄，差點把他的書抓花。

寧希訓斥了牠幾句後，牠耷拉著耳朵縮到地毯一角，本來牠跟她就不怎麼親近，這下更是不理她了。

昨天都在奔波，她媽在那會兒，寧希還沒覺得不對勁，等將余忱制服疊好打算放到他屋子裡，她這才意識到，他這外套原先是掛在自己衣櫃裡的。

她媽應該有看到，卻半句都沒提過……寧希有點不太好的預感。

但她也不可能直接去問她媽，畢竟余忱那裡還什麼都不知道。

她媽沒戳破，她也就揣著明白裝糊塗。

一月二十三號，還有三、四天就要過年了，余忱也終於要從京市回來了。

經過五十天的集訓及考試選拔，聽說這次選了十三個人進入國家隊，五個國際物理奧林匹克競賽隊員及八個亞洲物理奧林匹克競賽隊員。

寧希去機場接他，她到的時候還早，在接機大廳等了一個多小時，才遠遠看到余忱拉著行李箱從裡面出來。

男生穿得不多，一身白色上衣，淺藍色的牛仔褲，搭配腳上的白黑運動鞋看起來清爽乾淨。雖然他剛過了十七歲生日，但很高，寧希在人群中一眼就瞧見了他。

寧希興奮地朝他招了招手。

男生原本似乎跟身邊的人在說話，抬頭注意到她後，眼底的光陡然亮了起來，他咧開唇，不由加快了腳步。

「寧希，是不是等很久了？」余忱小跑上前，牽住她的手，目光落在她身上，「妳好像瘦了一點。」

余忱低頭看她，挪不開眼，連他同學喊他都沒發現，還是寧希拽了下他的衣服提醒。

陳齊瑤慢慢走過來，這次東市國際物理奧林匹亞國家隊只有她和余忱入選，韓怡則加入亞洲物理奧林匹亞競賽國家隊。錢浩雖然沒選上，不過已經保送名校，對他來說也沒有什麼遺憾。

她認識的余忱待人向來都是冰冷疏離的，陳齊瑤對余忱的好感，一直有點強者間的惺惺相惜。

是對手，也能並肩。

進入國家隊，無論能不能拿到國際物理奧林匹亞獎項，他們在各自學校也已經足以讓人捧上神壇，遠遠將他們的同齡人甩在身後。

之前在京市，今天在這裡，陳齊瑤親眼看到他抱著對方，余忱似乎跟她想像中的不大一樣。

「余忱，《大題典》我拿回去了。」陳齊瑤站在兩人不遠處，晃了下手中的書，

「下個月京市見。」

余忱點了點頭。

寧希任他捏住手，臉上帶笑看向陳齊瑤，「我開了車來，要不要送妳回家？」

「不用了……謝謝，我自己坐地鐵就好。」陳齊瑤咬著唇，扭頭望了眼余忱。

余忱並沒有看她，而是默默盯著身旁女人的指尖瞧。倒是寧希也不知察覺到什麼，暗暗摳了下他的手心。

跟陳齊瑤道別後，兩人去停車場取車。

剛才在外面，寧希有些不好意思，這會兒好歹有車架子遮著，她對副駕駛座上的男生喊了句：「余忱。」

余忱愣了一下，寧希已傾身過來吻住了他，「恭喜你啊。」

她閉著眼，睫毛又長又密，在他眼下巍巍顫動著。

「寧希，我很想妳。」他忍不住伸手摸了摸她的眼角。

寧希身上有股淡淡的香味，她塗著口紅，余忱反攫住她的唇，抵著她的臉親她，將口紅吃進了大半。

等他鬆開時，寧希臉上的妝全花了，余忱自然也沒好到哪裡去，唇瓣、嘴角都沾著紅色。

「看看你的臉，還不趕緊擦一擦。」寧希哈哈笑了幾聲，才抽了張濕紙巾給他。

余忱從她手裡接過，摸了下唇角問她：「妳要不要也補個妝？」

男生眼裡含笑，溫和地看著她，並沒有一絲調笑的意味。

寧希匆匆打開遮陽板對著鏡子看，低呼了聲捂住臉，「怎麼辦，我剛出門出得太急了，沒帶到化妝包。」

化了個淡妝，這會跟調色盤似的。

男生掰過她的臉，湊過去幫她仔細擦了幾下，「這樣好多了，妳回去再卸吧，這個好像弄不乾淨。」

也只能先這樣了。

寧希啟動車打算回程，卻愣了會兒。

明天是臘月二十八，後天工廠那邊放假，邵麗和寧偉斌都會回來市裡。她媽既然起疑，肯定會再過來的。

然而路上寧希半個字都沒有提，心想著大不了到時跟他們坦白，頂多被她媽罵幾句，她爸那兒也好說。

余忱跟著寧希一起回了家。

他那隻貓幾乎門剛打開就竄出來，爪子扒著他的牛仔褲。余忱眼垂下去，伸手抱住牠，安撫般地替牠順毛髮，「寧寧有沒有聽話？」

寧希暗自撇嘴，這貓在他面前好動得完全不像隻貓，貓爪子都要伸到他衣服裡面，還抱著他的脖子不放。

她絕對不會承認自己是在吃一隻貓的醋！

不過余忱顯然更偏心她一點，哼。

她邊想邊進了房間的浴室卸妝。

余忱把貓放下後，貓還是繞著他的腳喵喵叫，他便餵了點零食，把貓關到籠子裡去了。

寧希剛從浴室出來，披散著頭髮，就被余忱抱了個滿懷。他那裡已經硬了，牢牢抵在她腰腹部，男生喉嚨動了下，咽了咽口水。

「寧希，妳好香。」

這話彷彿懸了根柔軟的羽毛，直撓得人心癢。

「余忱。」她邊仰頭回應，邊將手伸到了他衣服裡。

他腰身結實偏瘦，胸膛的肌肉穿著衣服不大能看出，摸起來卻線條分明，微微隆起。

「唔。」男生悶哼了聲，想讓她別亂摸了，卻還是沒捨得開口。

她的手已經不安分地往下探去。

余忱穿得不多，下身只套了條不算厚的牛仔褲，略緊繃的布料包裹著男生的臀，還有前面昂首挺胸的巨物。

就這樣寧希還嫌不過癮，她愣是從他褲腰處擠入，指尖才鑽進去幾公分就碰到了恥毛，冰冷的指腹觸到肌膚，余忱抖了下，自己主動把褲子上唯一的釦子解開了。

寧希出門前把臥室裡半透的紗簾給拉著，這會兒外面冬日殘陽從簾子透出一絲光進屋，映照在兩人臉上。

寧希赤腳站在地板上，她一手扯著余忱上衣，另一手則埋在他內褲裡，男生牛仔褲落在膝蓋上面，襠部鼓成一團，依稀看得出一隻手的形狀。

「寧希……」

余忱眉頭緊蹙，眼底泛著異樣的紅，他抿唇極力隱忍著，這模樣分不清是痛楚還是快慰。

鼻尖下女人青澀的體香如何都略不去，男生呼吸漸重，他挺了挺腰身，啞聲貼著她的臉道：「寧希，妳先鬆開好不好。」

下身堅硬的利器脹得要爆炸。

聞言，寧希乖乖地將手抽了出來。

兩人在性事上的感覺都是對方給的，從開始的懵懂到現在的肆無忌憚，他們都學會如何使對方更快活些，而不是一味索取。

余忱把牛仔褲脫了，抱著她上床，他蹲在她身邊把自己褪得乾淨，這才來脫她的衣服。

他輕輕幫她扯下內褲，最後一絲遮蔽沒了。

寧希全身赤裸，光滑白嫩的肌膚，稍稍有點贅肉的小腹，連同胸前那兩朵已綻開的花蕾盡數落入余忱眼中。

余忱粗糲的掌心直接覆在她身上，低頭吞下一側乳尖，牙齒小心翼翼地磨蹭著頂端肉珠子。

余忱過生日時，蛋糕還多了點沒吃掉，寧希隨口說留著吃宵夜，後來等她夜裡洗了澡出來，他卻把奶油抹在她胸上，當宵夜吃了。

當時男生還一本正經說著猥瑣的話，長指蹭著她下面穴肉道：「其實片子裡還弄到這裡，不過我覺得對妳身體不好。」

寧希太敏感，她在床間斷斷續續的嬌哼跟催情藥無異，余忱把她全身都舔遍了，白嫩的肌膚布滿他的吻痕。

其實余忱是在宣誓主權，寧希是他的，任何人都不能染指，寧希身上幾個洞口都沒能倖免。

寧希在這間隙裡渾渾噩噩地想，她只有出門前洗了澡，剛才兩人都沒先沖個澡……她不敢再想像下去了。

但是對方似乎一點都不嫌棄。

他趴在她腿縫間，讓她腿彎曲著，俯身去咬她腿心的那塊肉。寧希無所適從地想併攏，卻被他輕易地分得更開了。

「唔，有味道，我回來都沒洗澡。」寧希手抓著床單，小聲哼道。

余忱舌尖鑽到甬道裡，忽然重重吮吸了口，下身驟然一陣刺激，引得她無端戰慄，她弓起腰肢尖叫出聲。

「沒味道，這裡很乾淨。」他過去親她。

寧希一把擋住他的嘴，「別！」

她雙腿徹底打開，將他吞咽下去，陰莖熟門熟路，一路戳到深處，直到肉身整個沒入才停下。

他卻沒繼續動作，直等氣息穩了些，才突然開口：「寧希。」

「嗯？」

余忱摸著她的臉道：「我有個舅舅不是在安清市那邊嗎，一直叫我去他那邊，我想今年春節去他那兒，也好去墓前給外公外婆磕個頭。」

寧希一愣，勉強回神道：「是該去沒錯。那我送你去吧，什麼時候走？」

「到安清開車要六個多小時，不用妳送，我已經買票了，明天早上的。」

他不再說話。

余忱趴在她身上，腹部猛烈戳弄著，肉色的粗物飛快拔出，又重重落下，她被插得迷迷糊糊，連話都說不清楚。

此刻寧希躺在床上雙腿大張，兩人交媾處被看得清清楚楚，粉嫩的穴肉夾著同樣嫩色的陽物，同樣乾淨美好的身體，看著竟沒那樣淫穢。

穴瓣不斷湧出汁液，隨著碩物的插入一張一合，小嘴被他利器給撐開，露出裡面嫣紅的媚肉。

余忱緊繃著身，胸膛結實得跟鐵塊似的，那地方更是堅硬，拚命地往洞口裡擠。

「寧希，舒不舒服？」余忱吻著她越發迷離的眼角，輕聲問她。

寧希夾緊了架在他腰部的腿，小腿肌肉因刺激而僵直了，她喜歡跟他做愛。

跟他分開這幾天，她還做了春夢。夢裡她勾著余忱，穴肉蹭著他的棍子去咬住龜頭，最後讓他弄得汁水潺潺。

她好喜歡他的身子，喜歡到不行。

余忱那兒又大又硬，穴肉吃著雖然脹，但更多的是填滿空虛後的饜足感。尤其他次次撞到深處，幾乎要衝破她的肚子，那瞬間的力道讓人不由興奮，好幾次她都忍不住尖叫出聲。

「啊……余忱，太快了……」寧希咬著他的下巴，沒直接回應他的話，卻滿足地嘆了口氣。

緊窒的穴肉不斷收縮吞吐，不肯讓他離開，恨不得他弄得再狠些。

余忱低笑，龜頭重重戳上穴肉敏感處，「寧寧是不是很喜歡？裡面好濕好暖和，隔著套子都能感覺到溫度。」

其實他想試試在她裡面放一夜，抱著她睡覺，但是寧希睡著了不太喜歡人碰，連他手臂都不肯枕，說太硬了。

余忱半撐起身子，俯身看她胸前奶子，剛埋下去含住，就聽見寧希喊：「好痛，余忱你別用牙齒。」

他忙把乳珠吐出。剛才他吃了好一會兒，果然是紅腫了，嬌弱的乳頭還沾著他的口水，原本小巧的乳珠這會兒脹了近一倍，還直挺挺立著。

「我輕輕的。」余忱根本不敢使勁，只伸出舌頭在乳頭和乳暈附近舔著，「這樣還痛嗎，痛的話我幫妳抹點藥膏。」

寧希搖頭，「唔，這樣還好。」

聞言，余忱鬆了口氣，埋在她穴肉裡的粗物再次大力地抽插起來，不斷痙攣的洞口漸漸合不攏。他抱著她猛烈衝刺，兩顆碩大的精囊袋就懸在穴外，往她穴口來回撞。

外面天色漸漸暗下，余忱絲毫沒有停歇的意思，抱著她換了個姿勢，讓她跪趴在床上，正掐著她的腰打算重新戴了套子從後頭捅入。

此時，寧希肚子發出了咕嚕兩聲。

「餓了？」男生看了眼窗外，停下動作，「我去做飯吧，想吃什麼？家裡有菜嗎？」

用屁股撅著的姿勢討論吃什麼，寧希覺得好怪，連忙翻身坐在床上，從旁邊拽了條睡裙來。

余忱抽了一張紙巾，彎身幫她把腿縫那兒擦乾淨。

寧希任由他伺候著，自己將衣服穿上，歇了會兒歪頭道：「只有雞蛋和番茄，不用你忙，我做番茄雞蛋麵給你吃吧。」

他不在家裡，寧希基本上不太開火。

余忱跟著寧希進去廚房，女人渾身上下只穿了件單薄寬鬆的吊帶長裙，他稍微低頭，就瞧見了她身前的大片春光。

被他吮得狠的乳頭還紅腫翹挺著，再往下看去，寧希連內褲都沒穿，嫩白光滑的肌膚，微微隆起的花苞若隱若現。

余忱猩紅了眼，年輕完全不受控制的身體，幾乎瞬間就又起了反應。

他該從廚房裡離開，或者讓她去客廳等會兒，他來煮晚飯的。

然而手卻不聽使喚，他從後面掀起她的長裙，捲至腰際，伸手抱住了她的腰，寧希被迫隨著他的動作弓起腰，半身幾乎趴在流理臺上。

「余忱。」她喊他的名字，聲音卻小得跟貓似的，還隱約藏著一絲興奮。

余忱輕咬著她脖子，「寧希，我還沒有吃飽。」

第七章　早有預謀

他連套子都拿了，顯然是早有預謀。

寧希耳邊一陣瘙癢，她不由顫了下身體，手中番茄落在水池裡。她想自己大概是低血糖犯了，否則怎麼會不穩成這樣。

「外面……」前幾天她剛請了阿姨來家裡打掃過，窗戶乾乾淨淨，說不定會讓對面樓層看出點什麼。

她才說兩個字，余忱就明白意思了。

他將身子往前面抵了抵，原本只穿著內褲的男生，這會兒褲子讓他脫去一半，腰腹間那根碩物被扒出來在她縫隙上蹭了蹭：「沒關係的，有檯子擋著，別人看不見，不脫上面的衣服。」

他也捨不得給人家看啊。

余忱又看了眼她的胸，這姿勢胸前白花花的一片，男生順手撈過切菜板擋在了窗臺上。

「寧希，妳好濕，剛才沒擦乾淨嗎？」

他手指已經伸到她穴肉，輕車熟路地掰開嫩肉摸著，那兒全都是水漬，余忱手剛伸過去，就被弄溼了。

水滴滴答答沿著大腿內側往下流，他修長的指從花穴一直抹到上面菊花口。

寧希身體一震，哆嗦著喊：「別碰那裡！」

就是之前沒吃過豬肉，她也看過豬跑步，那部片子中的女演員，兩個口子都塞滿了陽具，陽具又黑又醜，撐得下面都要擠在一塊。

褶皺綳得死緊，覺察到他指腹的力道，瞬間防備地痙攣起來。

「我不弄，就摸摸妳，上次不是還舔過嗎。」在她那肉縫裡已經爽到極限，弄一輩子都不夠，余忱沒想再開闢新通道，對她身子也不好。

男生低聲安撫她，另一邊陰莖戳進穴口，猛地沉身衝入，她身子裡面水多得能將人溺斃了。

才過去沒幾分鐘，穴肉再次讓人填滿，連帶著小腹都像是鼓起來，寧希滿足地嬌喘了聲。

「喜歡嗎？」比起晚飯，他更喜歡吃她。

余忱單手從後面抱住寧希，手臂橫在她身前，她衣服太薄，怕她磕碰在檯子上，弄疼了。

「嗯。」寧希細細地哼，「肚子好撐。」

余忱不著痕跡笑了笑，沒忘記她剛才說肚子餓的話：「我快一點，等等餵妳吃。」

埋在裡面的陽物往外抽出幾分，又重重地撞入，她屁股上還留著他的指印，是在床上時余忱弄的。

被狠狠插過一遍的陰唇已經有些外翻，余忱聳著腰身，肉棒不斷在她陰唇間進出。

水越滲越多，寧希懷疑這段時間男生是不是又長了點，真的好酸好脹，從恥骨到前面小腹，都沒什麼知覺，甬道裡褶皺早被他捅平了。

男生體力太好，摟著她一下又一下地抽弄，寧希腿直發軟，全憑他抱著才沒摔倒。

他低頭親吻她的背，沿著那根脊椎骨慢慢滑下，女人大波浪的髮絲散在背後也遮不住上面漸漸加深的吻痕、牙印。

「唔……嗯……」寧希低吟著。

她陰唇處沒什麼毛髮，這姿勢讓男生搗得更深，下體根部的恥毛抵著她的穴磨，寧希覺得癢，雖然這癢比起渾身酥麻來說，顯得微不足道。

她還是禁不住扭了下屁股，穴裡絞著的粗物也隨著她的動作被拽了拽。

余忱頭皮發麻，龜頭馬眼處一顫，就這樣直接射了。

好像才十幾分鐘，比他第一次還短。

寧希愣住，她壓根不知道自己做了什麼。

余忱露出絲懊惱的神色，他一聲不吭拉著她走去浴室，兩人簡單收拾了一下，寧希要洗澡，他卻不肯，連內褲都不讓她穿，牽住她的手不放。

「寧希，我去煮麵，妳來陪我。」

又做了一次，寧希徹底沒了做飯的心思，沒力氣還餓著，她靠著門框看向余忱。

余忱俐落地將番茄切塊，加入雞蛋炒好盛起來，另外鍋裡的麵條也煮得差不多，前前後後不過七八分鐘。

他比她確實能幹得多，雖然寧希在西澳待過，一個人也獨立生活許久，但自理能力完全不及余忱。

余忱將麵條撈起來，擱在餐桌上，又走進了房間裡。

寧希沒怎麼在意，還以為他去餵貓了。

然而不多會兒——

「余忱！」她抗拒著，不肯聽他的，「這樣怎麼吃？」

余忱哄她：「可以的，妳坐過來我餵妳。」

寧希不懂剛才那一閃而過的吃驚對男生的打擊，她為難地盯著他大腿，男生腿間棍子豎起，上面連套子都戴好了。

最後拗不過他，她還是跨了上去，將他那根陽物一併吃進身體裡。

「寶貝。」余忱抱著她，隔著衣服親她的胸，像摟著珍寶似的。

又端著碗餵她，寧希真的是餓了，他餵一口就吃一口，沒多會兒大半碗就下了肚。

「好吃嗎？」男生腰挺了挺，拿紙把她嘴邊的番茄汁擦掉，「還要不要再吃？」

寧希瞥他，她裙子下面什麼都沒穿，粗壯的陰莖就插在裡面，他餵她吃麵的同時，還時不時抽動下腹。

上下兩個嘴都沒閒過。

「唔，不要吃了……」寧希搖著頭，修長筆直的腿垂在椅子兩側，她坐在他身上，直接讓他插到了底，屁股蛋直接坐在男生的睪丸上。

這女上的姿勢，明明還是那回在車裡她先來的！

寧希不想吃，到後面還是吃了個徹底，肉棒塞在她穴裡，她吃得全身癱軟，腿心更是一點知覺都沒有。

而後來洗澡的時候，余忱仍然沒放棄餵飽她。

第二天余忱起床，寧希真的連眼睛都睜不開。

男生在她耳邊低聲跟她說話：「妳睡妳的，我自己坐地鐵去車站就好。早飯在廚房裡，睡醒了記得吃，我……過幾天就回來。」

睡夢中的寧希嗯嗯地應著。

男生又不捨地摸了摸她柔軟的卷髮。

寧希醒來，余忱說是已經到了高鐵站，雖然電話那頭聽起來有點安靜，她也沒怎麼多想，只問了句：「那你打算什麼時候回來？到時候我去接你。」

余忱沉默了一會兒，才回：「可能十六、七號吧，十八號約了趙芳公證，學校那邊課不用去了，現在只要專心準備國際物理奧林匹亞就好。寧寧還要麻煩妳照顧了。」

像余忱這樣才高一就定下大學的少之又少，還有許多孩子專心準備競賽兩、三年，到高三時比賽沒有結果，又浪費了太多時間在上面，大考也發揮得也不理想。

寧希隱隱感覺失望，他二十號要參加國際物理奧林匹亞國家隊為期一個月的集訓，十九號就要去京市，這才處了十幾個小時就又要分開這麼久。

但她不可能說出讓他早些回來的話，安清市距離東市七百多公里，他這麼多年沒去，畢竟是他媽那邊的親人，待久點也是人之常情。

她不至於連這道理都不懂。

可就是心裡不大舒服。

寧希突然理解唐靜言之前所說的話了，余忱從學校到社會，中間還有很長的路要走，意味著變數太多，自然少不了分離。

臘月二十九，寧偉斌和邵麗從鎮上回來，寧希前一天已經喊阿姨把兩邊屋子都打掃乾淨，她回去家裡，把貓一起帶走了。

她家這房子還是十年前買的，在長興路附近，後來家裡寬裕，邵麗他們也沒想著換地方。

夫妻倆都不是奢侈的人，光是邵麗身上的包包，背了四五年，底下皮都磨損才重新買，兩人唯獨對這女兒大方。

邵麗看著寧希欲言又止，趁寧偉斌去廚房做飯的時候偷偷問她：「余忱不是住妳那邊嗎？妳回來過年，他要待在哪裡？」

寧希原本坐在沙發上嗑瓜子，聽到她媽的話抬起頭，愣了會兒，「他去安清了。」

邵麗沒再說什麼。

「媽……」寧希腦子裡恍惚了陣，想起余忱那孩子真摯看著她，笑意盈盈的模樣，開口說了一個字。

她媽已經往廚房那邊走了。

算了，還是等余忱回來東市再說。

一家人也就過年這幾天能聚在一起，邵麗嫌阿姨打掃得不乾淨，自己跟寧偉斌又重新收拾了一番，直忙到臘月三十上午才歇。

寧希在房裡打視訊電話給余忱，對方沒接，隔了一會兒才回撥。

「寧希，我這訊號不太好。」余忱的聲音從電話那頭傳出。

她坐在飄窗上倚著靠枕，從窗外看去，社區裡到處都掛了新年喜慶的旗子和燈籠，她手指輕輕幫同樣慵懶曬著太陽的貓順毛，「沒事，我就想問問你在做什麼，我剛貼好對聯，你吃過午飯沒？」

不知道是不是寧希的錯覺，余忱今天講話特別結巴：「還沒……沒幹嘛，就看了一上午的書。」

這肯定是實話。

今天還在家裡看書的，怕就只有余忱了。

寧希有一搭沒一搭地跟他聊了會兒，等她媽過來敲門喊她吃飯，才掛斷電話。

今年除夕寧希家和寧偉斌這邊的兄弟姐妹一起吃飯。

寧偉斌上頭兩個姐姐，他排行老三，下面還有個妹妹，大姐去世得早，基本聚會牽頭的都是寧希她二姑，這一大家子正好坐了一張十六人的大圓桌。

寧希從小就不喜歡這種聚會，大部分都是因為她成績吊車尾的緣故，長輩又喜歡見面就問成績怎麼樣。

她大姑二姑家的孩子都已經成家立業，當年學習成績都不錯，寧希作為參照物，一路在他們的光環下長大。

今年下半年小姑家的孩子也該高考，在秦江區高級中學念書，聽說成績不錯。

「這回考得不好，才班級第九名，但是他們老師講考個前幾志願不成問題。」她小姑丈喝了兩杯酒，跟寧希她爸在那兒長談闊論。

寧希一口喝光了杯子裡的飲料，心想她男朋友都要去北大，也沒到處跟人吹噓。

「寧寧今年也二十三了吧，有沒有談對象？」說話的是她小姑。

寧希沒吭聲，不知道為什麼話題又回到她身上。

而且她小姑聲音不低，這下一桌子的人都朝她看過來。

「沒呢，上次我給她介紹了個老師，不過寧寧眼光高，沒看得上眼。」

「女孩子不能太挑剔，這年紀越大，好的小伙子都被人挑走了，還是要趁早定下來才好。要我說，工作還是得穩定點。」

再說下去，都要成寧希的批鬥大會了。

寧希側身看向她媽。

邵麗自然聽不得人家說女兒，以前成績不好沒辦法，如今寧希別的亂七八糟不說，工作上可是頗為爭氣。

她暗自瞪了眼寧偉斌，笑著說道：「也不能怪這孩子眼光高，都是偉斌慣得大手大腳，她現在那工作室又還行，一個月好幾萬塊，我們也不指望著她存錢。上回跟我講，人家一個月薪水就夠她買件衣服的，確實不合適。」

桌子上氣氛頓時有點僵。

好在邵麗這些年下來左右逢源有一套，又補充了幾句，包廂內很快重新熱鬧起來。

年夜飯一直吃到快十點才結束。

寧希開著車，邵麗和寧偉斌兩人坐在後排。

「你說這大過年的，非不讓人好過，我們結婚這些年，愣是像多了幾個婆婆，什麼事都要指手畫腳。」邵麗皺著眉說，頓了頓又道，「何況寧寧哪裡差了？」

邵麗最了解寧偉斌，他跟姐妹關係都不錯，幾家也沒吵過什麼架，即便是自己老婆，這樣說他心裡肯定會有疙瘩。

但如果涉及到寧希，又不一樣了。

「寧希才多大，也不急，肯定要找個自己喜歡的。」寧偉斌果然沒多吭聲。

寧希將車開到自己家的樓棟附近，讓她爸媽先下車，隨後去停車。

她倒了兩步車，忽然後視鏡中有人影一閃而過，寧希覺得自己大概是眼花了，否則那個人怎麼看起來有點像余忱？

他不是去了安清嗎？

寧希心中狐疑，但總覺得余忱有點怪怪的，這兩天說訊號不好，連個人都沒見著，但安清市又不在大山裡面，她想不到為什麼會沒訊號。

她一臉沉重地上了樓，寧偉斌看到女兒臉色不好，以為她還在介意飯桌上的事，又勸了兩句：「別放在心上，姑姑們也沒惡意，只是盼著妳好。」

「爸，我沒在意呢，二姑、小姑最疼我了，我知道。」寧希笑道，「我先回房洗個澡，一會兒喊媽來打牌啊。」

寧偉斌連連點頭，「去吧，妳媽切水果了。」

寧希轉身進了臥室，窗外寂靜而清冷，高高懸在空中的月亮猶似罩了層寒冰，絲毫沒有沾染除夕喜慶的氣息。

余忱曾說過，他以前多次來過她家附近。

那孩子。

她突然想起什麼，慌慌張張從抽屜裡翻出個望遠鏡來，順手把屋內燈關掉。

握著望遠鏡的手顫抖了下。

望遠鏡摔在飄窗，把原本假寐的貓驚嚇到，尾巴高高豎起，全身毛髮瞬間立了。

牠氣撲撲地喵喵叫，寧希已飛快跑了出去。

「爸，我出去一趟。」

寧希匆匆換好鞋，扯了件大衣套上。

終於，她在花圃後面看到了那人，那裡滿是泥土，他居然也不怕髒。

「余忱！」

對方顯然沒料到會遇到她，面色慌亂地地站起身想避開，手不知所措地捏著衣服口袋。

「寧……寧希。」

寧希的心猛地停跳了一拍。

東市的冬夜很冷，氣溫甚至會降至零度以下，男生穿得不少，但也不知道在外面待了多久，燈光照著頭頂隱隱發白，像是霜。

「不是說去安清了？」寧希哽咽地問。

其實她內心早已經明白了一切。

余忱背脊挺直站著，默默看著她沒有說話。

寒風蕭瑟，寧希忽地流出兩行清淚，東市早禁了煙火，或許是周圍太靜謐的緣故，余忱甚至聽見了她低低的抽泣聲。

余忱冰冷的指尖觸碰在肌膚上，寧希哆嗦了下，他俯下身，將她完全籠在自己臂膀下，認真舔去她臉上的淚珠。

「寧希，妳別哭了，都是我不好。」

他拿下自己的圍巾幫她戴上，又替她攏好大衣，「新年快樂，寧希。妳回家吧，我先走了。」

寧希拽住了他，「余忱，你跟我回家吧。」

余忱不願意，她就死死抱著他的腰，埋在他懷裡輕聲道：「余忱，你聽話，你聽話啊。」

男生走不動了。

寧爸寧媽還在等寧希回來打牌。

她從外面推門進來時，兩人頓時愣住，目光落在他們交握的手上，誰也沒有先開口說話。

「爸，媽，這是余忱。」寧希拉著男生，頓了頓又道，「你們未來女婿。」

轟隆——

邵麗和寧偉斌被震得頭暈腦脹，尤其寧偉斌，至今還什麼都不清楚。

寧希扯了下同樣待愣在原地的余忱，「叫人啊。」

「伯父……伯母……」看了眼寧希後，余忱磕磕絆絆地開口。

「哎……」寧偉斌覺得這男生年紀似乎小了點，也沒有多想，剛要應，卻讓邵麗狠狠掐了下背。

他的貓聽到主人的聲音，跑出來繞著余忱打轉，可比對著寧希熱情得多。

邵麗根本沒有看余忱，扭頭對寧希說：「妳跟我們進來。」說完便往他們臥室裡走。

「沒事的，你先去沙發上坐會兒。」寧希摳了下他的掌心，「別亂跑。」

砰，臥室門被關上。

邵麗靠著椅子，「妳自己跟妳爸講，他是誰家的孩子。寧希，妳也大了，這大過年的，我本來不想說妳，但妳看看妳做的這是什麼事。」

寧希還沒說話，倒是寧國斌就先護著女兒，「好好的，怎麼這麼講寧寧？我看那孩子長得挺好的。」

「他爸是余向陽，你認識的。」

「……」寧國斌終於不再說話。

寧希這輩子叛逆的事情太多了。

高中給她在外面報了輔導班，她甚至沒去過幾天。早自習遲到，踩腳踏車爬牆，被校長逮個正著。還有偷偷在學校牆上搞什麼塗鴉藝術，後來邵麗在老師那兒說了不少好話，請工人重新刷牆才將事情圓過去。

當初送她出國時，夫妻倆一直懸著心，後來看她完好無缺地回來，性子變得穩重，還拿了幾個網站的設計獎，才發現女兒真的長大了。

這心剛放下沒多久，又晃晃悠悠地被她提上天。

寧偉斌手搭在邵麗肩上，看著固執站在那兒的女兒，「我記得余忱這孩子應該還沒成年，在上學吧？」

難怪上次妻子從東市回去工廠，連續幾天都沒睡好，怕是已瞧出端倪。

「高一，明年就十八。」寧希抿著唇，「已經被北大錄取，六月份要代表國家參加國際奧林匹克物理競賽。」

夫妻倆對看一眼，都沉默了。

邵麗還留著以前鄰居的聊天群組，大家對余忱的印象還停留在那個媽媽殺了爸爸，又自殺了的小可憐上。誰知道這孩子不聲不響，突然就成了一名令大部分同齡人黯然失色的優秀青年。

「先出去吧。」寧偉斌輕嘆口氣，「留他一人在外面也不好，今晚先在家住吧。」寧父寧母刻意避開了余忱，家裡有空著的客房，由寧希帶余忱去。

這個除夕誰都沒能睡好。

「寧偉斌我告訴你，不要寧寧在你面前裝模作樣哭兩聲，你就心軟了，這事我絕對不會同意。」邵麗硬聲道，「明天一早就讓他走，初二還要回我媽那兒吃飯，要是再把老太太氣出個好歹怎麼辦？」

「我也覺得不妥，他年紀小還沒個定性，還有他爸媽……孩子倒是優秀，不過不適合寧希。」寧偉斌等妻子靜下心來，又說了句，「但女兒這脾氣，妳又不是不清楚，妳越是禁止她，她就越是要跟妳對著幹……再看看吧。」

邵麗抿唇沒說話。

而此時，寧希早已偷偷摸摸地跑到了客房裡。

「余忱。」

余忱側著身，單手摟住寧希，兩人裹在被子裡，屋內亮著盞夜燈，男生眉眼彎彎看向她，討好般吻了下她的唇角，「寧希，新年快樂。」

「為什麼騙我？」寧希盯緊他，「我本來就打算帶你一起回家過年，你膽子這麼小嗎……我爸媽那，我又不怕。」

余忱摸著她柔軟的卷髮，打斷她的話道：「我走不是因為害怕。」他牢牢抱住她，「我和伯父伯母一樣，都希望妳好。我能理解他們的顧慮，我會更努力的，寧希。妳別再哭了，妳哭了我很難過。」

一看到她哭，他就覺得自己犯了天大的錯。

「不過今晚我真的好高興。」他在她耳邊羞赧道，「總有種夢想成真的虛幻感，我喜歡妳爸媽，也喜歡妳家，這裡好暖和。」

明明這間老房子連地暖都沒有，客房裡也沒開暖氣，除了被窩，露在外面的臉都是冷的。

全都是因為她。

他在樓下那麼多次，眼巴巴望著，像個變態一樣偷窺著她的生活，看她從少女一路長大，看她一家三口過著幸福快樂的日子。

內心既羨慕，又渴望。

余忱沒想過有一天他會進來這間屋裡，雖然她爸媽並不喜歡他，可是他喜歡就夠了。

寧希眼底逐漸濕潤，她實在沒見過比他更真摯、更善解人意的人了。

她嘆了口氣，「這兩天你住在哪裡？」

「附近一間膠囊旅館。」

東市旅遊業還算發達，過年期間賓館飯店大都漲價，膠囊旅館內住了許多窮遊的青年。

「明天別住了。」

余忱嗯了一聲。

寧希扭頭親他下巴，「余忱，我想要你。」

余忱完全禁不住她的誘惑，剛聽到這話，下身已瞬間一柱擎天，他呼吸急促地咽了下口水。

隔了一會兒，他懊惱地扒了扒頭髮，「沒有套子，伯父伯母還在隔壁……」

寧希眼淚縮了回去，她低低一笑，主動脫掉內褲，牽著他的手來摸自己腿間光滑的穴肉。

「沒關係，我們家隔音還可以，你不要射裡面就行了……唔，別扯呀！」

余忱根本捨不得挪開手，陰唇又軟又嫩，肥嘟嘟的兩片肉比花瓣還要嬌弱，力道稍微重些就會留下印子。

他指腹摸進細縫，擠壓細縫中小小的陰蒂，寧希忍不住直打哆嗦，酥麻感從下面湧至全身，緊攥住他的手，壓抑著呻吟出聲。

余忱掙扎了片刻，把高高翹起的肉棍塞到她腿縫間，讓她就這樣夾著，棒身緩緩磨著陰唇，猙獰的陽具的掠過穴口，好幾次險些插了進去。

「唔……」

粉嫩的洞不斷收縮著，透明的汁液從穴口流出，她向他小腹部分靠了靠，試圖把他吞咽下去：「余忱，我要吃，你進來嘛。」

余忱滿臉通紅，滾燙的硬物在她穴外來回拉扯，濕漉漉的花唇被弄開，蹭過陰莖邊緣，余忱被刺激得肉身直顫，碩大龜頭稍不注意就能長驅直入。

她裡面有多舒服，余忱知道。每次都被她夾得頭皮發麻，完全不想出來。

但是不行。

感覺到對方從她腿間退出，寧希差點沒氣死。

好端端的男歡女愛，下一秒自己突兀地被男朋友裹成了顆粽子，余忱把被子全罩在她身上，自己鑽到外面將她連人帶被攬在懷裡。

「余忱！」

余忱低頭湊近她，嗓音低啞地輕聲道：「沒有保險套不能做，寧希。我幫妳揉揉，妳先睡，睡著了我幫妳舔。」

寧希瞪他，有點跟不上他的腦回路，「為什麼要等我睡著？」

余忱嘆了口氣，「寧希，我自制力沒那麼好的。」

聽到她的聲音，肯定會瞬間就破功，想狠狠進入她。

寧希欲哭無淚，他這樣還算是自制力不好？

她憋紅了臉，自己窸窸窣窣把內褲重新穿上，硬聲道：「你進來。」

余忱身子一顫，「沒有保險套。」

「讓你進來被子裡，大冬天的也不怕凍著。」寧希感覺自己這會兒說話跟個炸藥桶似的，一看就像是欲求不滿。

她緩了緩語氣，再次道：「余忱，不做了。」

聞言，余忱這才慢吞吞地鑽進被窩，還刻意離她遠了些，「我身體很涼，靠太近我怕妳感冒。」

寧希一時語塞，不知道說什麼好，只能輕輕挪過去，一把抱住了他。

大冬天他在外面待了會兒，渾身都是冰的，寧希忍不住打了個冷顫，卻還是沒放手。

「余忱，你怎麼這麼好啊。」

等身上暖和起來，余忱才伸手環住寧希，他拘束地搖頭道：「我不好的，我……」

寧希不想聽他再唧唧歪歪，抵著他打了個哈欠：「我要睡了。」

她就這樣跑過來睡，明早她爸媽看到，大概又要說她。

但余忱究竟捨不得鬆開她。

其實寧希不習慣枕著他手臂睡覺，但已經折騰了一晚，她累到沒空顧這些，闔眼沒多會兒就睡著了。

余忱低頭看她，明澈晶亮的眸子似乎只容得下她一人。

也不知看了多久，十二點整的時候，外面鞭炮聲此起彼落，余忱輕輕在她眉心印下一吻。

新年快樂，我的小太陽。

新年第一天太陽升起，窗戶上厚厚的霧氣很快被吹散，溫暖的光自外照進臥室，寧希捂著臉在床上打滾。

除了她，寧父寧母和余忱都早已起床，三人正坐在餐桌前吃早餐，聽到動靜，幾乎同時轉過頭來看她。

邵麗上下打量寧希幾眼，斥責聲道：「還不趕緊去換件衣服，家裡有客人，像什麼樣子。」

早上她發現寧希睡在客房時，便氣不打一處來。偏偏這話如一拳打進棉花中，余忱臉上表情溫和，好像壓根沒聽懂她的話。

其實寧希心裡比誰都尷尬，只能嬉皮笑臉給他們打完招呼，去了自己臥室。

「余忱，上回伯母打電話給你，就是想問問你情況，缺不缺錢用？你跟你寧寧姐從小關係就好，我們以前筒子樓裡老鄰居都說你們比親姐弟還親。」邵麗笑了笑，「這些年我和你伯父也忙，都沒能顧得上你。你要不嫌棄，就喊我們聲乾爸乾媽吧。」

她畢竟在社會上多年，這話滴水不漏，直接把余忱的路給堵死了。

余忱聰明也通透，未嘗聽不出她話裡的意思。

然而他卻扯出抹笑，從從容容地看向他們，喊了聲：「爸，媽，新年快樂。」

他真的很喜歡寧希的爸媽。

邵麗與寧偉斌愣了愣，誰都沒有接話。

剛好寧希從臥室裡出來，就聽到了余忱那聲莫名其妙的「爸媽」，她一頭霧水站著，頓覺有些頭疼。

寧希拉過椅子坐下，目光在三人間輪流轉了幾秒，只有余忱順著她看來，她立刻投了個疑惑的眼神過去。

怎麼回事？

余忱沒有應，她爸媽更是沉默。

啃完兩個包子，余忱抬眼對著寧父寧母道：「伯父、伯母，不好意思昨天打擾你們了。一會兒我跟同學約好去給老師拜年，就先走了。」

好在余忱又改口，不然寧偉斌真的不知道該怎麼回答他。

「那好，你去吧。」寧偉斌瞧向面無表情的妻子，笑著說，「有空來家裡玩，若生活上有什麼困難都可以跟我們說。」

「好的，謝謝伯父、伯母。」

余忱走到門邊，寧希忙開口：「去哪兒，我送你。」

寧希已經跑過去拿了車鑰匙。

「寧寧這……越大越不聽話。」邵麗跟著站起身，「不行，我去把她拉回來，還要去她姑家拜年呢。」

女兒和余忱就站在過道的窗戶邊等電梯，邵麗遠遠看眼，硬生生停住腳步，站在拐角處沒動。

余忱個子很高，背對她站著，拉住她女兒的手捂了捂。

「寧希，外面冷，妳別送了。」她聽到他輕聲對女兒說。

邵麗抿著唇，憑心而論，她與寧偉斌都不是那麼蠻不講理的父母。不說當年自由戀愛結婚，就是現在他們夫妻關係也很好，她能看出余忱對寧希的感情。

畢竟余忱還年輕，掩不住任何心思，對著寧希的時候，那眼底的光和喜歡藏都藏不住。

如果他再大個三四歲，沒有那種一輩子要被人指指點點的過往，即使他家裡窮得響叮噹，她肯定都不會反對。

「車裡又不冷。」

「不用的。」余忱低頭，「伯父伯母還在等妳，妳該多陪陪他們，他們可能都沒睡好，五點多就起來了。家裡剛好沒有麵包，還是伯父一早去外面買回來的……寧希，我不會走，更不會和他們站在對立面……」

邵麗一怔，隨後默默地回了家。

寧偉斌看到妻子眼圈紅紅的，忙說道：「怎麼了，又被寧寧氣的？別生氣了，坐這歇歇，一年到頭，就這幾天能空閒點，她知道回家的。」

邵麗搖頭，失魂落魄地坐下，良久後嘆了口氣：「老寧你說，好好的孩子，怎偏偏就托生到余向陽家中。」

寧偉斌詫異地看向她，不知道妻子怎突然生出這番感慨：「寧寧呢？沒遇上？」

那邊寧希已推門進來。

「沒送余忱？」寧偉斌問。

「嗯，他說他坐公車。」寧希垂下眼。

「那弄一弄準備去妳二姑家了。」

寧希家親戚不少，年後這三四天，寧希跟著她爸媽到處拜年，總有親戚朋友要介紹寧希對象。

而她總是還沒等人家說完，就輕飄飄地回：「談了。」

寧偉斌一向縱容，拿她沒有辦法。至於邵麗，自從正月初一那天後，偶爾撞見寧希和余忱視訊通話，她都能裝作沒看見。

親戚問邵麗，她只說：「這丫頭瞞得緊，我和她爸也不清楚。」

她爸媽在家待到正月初四，第二天就是迎財神的日子，做生意的人最講究這個，邵麗便要趕著回去。

不過兩人心裡仍放心不下寧希。

邵麗皺眉，低頭看著被寧希摟在懷裡的貓，早忘記當年是她把牠從貓窩裡抱回來，她多少年沒跟女兒開誠布公過，沒想到在這事上一籌莫展。

「寧希。」她臨走時又喊住女兒，「有些事我拗不過妳，但妳自己想過沒有，他連高中都還沒畢業，就算現在是真心的，以後呢？」

寧希沉默片刻，違心道：「只是男女朋友而已，哪會想到這麼多。我才二十三，也不是一談段戀愛就得結婚的年紀吧。」

邵麗噎住，頓時無話可說：「隨妳吧。」

寧希一怔，眸底掠過喜色問道：「媽，妳這是同意了？」

「我可什麼都沒說。」

寧希又往坐在駕駛座上的寧偉斌看去，他擺擺手道：「趕緊上樓去吧，自己照顧好自己，都二十三了也不知道讓人省點心，我跟妳媽還想多活幾年。」

寧希咧開唇，低身探入車內，親了邵麗一口，「爸媽，你們真好。」

邵麗捂著臉瞪她，完全笑不出來，然而女兒這幾天偷偷摸摸的樣子，她見著也沒有多好受。

「到時候別找我們哭，冰箱裡還有沒炸的春捲，妳帶回去自己弄來吃吧。」她冷臉道。

天下有幾個父母能爭得過子女的？

寧希連鬧都沒鬧，邵麗那兒就輕易妥協。

第八章　愛意毫無章法

兩人連夜趕回工廠，寧希也回去自己的房子。

余忱還在家裡等她。

寧希活到這麼大，從沒哪刻像現在這般得意過，她盤腿坐在地毯上跟唐靜言打視訊電話，不遠處余忱正在廚房裡忙碌。

這人連繫著圍裙的背影都這麼賞心悅目，害得她老是偷偷往右前方瞄。

「所以叔叔阿姨算是都不反對？」唐靜言問她，「妳的臉一直離開畫面，妳在幹嘛？」

寧希隨口應了一聲，切換手機鏡頭對著廚房的方向，做賊似地刻意壓低了音：「妳看，我家余忱帥吧。」

唐靜言被甜得牙都要掉光，她認識寧希這些年，還不知道她談起戀愛來會這麼幼稚，感覺智商一下降低十歲，還不如個高中生。

然而那邊突然又不搭理她了，唐靜言就聽得手機裡傳來男生清亮的嗓音：「妳嘗嘗看炸透了沒？我沒炸過春捲，怕火候掌握得不好。」

寧希就著余忱的手咬了口，仰頭說道：「可以的，很香。」

「是伯父做得好吃。」余忱笑著，順便幫她把嘴邊油漬擦乾淨，「飯差不多快好了，妳再等一會兒。」

「余忱，跟你在一起之後，我都快變成廢人了……」

唐靜言聽不下去兩人在電話那頭放閃了，決定主動結束通話。

余忱身上一股油味，不是多好聞，可寧希拉著男生的圍裙不讓他走，聽著她的撒嬌，他渾身都酥了。

剛才她跟朋友說話，他明知不對，還是忍不住關掉把抽油煙機關掉，偷偷豎著耳朵在廚房裡聽。

原來她在跟朋友誇他。

他知道她喜歡自己的長相，還當著他的面誇過，然而余忱覺得，其實她更好看。

余忱額輕輕觸碰她的眉角，「寧希……」

「給我親親。」寧希勾住他的脖子，余忱被迫順著她跪在地毯上，女人唇已堵上來。

她仰面看他，唇抵著他的，舌尖撬開他的齒鑽進去，纏著他吮吸戲耍，毫無章法地舔他。

余忱愣了一會兒，很快反應過來回吻她，他盯著寧希，不肯錯過她臉上任何細微的表情。

他從後扣住她的脖頸，細細將她唇齒間都啃噬了遍，咬著她的舌，好像要把她給揉進骨子裡去。

撩起寧希的睡衣後，他撫摸著她光滑的皮膚，探到她身後將她內衣解開，掌心覆住她軟軟的嫩乳，指尖揉捏了幾下又陡然鬆開。

「寧希，餓了沒有，要不要先去吃飯。」

這話突然又從他嘴裡說出來。

寧希半個身子都讓余忱親軟了，癱在他懷裡，頗有點欲哭無淚的感覺，她裡面貼身的胸罩已經散開，虛虛掛在肩上而已。

他說的這叫什麼話？

大煞風景。

她覺得兩人在性事上大概不怎麼合拍，這都多少次了，要麼因為套子，要麼因為吃飯，反正他都能戛然而止。

說好年輕小伙子血氣方剛，恨不得時刻插穴的呢。

寧希輕拍他的手，自己轉過身要去扣內衣：「余忱，你別碰我。」

氣氛頓時冷了下來，她撇嘴不看他。

哪知余忱從後頭拽她的衣服，見她不理會，乾脆把她困在懷裡，還拉著她的手去蹭自己胯間，「寧希，妳摸摸。」

那地方硌著她的屁股，想忽略都難，不用碰寧希都感覺硬得不像話。

「妳太瘦了，平時一個人都不好好吃飯，我怕妳餓壞了胃。」寧希扭著身子，扣在她腰間的手臂一緊，「妳別生氣。」

她就知道。

余忱就沒有失去理智的時候。

「你什麼時候能盲目衝動一回？你這年紀的孩子，有幾個像你這樣冷靜，完全不受感情和生理需求影響的？」寧希扭頭扯他的臉頰，「你不是才十七嗎？」

余忱緊張地皺起眉，他囁嚅著，似乎想開口。

「還有啊。」她捏了捏自己肚子上的肉，「余忱你眼睛是不是有問題，你看我這裡，過年都胖幾公斤了，這樣還瘦啊。」

男生沒說話，重重的呼吸聲落在她耳畔，他打橫抱起她，幾十秒後，寧希躺到了自己床上。

她一絲不掛地躺癱在那裡，雙腿被分至極限，嬌嫩的穴包微微隆起，余忱揉著縫隙，伸指進去輕摳起來。

直等到她滲出水，滾燙火熱的肉棒才緊貼著穴肉緩緩插入，濕潤的小穴主動痙攣收縮咬住肉棒，余忱沉身抱住她，徹底沒入她身體。

「寧希，我的理智是妳。」

盼她好，盼她無病無災，盼她一生順遂。

寧希在他一下衝到底的時候悶哼了聲，她聽清了對方的話，這樣甜膩的話，他也能說得如此鄭重其事，不愧是余忱。

她伸開手臂，頭埋在他肩部貼了貼，小聲道：「我的不理智是你。」

她早過了少不更事的年紀，高中時候的一身反骨早被磨得差不多，她以為她的人生大概就是這樣循規蹈矩。

完全不肯冒一點險，就像她當初回絕德國室友邀請她同去亞馬遜的好意。

直到遇上了余忱。

這孩子跟她叛逆那會兒差不多大。

「我知道。」

他似乎什麼都清楚。

余忱咬著她的耳垂，趴伏在她身上，腿間那根粗壯的棍子不停地在她腿心進出，她那兒本就沒多少毛髮，粉嫩得讓人不忍心褻瀆。

可是男生還是把她裡面都捅開了，寧希皺眉含著他那根棍子，穴肉因得償所願，興奮地哆嗦痙攣，她想要他好幾天了，除夕夜那天他差點把她逼瘋。

那夜余忱不肯給她，第二天她內褲卻全是濕的，腿心花核疼脹，陰蒂脹大了兩倍。雖然不痛，但不用多想就能猜出他夜裡做過什麼。

「寧希，別夾，妳放鬆一點。」余忱終於毫不掩飾對她的渴望，迫不及待要在她身子裡逞凶，卻被穴壁用力鉗住，「唔……要被妳夾斷了。」

大腿根部被輕扯了一下，她身子已經夠柔軟，幾乎開成「一字馬」的姿勢，小穴被肉棒完全塞滿，「別拉……唔，我痛。」

「好緊。」余忱揉搓著她的陰阜，炙熱粗壯的陽具狠狠在花穴裡來回進出，不肯給她一點喘息的機會，「是我不好，最近弄得太少，都不認識我了。」

寧希被頂得忍不住翻白眼，「是你……又粗了，嗚，余忱……余忱你別停啊。」堅硬的龜頭沖入花心，在宮頸口停留片刻才重重抽出，男生緊實有力的胯部抵著她，陰唇咬住他不斷吸吮。

「唔……我要吃大肉棒……余忱，我唔……我癢……余忱！」寧希上下兩嘴都張著，屁股在床上扭動，腰肢微顫靠近棍子試圖討好它，女人眼角帶嬌媚，嘴裡淫話不斷。

余忱雙眼通紅，眼底欲望愈演愈烈，他將她裹在身下肏弄，甚至連點頭髮絲都不肯讓人瞧見，被她穴內汁液浸泡過的陰莖發了狠捅她：「我在，我在。」

她是他的。

要從沒看過她這樣就算了，見過她勾人，嬌滴滴吃著他的樣子，再讓他失去，余忱連想都不敢想。

他或許會殺人的。

畢竟不是沒有人在他背後說過，殺人犯的兒子，也會是殺人犯。

余忱抓著她雪白的大腿一下又一下衝刺，一邊低頭親她，故意逗弄她下巴最敏感的地方：「以後天天都給妳好不好？」

寧希仰起頭，神志逐漸渙散，她喜歡他在身子裡的感覺，滿足又興奮，內壁每一寸都被狠狠地安慰到了。

余忱在給她止癢，那股子快感幾乎瞬間蔓延至全身，寧希細細呻吟，大腿纏到他腰間，讓他摟著屁股拚命往穴裡擠。

寧希感覺腦子頓時一空，屁股下面濕濕的，甬道深處噴出股熱液。

「唔。」她弓起身，穴肉緊緊攥住體內的肉棒，碩大的龜頭被堵在宮頸口。

寧希小腿繃緊了，原本纏著余忱不放的手一下鬆開：「余忱，我夠了。」

她食量不大，才一會兒就已經飽腹。

余忱的陽具仍硬得似鐵柱插在她肉縫裡，他滾燙的肌膚貼著她，熱度源源不斷傳至她血脈各處。

余忱咬了咬她的唇，又在她耳邊低聲道：「不是要吃嗎，才吃多少，中看不中用，以後給妳灌滿……」

寧希窘迫地看他，沒聽懂他的意思。

「我問過了，等發育成熟就可以做結紮手術。」余忱不瞞她，摸著她小腹揉了幾下，「我想都射進這裡面，方便點。」

不至於每次都因為避孕措施而生生抑制欲望，弄得她生氣，自己也難受。

寧希倏地紅了臉，她動手掐余忱，哼哼唧唧道：「余忱你可別亂來，你還小呢，好端端動什麼手術，都不知道對身體有沒有害。」

「沒害的，國內這方面已非常成熟，而且男性恢復快。」余忱一下下地頂著她，動作卻慢了，他還遠沒有饜足，肉棒左右戳弄內壁，試圖再次勾起她的欲望。

余忱又說：「等妳想要孩子，我再去動次手術就好。不想要孩子的話，就我們和爸媽一起過好不好？」

他自己都只是個孩子呢，想那麼長遠幹嘛……

還有，什麼爸媽。

「上次都忘記問你，怎突然喊他們爸媽？」寧希聽他這麼說，就想起之前的事來。

「伯父伯母本來打算認我做乾兒子。」

余忱並沒有多說。

他被她吮得實在受不了了，加快了抽動的速度，重重抵著穴瓣，洞眼收縮夾得更緊，寧希喊出聲：「唔……他們應該被嚇壞了……我可不想當你姐姐……有你這樣的弟弟嗎……」

她喘著氣，雙腿再次張開，將余忱身子卡在中間。

「寧希。」余忱捏著她的乳尖，換了個姿勢將她抱起，讓她跨坐著咬住男根，自己則低頭在她胸前嗦奶，「伯父伯母很好。」

他肉棒已經塞到底，寧希覺得難受，悄悄撅起屁股，卻被眼尖的余忱伸手按下。白嫩奶子上到處都是他的口水，修剪得一絲毛髮都沒有的嬌嫩小穴被搗弄得紅腫，仍然被迫吞吐著巨物。

「那我好不好？」她嬌喘著輕聲笑，故意逗他。

余忱剛射了一回，重新戴好保險套又猛地插入，男生氣息不穩，貼著寧希的臉頰：「寶貝，沒有人比妳更好。」

太會了。

要不是兩人剛在一起那會兒，余忱連幹穴都不怎麼明白，差點找不到入口，進去沒多久就軟，寧希都要懷疑他是身經百戰的情場高手了。

偏偏這孩子每次說情話都正經八百，彷彿質疑了都是罪過。

「哦。」她輕輕在他背上滑著，余忱忽叼著乳頭，猛地挺身，她渾身一驚，指腹狠狠掐著他，「啊，余忱輕點。」

身子被他侵占得滿滿的，寧希開始不自覺地推他。

男生紋絲不動。

余忱眼底蘊著濃濃的欲望，幽深的眸子叫人不經意就能溺斃了去，他在床上一貫都在意寧希的感受，只是每次進了她身子，讓他輕易出去，還不如直接給他一刀來得更痛快些。

他穩穩地把陽具戳進她體內，寧希累得身體痠痛，還是本能地展開身子去容納他。

寧希嗚嗚咽咽，被男生吃乾抹淨，到最後連骨頭都不剩。

余忱抱著軟成泥的寧希去浴室，他試好水溫，小心翼翼地把她放了進去。

他走到馬桶旁，剛握住半軟不硬的下身，扭頭看了眼寧希，內心掙扎片刻後，推開房間浴室的門打算去客廳解決。

寧希蜷縮在浴缸裡，抱著胸歪頭喊他：「余忱，就在這裡。」

余忱感到為難。兩個人在一起處，總想把最好的那面展示給對方看，他還不能適應在她面前這樣。

可拗不過她。

「余忱，你尿吧，我想看你尿。我還沒看過呢，跟精液那兒是同一個口嗎？」

余忱往後退去幾步，腿間嫩色的肉棒高高翹起，他掀起馬桶蓋，略扶住棒身，嘩嘩水聲響起，淡黃色水柱自馬眼射出，呈拋物線墜落。

她目光灼灼，他連頭都不好意思抬，勉強用手輕抖動肉棒兩下，將餘尿徹底排盡。

渾身光溜溜的余忱抽了張紙，從頂端開始擦拭著陰莖。

寧希好奇探頭過去，「男生也要擦嗎？」

余忱點點頭，「我習慣了。」他收拾好過來，在浴缸邊蹲下跟她討饒：「寧希，別討論這個了。」

總覺得太過羞恥。

寧希手捧水澆了他一身，睨著他笑道：「上回舔得我都失禁，你怎麼不說，雙標啊你。」

還誇她，讓她再多尿點。

「那不一樣。」

她怎麼都好看，就是知道自己溺了，在床上踹著腿哭哭啼啼罵他的樣子，都勾得人挪不開眼。

寧希被哄得心花怒放，兩人蜜裡調油地過了好些天，期間倒是收到了一張電子喜帖。

女方尹盼是她高中同學，兩人當年坐在前後桌，關係還不錯。原本好幾年沒聯絡了，是去年同學聚會才重新加微信的。

尹盼應該和她差不多大，這都要結婚了，寧希看著喜帖上的婚紗照頗為驚訝，未免太早了點。

看照片上尹盼的樣子，雖然是精修過的圖，但似乎比去年豐腴不少……難不成懷孕了？

其實要是跟余忱的話……也不錯。

寧希懊惱地拍了下頭，看眼坐在桌前刷題的男生，自己嘀咕聲：「這哪兒跟哪兒。」

她還年輕呢，余忱更小，都領不了證。

余忱在一旁聽到她的話，走過來問她：「怎麼了？」

「沒什麼沒什麼。」寧希忙切換掉頁面，尷尬地直擺手，自己剛才都在想什麼。男生在她身邊坐下，寧希才發現自己動作浮誇得很，未免太小題大做，她臉上泛著可疑的紅，指著手機道：「我有一個高中同學，邀我去參加婚禮呢。」

「哦。」余忱應了聲卻沒走。

不知道怎的，寧希覺得他的目光有些奇怪。

「題目看完了？」

「沒有。」余忱回她，隔了會兒又開口，「那……妳前男友是不是也會去？」

賀成東？

寧希有段時間沒見過他了，「應該吧。」說完，她意識到什麼，看向余忱，捏了捏他臉蛋，「余忱，你吃醋了？」

「嗯。」余忱把她摟進懷裡，倒是毫不忸怩，直白承認，「明明是我先認識妳的。」

她和對方談過兩次，曾經真的很喜歡那個人吧。

寧希笑了兩聲，「想什麼呢你，這種事哪有什麼先來後到。何況你那會兒才多大，毛都沒長齊，我不可能對個小屁孩發情吧。」

余忱皺了皺眉，將頭埋進了她的胸口。

一整個下午，寧希被幹得只顧著承認他毛長齊了。

很快就到了二月中旬，余忱二十號要去京市參加集訓。

臨走前兩人一起去了趟普龍山，還是余忱自己主動提出來的。

寧希開著車，從後視鏡看去，余忱一路上都默不作聲，只是神色複雜地盯著窗外匆匆閃過的景色。

車駛入了普龍山裡。

她將車熄火，扭頭對著副駕駛座上的余忱說：「我們到了，你要不要在車上坐會兒再下去？」

余忱的狀態不太好，看起來感覺快哭了。

這也難怪，他爸媽都葬在普龍山公墓。

余忱回過神，對寧希搖了搖頭，勉強擠出個笑容來，「寧希，我沒事的。」

寧希看著心頭一酸，本來想湊上前打算親親他的，然而在這裡親暱畢竟對逝世的人不敬，所以她轉而摸了摸男生的臉，「想哭就哭，我不會笑你的，大不了我不看就是。」

余忱仍搖頭，他抿唇握住她的手在自己頰邊揉搓：「沒什麼好哭的。」

看著故作鎮定的余忱，寧希沒再開口。

普龍山公墓極為廣闊，余家夫妻並沒有葬在一起，余向陽的墓離入口處不遠，拜祭完余向陽，余忱抱著裝花的盒子往東北角走去。

寧希跟在他後面，雙膝及地恭恭敬敬地磕了三個頭，當初那事發生時余忱還不到十歲，他媽媽更是年輕。

余忱長得很像他媽，眉眼間與墓碑上貌美的女人別無二致。

余忱彎腰將花擱在石階上，輕輕擦拭著墓碑，「寧希，他們都說她是不得已，讓我別怨她……」

這是從他進來墓地，說的第一句話，剛才在他爸墓前，他只是磕了頭。

余忱爸媽之間的事，當年鬧得沸沸揚揚，外面傳言很多，基本八九不離十，男方雖然是受害者，但明顯同情女方的人更多。

「余忱，阿姨很愛你。」寧希不知道怎麼安慰余忱，畢竟是他的親生父母。

在寧希很小的時候，余阿姨跟余叔叔剛結婚，那時的余阿姨年輕又漂亮，性子也好，跟余忱一樣，笑起來酒窩明顯，還常常拿零食給寧希吃，寧希一度很喜歡這個阿姨。

但是後來寧希全忘了，印象中僅剩隔壁夫妻經常吵架，動輒就摔東西，還燙傷了她的腳。

余忱笑了笑，背脊挺直站著道：「寧希，我們回去吧。」

「好。」

寧希有點擔心他。

倒是余忱看出她的心思，反過來安慰道：「我真的沒事，妳別亂想，我只是想讓她見見妳。寧希……他們都說養種像種，但我和他……不同。」

寧希聽懂了，她淚眼汪汪地點了點頭：「我知道。」

他的小心翼翼，她都看在眼裡。

「你就是你而已。」

兩天後，余忱去了京市，寧希則在家裡跟他的貓大眼瞪小眼。

週末時，她約了唐靜言出去吃飯。

「寧希！」話還沒說幾句，唐靜言就在那端哭出聲來。

長這麼大，寧希還沒怎麼見唐靜言哭過，她沒問怎麼回事，深吸口氣握著手機：「妳現在在學校嗎？」

寧希開車趕到時，唐靜言正拎著自己的包，蹲在路邊吹冷風，上身只套了件線衫，連羽絨外套都沒穿。

她連忙下車將哭得雙眼通紅的唐靜言拖到車裡。

「去我那裡？」唐靜言癱在後座上，寧希轉頭看向她，「余忱人不在，去京市訓練了。」

許久後，唐靜言才擠出一個字：「好。」

寧希發動了車。

以前兩人在一起，大多數時候都是唐靜言充當聆聽者的角色，寧希餘光瞥過她身上，醞釀一會兒，才鼓起勇氣問：「靜言？」

只見唐靜言神色稍黯，輕輕開口：「我跟周澈沒戲了。」

寧希愣了半秒。

唐靜言和周澈在大學時就在一起了，後來兩人同校讀碩士，自始至終感情都很穩定，感覺上應該畢業就打算結婚了。

「發生了什麼？」

唐靜言歪在座椅上，沒吭聲。

回到寧希家後，寧希點了外送，毫無食欲的唐靜言最終只動了兩筷子。

「寧希，過年周澈瞞著我回家去相親，要不是我看到他跟那女生曖昧的訊息，我可能到現在還被蒙在鼓裡。」

寧希一驚，「周澈出軌？感覺他不像這樣的人啊。」

她跟周澈也見過很多次，感覺是個好男人啊，至少唐家上下對他都很滿意。

「其實他爸媽一直不同意他畢業後待在東市，要他回去。寧希妳看，只有我像個傻子一樣，什麼都不知道，我媽還說挑個時間跟他父母見個面，但他家裡早有打算，他半句都沒提過，還騙我只是父母朋友的女兒。」

唐靜言的手機響了好一會兒，她從包裡翻出來，盯著螢幕猶豫片刻後，掛斷了電話。

寧希手足無措地看著好友捂面哭泣，余忱的貓則好奇地繞著唐靜言的腳轉。

「妳說了分手？他怎麼說？」寧希遞了張衛生紙過去。

「他不同意，當著我的面把對方刪掉了，說會勸他爸媽。」唐靜言抹了把眼淚，似打定主意道，「可是寧希，我們玩完了。」

她的話裡帶著一股決絕感，寧希想了一下，走上前輕輕抱住她，「我永遠都支援妳的決定，不過該說的話妳還是要跟周澈說清楚。」

寧希指了指她亮著的螢幕。

唐靜言低頭一看，捏緊了手機。

而後，寧希把自己的臥室讓給唐靜言午睡，她則去了余忱的房間。

她一直覺得唐靜言和周澈能走到最後，修成正果，畢竟唐靜言和她不一樣，從小到大循規蹈矩，沒經歷過挫折。

她的男朋友周澈，也是父母眼中近乎完美的結婚對象，學歷高，長得不錯，家境也好，基本上挑不出半點瑕疵。

寧希心想，周澈太不厚道了，既然家裡父母另有打算，自己又有意妥協，就不該抓著唐靜言，該放手才是。

有點渣。

她為唐靜言感到不值，要是是高中時期的她，肯定帶人去痛打對方一頓。

不過話說回來，寧希覺得自己有段時間跟周澈的行為滿像的。

寧希剛發出訊息，余忱就打來了。

「寧希？」

「沒事，就想問問你在幹嘛，現在不是上課時間嗎？」

這幾個學生都是今年六月份要代表國家參賽，國家隊的培訓可比之前集訓隊嚴格得多。

余忱站在走廊上，望著不遠處的紅樓，聲音不自覺低下來：「剛考完試，教練說休息二十分鐘。」

「哦。」寧希擺弄著他的枕頭，「那我先掛了，不打擾你。」

「我想妳了。」

男生嗓音清亮，又格外溫和，如一泓清泉流過耳畔，令人感到舒適。

寧希因為唐靜言的事，心情也不怎麼好，她紅著耳根嗯了聲，默默捏了下指道：「余忱，我問你喔……之前我跟你們那個梁老師出去吃飯，你是不是很難過？」

余忱安靜了一瞬，「妳肯哄我就還好。」

寧希頓時愣住。

冬日暖陽從窗戶探入，照在男生的枕頭和被子上，好像還殘留著他的味道，寧希頭埋在軟軟的枕頭中輕嗅了嗅。

這孩子一路走來，身後盡是荒蕪和黑暗，他卻能把自己活成一束光，真的很了不起。

「余忱，你好好學習。」寧希摳著布料上的花紋，小聲道，「我等你。」我等你，等你長大。

遇到你之後，離別與等待似乎就不是什麼難以忍耐的事了。

即便日日相處，也未必就能結出美妙的果實。

「寧希，我看人不太準。」剛才唐靜言的話還猶言在耳。

余忱單手插在褲子口袋裡，走廊上竄過股冷風，吹得他額間碎髮凌亂，他咧開唇，酒窩微微凹陷下去。

「嗯。」他笑了。

「余忱，該上課……」

那邊依稀聽到有人在說話。

「快去上課吧，不打擾你了。」

寧希匆匆結束通話，另一頭的余忱盯著手機看了好一陣子，直至走廊上的人漸漸稀少，才往教室裡走。

唐靜言鐵了心要跟周澈分手。

周澈找不到人，便找上了寧希。

想來他對唐靜言也不是沒有任何感情，不然也不會偷偷瞞著她。但他既然選擇去相親，還留著女生微信，甚至聊過幾句，總歸還是搖擺不定。

周澈老家在夏川市，離東市一、兩千公里，寧希實在搞不懂他父母，就算不同意兒子留在東市，兒子現在還有女朋友，沒必要直接扯著人去相親吧。

除非他們原本就不喜歡唐靜言。

但是連面都沒見過，唐靜言家裡條件不差，和他家也算名當戶對啊。

「你們聊聊吧。」寧希幫他開了樓下的大門，讓他坐電梯上來，「靜言她在房間裡。」

周澈戴著黑框眼鏡，看起來一臉憔悴，一個最受老闆器重、平日做事一絲不苟的人，竟然有如此狼狽的時候。

「謝謝。」男人低聲對她道了句。

「我可不是為了你。」寧希擺擺手，「有話好好說，別把我屋子拆了就成。」

她抱著貓下樓，遠遠避開了。

不過兩人應該聊得不怎麼愉快，因為過沒多久，寧希就看到周澈人走了出來，臉上指印還沒消。

寧希瞥了他一眼，便準備回家。

「寧希，幫我勸勸她，事情不是她想的那樣。」

看來搞砸了。

寧希聞言扭頭，似笑非笑地看著周澈。

兩人因為唐靜言，其實處得還算不錯，寧希對周澈印象一直都滿好的。

「周先生。」她說，「你還是先處理一下你的臉吧。」

寧希生疏的尊稱擺明是要跟他劃清界限，沒有唐靜言，他們連朋友都不算。

周澈沉默著，轉身欲走。

「還有，我覺得不管什麼理由，忠貞是對彼此最大的尊重。」

男人步子頓了頓，頭也不回地走了。

後來寧希從唐靜言嘴裡聽出了大概，周澈他爸是公務員沒錯，不過級別高了一點，去年剛從偏遠地區調回大都市，正是要升官的時候。

無非是家裡希望周澈不要做學術，改而從政，對唐靜言，自然也是不滿意。狗血得一塌糊塗。

或許周澈加那個女生，真的只是為了應付家裡。

然而唐靜言還是跟周澈徹底分了。她甚至退了學校宿舍，搬回家裡住。

寧希去唐家玩時，唐靜言她媽知道兩人分手，逢人就長籲短嘆，還跟寧希抱怨：「妳說靜言這孩子，實在太不珍惜……」

唐母都已經把周澈當准女婿看了。

「好的還在後面呢。」寧希沒開口，倒是唐靜言笑得沒心沒肺。

寧希知道唐靜言不好受。

她自己在遇到余忱之前，跟賀成東那兩段戀愛都沒想過結婚，雖然她家庭美滿，父母恩愛，但對她來說，婚姻並不是生活必須品。

可唐靜言不一樣。

唐靜言還在讀大學時，就想過跟周澈結婚的事了。兩人都是彼此初戀，又志同道合，說不定還能成為學術圈裡的一段佳話。

只可惜，這已經是過去式了。

寧希想安慰她，憋了半天都沒能說出幾句話。

「好啦，我沒事的，妳看有多少初戀能修成正果。」唐靜言不在乎擺擺手，「就當實驗吧，在成功之前總是會遇到失敗的。」

真不愧是未來前途無量的女大科學家，兩三句都離不開研究。

寧希鬆了口氣，幸好好友沒為一個男人連腦子都不要。

幾天後，寧希在尹盼婚禮上再次見到自己的初戀。

她找到寫著「女方高中摯友」名牌那桌時，賀成東人已經到現場，他穿著身深咖色的襯衫，領口釦子開了顆，正側臉跟左邊人講話。

跟余忱略青澀的感覺不太一樣。

寧希朝桌上幾人笑笑，剛要開口打招呼，同桌上的許陽就已經起鬨道：「喲，你們小夫妻還分開來，位置賀成東幫妳留著呢。」

她臉上帶笑瞥了眼賀成東，賀成東只是把擱在桌子上的手機挪了下，寧希拎著包包站在他右側。

看來班上同學還不知道兩人二度分手的事。

「什麼時候來的？」

「來一會兒了。」

「嗯。」

「……」

賀成東起身幫寧希拉開椅子，又順手幫她把大衣掛在椅背。

桌上幾人大多數都在上次同學會見過面，高中時候，寧希路子野，跟誰都合得來，大家關係處得不錯。

她剛坐下沒多久，就被隔壁幾個同學拉過去聊天。

賀成東在旁邊坐著，視線似有若無地落在寧希身上。

「你看尹盼都結婚了，你們準備什麼時候請我們喝喜酒？」許陽忽然問賀成東。

一桌子都安靜下來看向兩人，賀成東望著寧希笑了笑，沒吭聲。

這莫名其妙的舉止，導致大家看似都心領神會，互相交換了個眼神。

寧希皺起眉要辯解，那邊音樂聲突然響起，新郎新娘入場，廳內光線暗了幾分，只聚焦在舞臺那邊的新人身上。

尹盼果然是懷孕了，即便穿著寬鬆的禮服，看她發福的那樣子也能看出些端倪。

廳內很熱鬧。

大家幾乎都是開車過來，白酒便被換成了飲料。

宴席上菜色也相當豐盛。

不過寧希並沒有吃幾口，幸好大家都只顧著看臺上，誰也沒注意到她。寧希揉了幾下腰，不知道怎麼回事，腹部從剛剛開始就隱隱作痛。

宴席散後，寧希走出飯店準備叫計程車。

她的車前兩天送去保養，還沒回來。

「寧希，妳沒開車？我送妳回去吧。」賀成東一直走在她身後，「車就在那。」

寧希扭頭看了看他：「也好，麻煩你了。」

正好她有話跟他說。

自從上次在他公司樓下咖啡廳和平分手後，兩人還是第一次見面。

寧希繫好安全帶，輕按住腰，笑道：「賀成東，今天可是你不對啊，我看許陽他們八成誤會我們還在一起呢。」

賀成東盯著前面路，不答反問：「妳跟妳那個小男朋友怎麼樣了？」

這話明顯超出了人際交往的界限，寧希不想回答。

就算是和平分手，作為前男友的他也管太多了些。

寧希瞇起眼，她壓著肋骨下面位置，將窗戶打開，試圖讓自己冷靜，「賀成東，你送我到太吾商場那裡吧，我有東西要買。」

她記得商場附近有間醫院。

此時，右側腹部下方劇烈絞痛起來，如刀割一般，還有腿縫間的私密處也莫名其妙痠痛起來。

冷風驟然吹進車內，賀成東乾笑聲：「是我說錯話了，不過寧希……」

話音未落，戛然而止。

身旁女人半蜷縮在副駕駛座上，一手捂著肚子，很是痛苦的樣子。

第九章　我愛你的全身心

「寧希？」

賀成東嚇了一跳，「怎麼了？」

寧希臉色慘白，額頭冷汗直冒，已經痛到說不出話來了。

賀成東不敢耽擱，連忙開車到附近醫院，並把她從副駕駛座打橫抱起，慌慌張張就往急診室跑。

醫生經驗豐富，幫寧希聽診過後，就讓賀成東帶她去照超音波。

「醫生，要不要先止痛？」懷裡女人咬著唇，渾身直打顫，幾乎連意識都沒有了，「她好像很痛。」

寧希腦子暈暈的，感覺自己快死了，她知道有人在自己耳邊說話，至於說什麼話，她已經完全聽不進去了。

「應該是腎結石，先拍個超音波看看情況再說吧，貿然用藥會有副作用。」醫生將檢查單遞給他。

很快地，檢查結果出來了。

右側輸尿管結石，大小十五公釐左右，右腎積水。

寧希虛弱地靠在椅子上打點滴，止痛藥要半個小時才會慢慢作用，她痛得嘴唇都咬破了。

賀成東則忙裡忙外地幫她辦好住院手續。

間的汗。

「好一點了嗎？醫生說結石太大，要住院安排碎石手術。」男人幫她擦了擦額

她偏過頭，睫毛上似乎還掛著淚，總算恢復了一點神志，「今天謝謝你啊，改天請你吃飯。你先回去吧，我沒事的。」

「妳這個樣子，我怎麼走得開？我陪妳到進病房吧。」賀成東在她身邊坐下，「別多想，趕緊治好病才行。」

「嗯，謝謝啊。」寧希又說了聲，「現在太晚了，明天一早我就打給我爸媽。」

賀成東失笑，「好了，這麼客氣幹嘛，妳都痛到哭了。」

寧希剛才昏昏沉沉的，完全不知道自己什麼時候哭出來的，一點印象都沒有，只能尷尬地笑了聲。

醫生給她開了藥，藥劑能擴張輸尿管，容易引起患者嗜睡。

寧希吃過藥沒多久，就躺在病床上睡著，也顧不了賀成東了。

再醒來時，已經是第二天清晨五、六點了，護理師前來量血壓，詢問她夜裡排尿情況。

寧希眼睛還沒完全睜開，就聽到有人開口：「夜裡沒醒過，現在要喊她起床去廁所嗎？」

這聲音——寧希徹底驚醒了。

余忱?!

余忱就站在病床邊背對著寧希跟護理師說話，單人病房裡很安靜，除了兩人交流的聲音，聽不到半點雜音。

寧希仰頭，盯著頭頂上的燈發起呆來。

「下午安排碎石手術，要多喝水。」護理師叮囑幾句後才離開病房。

賀成東不知道什麼時候走的，寧希瞧了瞧沒看到他。

余忱扭頭看到她的動作，輕聲道：「我讓他先走了，他還要上班。」

「哦。」寧希拽住他的手，「余忱，你怎麼回來了，一期訓練不是要到二十一號才結束嗎？」

應該還有兩、三天的。

余忱眼紅了圈，幫她順好遮住臉頰的頭髮，看來她全不記得了，昨天他接到她的電話，就聽出她的聲音不太對勁。

她在電話那端邊哭邊喊痛。

還是別人把她送到醫院裡來。

「昨天有打電話跟妳說，看來妳不記得了。有沒有好一點，還痛嗎？」余忱抿唇摟住她，「我訂了醫院早餐，一會兒吃點。」

寧希完全沒印象，她任由男生抱著，昨天疼成那樣也沒看她出聲，這會兒在余忱面前倒嬌氣了起來，她玩著男生修長的指，哼哼道：「昨晚好疼啊余忱，我差點以為自己要死了，痛到想跳樓。」

腎結石跟她平日裡生活習慣有很大關係，長時間坐著，又不按時吃飯，還喜歡喝咖啡……但她這個樣子，余忱哪裡說得出責備的話。

「都是我不好。」他低頭親她的頭髮。

「跟你沒關係啊。」

寧希緩了緩，摸到自己的手機，準備傳訊息感謝賀成東，昨晚多虧了他，否則自己還不知道怎麼辦。

余忱表情變了變，下意識將她摟得更緊了些。

半夜三點多，他匆匆趕到醫院，就看到賀成東趴在寧希病床前打瞌睡，還握著她的手。

那場景，刺得他眼睛生疼。

可是他發現自己沒有立場。

「等過一段時間，我們一起請他吃頓飯吧。」寧希發完訊息，收起手機跟余忱說。賀成東昨天的態度太奇怪，不能怪她多想。

「好。」余忱說。

寧希以為昨晚那痛就算是過去，等下午做體外震波碎石手術時，才知道什麼是噩夢。

她躺在床上，每震波一次，寧希就疼一次，十五分鐘的手術，感覺像過了大半天。

等手術結束，寧希從裡面出來時，余忱眼睛比她還紅。

即使用了止痛藥，夜裡還是難以入眠。

她下腹那兒痠麻，尿尿不正常，斷斷續續的還是血尿。不過按照醫生的說法，血尿才證明手術有效。

「余忱，我不舒服。」她甚至能感覺到石頭在輸尿管裡動。

單人病床上，余忱側身躺著抱她，一直在幫她按摩腹部，「哪裡難受？」

「……穴那兒痠。」寧希唔了聲，「不是想要那個……」

真的不舒服，腎結石確實會導致外陰脹疼，昨天也是，跟那件事毫無關係。

「我知道，我幫妳揉一揉。」他將手從她褲子裡鑽進去，認真幫她舒緩肌肉，倒是她自己想多了。

寧希在醫院住了兩天，沒告訴邵麗和寧偉斌。她新陳代謝不錯，次日下午就已經將碎石全數排出。

這兩、三天折磨得她瘦了好幾公斤，余忱比她更憔悴，從京市回來到她出院後，幾乎沒什麼睡。

而且更重要的是，寧希覺得自己沒臉見余忱了。

在醫院那會兒完全在他面前根本沒有祕密，她整個人跟砧板上的肉沒兩樣。剛做完手術尿血水，老是尿不盡，下身又疼，都是余忱幫她紓解。

護理師要定時記錄她喝水、尿液情況，這孩子還在手機備忘錄上偷偷記了。

還有那被打碎的結石，掉在醫院尿盆裡那會兒，余忱湊過去看了好久。

他也不嫌髒。

好容易吃飽喝足養足精神，不自覺就滾到一處，余忱把兩人衣服都脫光了，寧希卻破天荒地捂住了穴口不讓他看。

「怎麼了？」余忱一臉不解，還以為一陣子沒做，她又開始害羞了，「我把燈調暗點給妳舔？」

寧希哼哼兩聲搖頭，「不要，你別看，今天別做……我不想。」

她嘴上這麼說，身子表現可不是這回事，余忱試探著去拉她的手，她手背黏糊糊的，小穴裡蜜液從她指縫裡流出，淌不盡似的。

余忱一向很有耐心，尤其是對著她的時候。他湊上前抱起她，摟在懷裡蹭了蹭，低聲問：「那裡是不是還不舒服？今天尿得怎麼樣？會痛嗎？」

「余忱！」

寧希本來就覺得很羞恥了，這下直接氣急敗壞，捂著臉悶聲道：「你別說了，整天尿啊尿的，你不怕丟臉啊。」

余忱那麼聰明，一聽就知道她的癥結點在哪了。他沒有笑話她，反而溫和地解釋。

「沒什麼好丟臉的，我不也在妳面前尿過尿？要是妳覺得不夠，我再去……」

「我可沒那個癖好。」寧希嘟囔道，好像之前看得津津有味的人不是她。

余忱沒有反駁，只是牽起她的手擱在唇邊親，破天荒正色道：「不過寧希，妳的飲食習慣真的要改一改，我知道妳工作忙，但習慣還是要調整。妳看妳幾乎都不吃早餐，又愛喝濃咖啡。我查過，這跟個人體質也有關係，一旦結石過，之後就很容易復發。」

寧希算是徹底領教了，比自家媽媽還囉嗦的男人。

他甚至在家裡列了張注意事項，什麼菠菜、動物內臟、豆製品都要盡量少吃，碳酸飲料、酒之類的更是不能碰。

寧希心中直嘆息，早知道會發展成這樣，就不忸怩了，兩人都做過多少次了，什麼場景沒見過。

她明明比他大了六歲，現在卻像倒過來了。

寧希仰起頭，一口咬住他下巴，「余忱，你幫我舔舔吧，你都不知道我有多想你。」

余忱瞬間噤聲，心一點一點地軟了下來。

「我知道。」男生溫柔得不像話，放下她，往她腿縫間探去，「寧希，我很擔心妳。」

那天一聽到她哭，他什麼都顧不上就要出門，連衣服都沒穿好。

好在只剩兩天的課，教練第二天收到他的請假訊息，並沒有多說，直接批准了。

寧希仰躺在床上，余忱先是舔遍了她的全身，才磨磨蹭蹭地移動到小穴，那兒泥濘不堪，幾根恥毛濕答答黏在外陰唇上，小嘴不斷吐著水。

余忱低笑道：「急成這樣？」

在她發作之前，男生已俯身下去，含住了穴肉，他張嘴大口吞咽著，把她流出的汁液全吮了去。

寧希頭靠在枕頭上嬌哼，餘光依稀能看見對方低頭埋在自己腿心的模樣，他那麼高的身子，拘在床尾，看起來莫名有喜感。

兩人在一起，好像大多數時候，都是余忱在服侍她。服侍人的那方並不會有太多快感，她幫余忱口交過幾次，她很清楚。只有在看到對方在自己的逗弄下高潮時，會感到一絲絲的心滿意足。

至於身體，還是空虛。

她看著心下微動，輕輕喊他：「余忱，不然我也幫你舔吧，就那樣……你知道吧。」

六九式。

接著，兩人換了個姿勢，寧希張腿跪在床間，余忱則平躺在她胯下。她挪了挪身子，屁股那兒對準他的臉，然後慢慢壓低身子，湊了上去。

還沒等她開始動作，余忱便稍微仰起頭，一口咬住了陰蒂。

寧希被刺激得直打顫，差點穩不住身子，兩手撐著他的胯骨才沒從他身上摔下去。

余忱顏色粉嫩又乾淨的陽具已經蘇醒過來，頂端最圓潤的龜頭似乎黏了一小撮白色黏液。

寧希壓根沒過多思考，張口含下他的陰莖。

溫熱的唇裹住肉棒，男生忽然身子猛顫，頓時面部扭曲起來。

其實余忱這處非常敏感，不只是龜頭和馬眼，連下面兩顆睪丸都不能碰，寧希舔吮著光滑的龜頭，只含住丁點兒在嘴裡來回進出。

寧希努力讓陰莖塞滿口中的同時，下身的刺激也沒有中斷，陰蒂因為男生吮吸腫得厲害，比平時脹大兩倍不只。

余忱咬住這小塊肉，指尖則分開陰唇，從濕潤的穴口探入，一根手指還不夠，又插入一根，他手指上老繭刮著甬道裡嫩壁，又疼又爽。

她渾身一軟，幾乎完全坐在男生臉上，險些把余忱悶著，原本在穴口附近戳弄的長指，全然插了進去。

寧希吐出肉棒，忍不住哼聲：「疼。」

「我輕一點。」男生揉著她的屁股，鼻子和嘴巴都被陰唇擋住，嗓音悶悶的。

女人這才重新低下頭，慢慢將整個陽具吞入喉嚨，不過她顯然高估了自己，才插到一半她就受不了了，手握住露在外面的部分，直接上下套弄起來。

她的動作雖然生澀且粗暴，耐性也不好，但男生偏偏只吃她這套。

在她手痠，嘴也痠，越來越敷衍的時候，余忱終於受不了繳械投降，硬似鐵棍的陽物噴射出白濁。

「寧希。」他提醒她挪開。

寧希根本沒動，她虛虛咬著棍子頂端，讓他射到嘴裡。

見狀，余忱紅著眼伸手抱過她，摟著她翻身，迫不及待想要進入她的身子。

寧希嘴裡還含著他的精液，她伸出舌頭給他看，又當著他的面吞咽下去，甚至舔了舔嘴唇。

「還滿好吃的。」她輕笑道。

余忱霎時如雷劈，他呆愣幾秒，一口咬住她的脖子，聲音裡帶了絲委屈：「妳是故意的。」

「唔。」她睇起眼，痛快承認了，「余忱……其實我呀……」

就喜歡看你失控、無法自拔的模樣。

接著，她便被余忱貫穿了。

他單手摟著她，一手抬高她的腿，龜頭在泥濘不堪的嬌嫩小穴外磨蹭幾下，猛地插了進去。

「唔……」寧希被余忱撞得仰起脖子，「余忱，好舒服。」

余忱湊過去不停地親她、舔她，弄得她臉上滿是他的口水，男生越來越會吻了，他含著她的唇，她暈暈乎乎，差點忘記還有鼻子能呼吸。

寧希太喜歡和他做愛，她總是能感覺到他的體貼和尊重，這孩子很在乎她的感受，一刻都沒忘過。

「裡面好濕，可妳怎麼還緊成這樣，咬著我不放？寧希，妳摸過自己的裡面嗎？其實不插穴的時候有好多褶皺，這會都被我撐平了。」

她整個人都貼在他身上，男生身上熱氣重，不只在她下面放肆進出的陰莖，胸膛更是滾燙炙熱。

寧希被捂出一身的汗，男生托著她，她幾乎可以完全不出力。修長筆直的腿纏在余忱精瘦腰間，媚肉張開個大口子，駭人的棍子搗撞抵著幹弄。

沉浸在情欲中的小女人嬌媚地盯著他，身子隨著抽插的動作不斷前後晃動著，如載浮載沉的小船。

余忱也沒有好到哪裡去，平時她稍微對他笑笑都能讓他心慌意亂，何況這會兒，滑嫩香軟的女人就在懷裡，似泣似訴地嬌喘，惹得他欲望更甚。

男生看過許多片子，知道很多理論知識，但激動起來，除了確定她能承受外，哪管什麼九淺一深，肉棒就是次次插到底才甘休。

兩人身子連著，陰唇被男生陰囊撞上的力道，一點都不比陽具在小穴裡戳她的時候輕。

「余忱……要死了，我不行……要尿了……」

寧希哼哼唧唧，渾身直打顫哆嗦，到後面喉嚨都發啞，穴裡死命裹著男生的硬物，碩大的凶物這麼壓著她，完全不肯讓她鬆口氣。

而且她越示弱，男生更加張狂，他根本不肯罷手，執意要把小穴搗透。

「乖，再多流出點水。妳那兒長得好漂亮，粉粉的還又多汁，妳摸摸……」

粗物繼續在陰道裡來回抽插，床上兩人緊緊抱在一起，一根嫩色的棍子偶爾在穴口冒出頭，很快又沒入甬道，只剩兩顆睪丸在外面。

他轉而捏她的奶子，捏了幾下就忍不住弓身去舔，逗弄她胸前乳珠，軟軟的乳尖生生被他舔硬舔立。

好不容易等到了換保險套的時間。

寧希躺在床上大口喘氣，她歪頭看著余忱，他正往自己身上重新戴套，她愣愣看了好一會兒。

「余忱，不然下個月我跟你一起去京市吧。」

余忱動作一頓。

套子還沒套完全，但他也顧不了了，保持半套著保險套的滑稽姿勢爬過去，捧著她的臉喜道：「真的？」

余忱其實有想過問她要不要跟著自己去京市，但是他之所以沒開口，便是心裡仍有顧慮。

寧希她父母雖然不在身邊，但不用想都知道絕不會同意，對她來說也並不公平。

寧希還沒開口，男生又說：「妳想好了嗎，不要勉強自己。」

這孩子。

「你不希望我去？」寧希斜眼看他，一句話就堵住了他的嘴。

女人眼角帶媚，身上什麼都沒穿，到處都留著青紫色的痕跡，可想而知兩人剛才有多激烈。

余忱目光微直，連忙搖頭道：「當然沒有，只是伯母他們知道嗎，還有妳的工作……」

男生瞻前顧後太多，也許是跟他成長的環境有關係。

寧希的性子就正好和他相反，她從小到大，就跟乖巧搭不上邊。

「我爸媽會同意的，我的工作，本來帶著電腦就能搞定。」

寧希說得輕巧，不過事實卻不像她說得那樣簡單，她大部分客戶的公司都在東市，到了京市那裡要溝通方案還得來回跑。

至於新市場，即使有案例和口碑作保，也不是一、兩天能累積的。

也不能怪寧希想得不夠周全，余忱下半年要去北大，還有好幾年才大學畢業，到底會在哪個城市發展，一切都還是未知數。

她真的不想考慮那麼久之後的事。

余忱抿著唇，感覺自己又要被她弄哭了，只能連忙趴在她身上，將硬挺的陽具塞進她穴裡。

他舔著她的唇，「寧希，其實我真的很高興，不過我不想因為我改變妳的生活狀態，我不想妳妥協什麼。」

可是感情本來就是雙向奔赴的事。

寧希雙手勾住男生的脖子，故意夾了夾腿，小穴隨著她的動作痙攣抽搐，緊緊鉗住男生的肉棒：「余忱，你一定要在這種時候跟我說話？還有，你自己妥協的也不少啊。問題擺在那裡，總要有人往前走。」

花穴深深吸吮龜頭頂端，陽具同時讓內壁不斷地推搡收緊，男生蹙著眉，再也忍不住，按著她便猛烈抽插起來。

男生精力充沛，力道一下比一下更重，這樣還嫌不夠，乾脆讓她躺著，直接把雙腿架在自己肩上。

堅硬的肉棒撞擊小穴，她胸前雙乳被他捏成各種形狀，乳尖從他指縫間悄然探出頭，又被他惡劣地強行壓下。

「唔，別玩了。」

寧希似痛苦似快慰般低吟，她咬著唇，雙眼迷離地望著他，下面被男生插得汁水橫流。

盯著她這動情的模樣，余忱只想插得更狠些。

「寧希，寧希……」

男生連喊了好幾遍她的名字，他的嗓音不像成年男人那般嘶啞，卻清亮而溫潤，聽得人臉紅心跳。

結果，邵麗果然反對。

「寧希，我和妳爸退讓，不是讓妳來得寸進尺的，妳不要以為我不知道妳為了什麼去京市。」邵麗說，「他上他的學，妳跟過去幹嘛？」

「我去工作啊，京市總比東市有發展前景吧？而且媽，妳忘記了嗎，我剛從西澳回來時，本來就打算去京市的。」

寧希是個相當感性的人，當時邵麗和寧偉斌都不同意，又和賀成東舊情複燃，她才打消了念頭。

了。

但是這回，她跟鐵了心似的，邵麗被寧希磨得沒辦法，最終還是不甘不願地答應

隔了兩天，寧希請賀成東和唐靜言兩人出來吃飯。

這家餐廳的菜都是現選現做，賀成東跟寧希兩人一起去挑菜。

唐靜言看著一臉如臨大敵的男生，忽然笑了笑道：「余忱，有句話我跟寧希講過一遍，再跟你說一回，其實我看人不太準，上次說的話你別放在心上。」

她知道寧希跟余忱在一起之後過得很開心。

余忱不了解唐靜言分手的事，但他確實並不介意唐靜言當初的明諷暗刺。他很清楚唐靜言對寧希的意義，她認識寧希的時間可比自己要多好幾年。

他真正介意的是，賀成東在寧希心裡的位置，恐怕比唐靜言低不了多少，否則寧希不會找他一起來吃飯。

男生心不在焉地搖搖頭，目光自始至終都沒有從站在那兒的兩人身上挪開。

寧希選了個魚頭煲，是下午才從天南湖運來的新鮮鰱魚，賀成東笑著打趣她：「上次疼怕了，現在改走養生路線？」

「賀成東，你就別笑我了。」寧希看他眼，指了指余忱和唐靜言的方向，「現在可不敢亂吃，那兒監督著呢。」

不遠處的余忱碰上她的眼神，慌張地低下了頭。

寧希扯了扯唇，那孩子還以為自己沒注意到嗎？今天從賀成東在餐廳停車場出現時，余忱的表情就不太對勁。

的心思。

她話裡明晃晃的秀恩愛，賀成東猜出寧希八成是故意的，她大概已經看出自己的心思。

寧希追了他兩次，甩了他兩次，他本來想說這次換他來追她，但她連機會都不給他。

有些話也不必再說破了。

賀成東意味深長說了句：「那孩子好像很在意妳。」

寧希輕嗯了一聲，沒說話。

餐桌上，寧希跟兩人簡單說了自己暫時要去京市發展的事。

兩人很吃驚，不過這次連唐靜言都沒有多說什麼。

「很好啊，說不定以後我們還能去投靠妳。」

吃完飯，賀成東開車離去，寧希本來打算先送唐靜言去學校，唐靜言卻說：「寧希，你把余忱送回去，跟我去逛逛一二街區那邊吧。」

那邊街區大多是早期舊建築，如今酒吧聚集，是東市夜生活最豐富的地方。

寧希心虛地瞥了眼坐在副駕駛上的余忱，男生雖然未成年，但作為土生土長的東市人，不可能連一二街區的名號都沒聽過。

余忱沒說話，倒是坐在後座的唐靜言看到她的眼神後，揶揄道：「妳看余忱幹嘛，難不成他還會不讓妳去？」

前段時間唐靜言跟周澈分手，自顧不暇，寧希生病住院的事沒告訴她，而且她現在住在家裡，唐父唐母知道，邵麗和寧偉斌也該瞞不住。

「妳晚回去的話，伯父伯母那兒沒關係嗎？」寧希問她。

「沒事，我跟他們說好了，今晚住妳家。」

寧希又瞄向余忱。

余忱終於開口：「我自己搭公車回家就好，妳就別繞路了，直接去吧。」

寧希還在想這孩子怎麼改了性子，手機就響了一聲。

「**開車別喝酒，有事的話打電話給我**。」

「好吧，我們就去找間店坐會兒。」寧希在臨時停車點附近讓余忱下車，「頂多一、兩個小時。」

最後那句話是特意對余忱講的。

她重新啟動車，對唐靜言解釋：「酒我就不喝了，前陣子才剛做完碎石手術，還是養生點比較好。」

「我怎麼都沒聽說？那妳是得注意飲食。」

「我爸媽也不知道呢。就同學聚會的時候，可能酒喝多正好犯了，賀成東送我去醫院的。」

「我看賀成東對妳有點舊情難忘的樣子。」唐靜言笑著道，「沒想到妳就為愛走天涯了，真就認準了他？」

寧希手摸著方向盤一愣，上次她跟唐靜言說只管當下，沒想過跟余忱的以後。

「嗯。」

唐靜言沒想到才短短幾個月而已，寧希就改變了想法。

愣了一會兒，唐靜言才輕輕說：「那也不錯。不過寧希，我們最愛的還得是自己才行。」

第十章　她的話是不是認真的

唐靜言就是衝著買醉來的，她連點了三杯轟炸機雞尾酒，度數比普通白酒的度數還高一些。

酒吧裡燈光昏暗，駐唱女歌手在舞台上唱著情歌，寧希盯著唐靜言手中透明發光的杯子，問她：「剛才余忱他們在，我也不好多問。妳最近怎麼樣？」

唐靜言不答，淚流了下來，端著酒杯就要往嘴裡倒。

寧希拉住她的手，迫使她放下杯子，「妳是不是還放不下周澈？」

「怎麼可……」唐靜言下意識反駁，剛說了三個字，指尖摩挲著杯口，沒再嘴硬下去，「寧希，我該怎麼辦？」

她撐著臉頰，歪頭看向寧希，眼眶裡淚光閃閃。

「我放不下他，現在我們還在同個實驗組，一周有三天都要碰面。」她揉了揉眼睛，一杯六十三度的酒已然見了底。

「妳還想和周澈在一起嗎？」

「我不知道……」唐靜言搖了搖頭，「寧希，他一直都沒放棄跟我解釋。還有他父母那兒……他說父母同意了，可是以後呢……但就算和好，我也沒辦法再信任他了。」

話雖如此，其實她心裡早已動搖。

寧希才喝完一杯果汁，唐靜言就將面前三杯酒都喝光了。怕她喝醉危險，寧希不敢留她一個人，連廁所都不敢去。

車子離酒吧又有點距離。

她只好傳訊息給余忱了。以她對那孩子的了解，他肯定沒回家，應該就在附近窩著。

果然余忱就在二十四小時營業的速食餐廳等，一接到訊息，他就連忙動身前往酒吧。

不過顯然有人比他更早。

寧希攙扶著唐靜言走出酒吧時，就與匆匆趕來的周澈撞個正著，「你怎麼來了？」

周澈看了眼唐靜言，「我來接她。」

男人風塵僕僕，大衣釦子都沒扣好，像是剛從床上起來。寧希心下了然，怕是唐靜言酒後壯膽，打給了他。

寧希笑了笑，「那我把她交給你了，好好照顧她。」

就像唐靜言不看好寧希和余忱一樣，寧希也不怎麼看好周澈。

不過感情這件事，只有當事人才能作主，旁人也只能給予建議。

余忱趕到時，只剩寧希一人站在門口等他，她無奈地道：「她被前男友接走了。余忱，我可是一滴酒都沒沾喔。」

見她真的沒有半點醉意，身上也沒有酒味，余忱便上前牽住她的手，「回家吧。」

四月初的時候，寧希跟余忱一同飛去了京市，貓則用託運的方式一起帶了過去。

邵麗擔心她在外面吃苦，錢不夠用，另外給了她二十萬。

「我跟妳爸還能再幹個十幾年不成問題，妳想去京市就去吧。不管遇到什麼事，記得告訴我們。」

余忱六月十號參加奧林匹克物理競賽之前，都是半封閉式培訓，除了休息日，其餘時間都要由領隊老師統一管理。

第二期培訓在十五號，兩人提前抵達，在附近飯店住了幾天。寧希則委託仲介找了套離北大校區半個小時車程的房子。

房子不大，只有二十幾坪，不過好在這間房有附帶裝潢，寧希請了清潔公司打掃一天，第二天就能住進去。

余忱說房租他來出，寧希沒要，沒想到轉頭就收到了他轉的費用。

寧希清楚，這大概是他身上全部家當。

她當然不肯收，余忱卻在這點執拗起來。

寧希有點猜到男生的心思，邵麗和寧偉斌事業成功後，從不在物質上苛待了她，她並不缺錢，可是男生不一樣。

「那我暫時先幫你保管。」寧希沒有再推辭。

余忱搖了搖頭，「不是保管，是給妳花的。」

自己連衣服都不捨得買，還想把全部存款給她花，真是的。

寧希笑了笑，「還是存著吧。」

她爸媽聽到一年單房租就十萬，覺得太過浪費，她們家之前在鎮上租的廠房包括宿舍什麼的，幾百坪算下來也才二、三十萬。

邵麗不想讓房東賺錢，索性一口氣買了一大塊地。幸好她在投資方面還算有眼光，廠房還沒建好，地價就翻了幾倍。

要不是寧希都沒有在京市定下，依著邵麗的話來說：「沒必要花這冤枉錢，不然我幫妳買個套房吧，登記在妳名下。」一、兩千萬家裡還是拿得出來。

寧希連忙阻止了自家母親的豪邁想法。

寧希剛跟余忱搬進新家，貓換了個新環境還不怎麼適應，一直在那兒扒余忱的褲子，余忱什麼都做不了，只得抱起牠順著毛輕哄。

寧希站在客廳那兒接邵麗的電話，看了眼溫聲細語安撫著貓的余忱，笑道：「好了媽，這事回頭再討論吧，又不是小數目。你們一個個都怎麼了，都不把錢當錢。」

她把余忱給她十五萬的事跟邵麗說了。

邵麗在電話那頭開著擴音，她與寧偉斌對看一眼，對寧希嘆了口氣道：「那孩子有心了。」

「他很好的。」寧希趁機幫余忱講話。

邵麗和寧偉斌對余忱究竟是什麼看法，其實寧希也不是很清楚。

倒是兩人來京市的時候，寧偉斌喊余忱過去說了幾句話，不過余忱死都不願意透露。

一問臉就紅。

但好歹邵麗和寧偉斌不像之前那樣排斥余忱了，雖然邵麗嘴上還會說：「妳說妳這孩子，以後讓我怎麼跟親戚們解釋？他爸媽那事兒，畢竟鬧得太大了。妳二姑還說好端端的，又讓妳去京市折騰什麼。」

而且余忱年紀太小，邵麗都不好意思跟人提。

「妳和老爸疼我嘛。」寧希摳著沙發上的花紋，看著走過來的余忱輕笑，「你們最好了。」

「就知道哄我和妳媽。」寧偉斌聲音從電話裡傳來，「要是缺什麼，跟我們講，過年記得要回來，照顧好自己。」

其實寧希在東市也是獨自生活，不過現在畢竟隔了一千多公里，他們擔憂也是難免。

寧希掛斷電話後，余忱已經放下了貓，洗了手過來。

「伯母的電話？」

「嗯，他們不放心呢，怕你欺負我。」寧希玩笑道。

余忱也笑了，兩人離得極近，男生上前一把摟過她的腰，低頭咬住她的唇，她嘴唇微張睜眼看他，任由對方把舌尖探入，纏著她的舌輕輕吸吮。

鬆開的時候，兩人都有些氣息不穩。

「寧希，我想欺負妳了。」男生摸了摸她泛著紅潤的臉頰，指尖往下挪去，勾著她下巴那處軟肉。

女人眸子霧濛濛的，眼尾挑起望向他，「誰欺負誰，還不一定呢。」

她這浪蕩的模樣，說著挑釁的話，惹得男生又狠狠在她唇瓣上親了口才鬆開。

天氣漸漸暖和，兩人穿的衣服都不多。

可誰都等不及對方脫光衣服了，余忱只拉開了褲子拉鍊，將肉棒從裡面撥弄出來，寧希連內褲都沒脫，只往旁邊拽了拽。

余忱不知道從哪裡掏出個套子慌慌張張戴上，抬高她的一條腿架在沙發上，就那樣直接進入了她。

幾乎同時，屋內發出兩聲嘆息，性器毫無縫隙地合在一處。

「套子從哪裡拿的？」寧希有點好奇。

余忱遲疑了半秒後，回答道：「褲子口袋裡。」

「你還隨身帶著這個？」

余忱臉有點紅，低低應了一聲。

他捅得很深，隔著裙子攥住她的屁股，不讓她往後躲，「別躲，寧希。我慢慢的，等妳適應。」

他沒有像往常那樣做前戲，因此寧希穴裡還很乾澀，余忱能感覺得到，她裡面那麼窄，不等濕潤了再開始動，兩人都會不好受。

他俯身舔她下巴，一手去揉搓她的陰蒂，指尖蹭著，甚至拿修剪整齊的指甲刮了下。

「不要！」她被刺激得蹙眉驚叫，渾身打顫差點站不穩，就要往身後沙發上倒。還是余忱及時穩住了她的身子。

「我們去床上。」男生說道，「這裡不乾淨。」

沙發是房東留下來的，還沒來得及換掉。

「唔……明天就去重新買個沙發。」寧希腿軟了半倚在男生胸前，穴裡還咬著根粗壯的棍子。

余忱抱著她上床，輕輕把她放倒在床上，分開她的腿，盯著粉嫩的小穴，邊開始慢慢前後的戳擠。

男生動作很緩慢，直到裡面滲出淫液，穴縫裡的水順著屁股淌下，流到床單上。內壁頓時濕滑許多，蜜液浸泡著整根陰莖，寧希明顯能察覺到，它似乎在自己身體裡面又脹大了一圈。

男生低頭看了眼咬唇呻吟的女人，直接加快動作，衝刺起來。

他牛仔褲只拉到屁股一半，前面陽具昂出頭，凶狠地往嫩肉裡撞擊，次次都抵到了女人深處。

「呃……唔……余忱，你輕一點。」

雖然已經適應了他的尺寸，也早做好男生可能還要再長大一些的心理準備，不過他每回這樣插進來的時候，寧希都感覺自己幾乎要被插死。

余忱壓在她身上，寧希雙腿疊著架在胸前，胯下硬物牢牢占據著她的甬道不肯離開，碩大的凶器捅進又捅出。

他的腰力可真好。

「寧希，舒不舒服。」他緩了緩動作，輕吻身下被插得迷迷糊糊的女人。

「舒……服……」寧希閉闔著眼，發出令人臉紅心跳的呻吟，她被撞得連話都說不清楚，只稍稍挺起了胸，「余忱……」

「別著急，我這就來吃。」余忱知道她的意思。

只見黑色的腦袋埋在女人胸前，一口含住了乳尖來回吸吮，隔了會兒，又換到了另一側。

直到兩邊乳頭都吮得晶亮，微微腫起，上面都是他的口水。

男生鬆開牙齒，小聲問她：「還癢嗎？」

話裡沒有半點調侃的意思。

她正視自己的欲望，從未在他面前隱藏過性愛上的小癖好，而他向來都會包容滿足她。

「唔。」她撇了撇頭，一臉饜足乖巧的模樣。

余忱低笑了聲，穴內的肉棒重重往裡一撞，他抱緊她，火熱的陽具肆意落在她宮頸口裡，一遍又一遍貫穿了她。

「寧寧。」余忱輕喊著她的乳名，動情的時候他偶爾會這樣喚她。

寧希覺得羞臊，重要的是……

「喵……喵……」

那隻貓又過來了。

寧希伸手捂住余忱的嘴，指尖卻被他含住，「好好好，我不說了。」

現在只能祈禱貓咪不要跳上床，不然她要羞恥到做不下去了。

兩人搬到京市後，寧希又開始了處處被余忱照顧著的日子，一個好手好腳的成年人還讓正在念書的孩子忙來忙去，她自己想想都覺得臉紅。

余忱還要參加競賽呢，要是被自己耽誤到，那就太糟糕了。

「你別弄了，以後午飯和晚飯我來做。」讓她早起準備早餐有點太難為她，不過其他的倒是可以，「你好好看你的書。」

余忱手裡切著菜，讓她站遠一點，「小心刀傷了妳。沒事的，我又不是二十四小時都要練題，總要休息。而且我後天就要去集訓了，只有週末兩天才能離隊。」

寧希人倚在廚房門邊，這房子太小，又是高層，百分之二十幾的公設面積，廚房才兩、三坪，光是余忱一個人待在裡面就顯得逼仄。

她想起之前自家母親的提議，心下微動，跟余忱道：「不然我們買個房子吧？我媽都查過了，這附近地段二千萬也能買個四、五十坪的房子。」

余忱沒說話，寧希思考了片刻又道：「你不要有別的負擔，房子會登記在我的名字下。」

她怕他有別的想法。

余忱一直都知道寧希家裡條件不錯，雖然她總是誇他，事實上按照外界評斷標準來說，是自己高攀她了。

好在余忱並沒有覺得難堪，他只是想跟她在一起而已。

還有上次她爸那個意思。

余忱看眼寧希，沒想到這點倒成了優勢。

「不是的。」余忱搖頭，「現在規定比較嚴格，要住滿幾年才有資格購買。」

寧希完全忘記這件事了，邵麗女士肯定也沒有了解過，她摸摸頭乾笑兩聲：「那就先這樣吧。」

剛開始，寧希總是有很多不習慣，畢竟除了余忱，沒有半個認識的人，房子又小，出行也不方便。

甚至因為京市有車牌號碼的限制，她的車只能留在東市，改搭公共交通工具。好在寧希剛去西澳那會兒比現在要難很多，何況還有余忱，這孩子太暖又貼心。

六月十號，天已經炎熱起來，余忱跟著物理競賽國家團隊飛去新加坡，參加第十六屆國際中學生物理奧林匹克競賽。

十天的行程，寧希沒有跟去。

等到第十天的時候，寧希在網路上看到國家隊成員的接受採訪的影片。國家隊參賽的五名選手均獲獎牌，其中余忱還額外獲得了最佳成績獎和最佳理論成績獎，最佳實驗成績獎則由陳齊瑤獲得。

早在前一天，寧希就知道余忱拿金牌的消息，還特意打電話告訴邵麗和寧偉斌。寧希認識，這姑娘非常厲害，與余忱不分伯仲，這次要不是余忱實驗超常發揮，金牌未必就是他的。

不知道誰把比賽影片傳到了網路上，這個全民磕CP的年代，長相就是一切，網友們就愛幫漂亮的人們配對。

尤其這兩人，智商美貌並存，還雙雙被北大物理系提前錄取，不在一起真的很難收場。

寧希翻了一圈評論，幾乎都是祝福兩人的節奏。

偷吃你家大芒果：好傢伙，這對神仙CP我收了。

知名射擊選手：請直接綁定。

wuli嫉妒我的美：大家注意到沒，兩人對視的時候眼裡有光，我賭十塊錢，他們絕對在談戀愛。

寧希看得無語，心想這人眼睛怕是有什麼問題。

她不想承認，自己心裡酸成了泡泡。

第二天，寧希還沒起床，就接到唐靜言打來的電話：「寧希，妳上熱搜了！」

寧希沒反應過來，愣了半拍才回：「我哪個作品？」

「不是，妳自己去看看。」

寧希匆匆掛斷電話，才發現自己的微博炸了。

不知道誰把她吃瓜外加碎碎念的微博小帳給扒拉出來，連帶著工作用帳號也糟了殃，一夜幾千條評論，過萬轉發。

她從沒想到自己就這樣莫名其妙紅了，向來只在網上磕明星八卦的寧希完全不知所措。

幾乎一夜之間，她的隱私被扒個乾乾淨淨，她本來把自己和余忱合照放到網路上只是自嗨而已。

她簡單翻了幾頁評論，其實大部分倒還好，畢竟余忱的光環在那兒。

寧希知道自己年紀比余忱大，總有站在制高點給人戴帽子的人，光憑著寧希身上衣服和包包，就質疑余忱和她之間關係不正常。

寧希自己並不在意，有幾句難聽的被她直接忽略過去了。

可是余忱，不知道誰在評論下把他的家庭狀況爆料出來，而且用詞極其惡劣。

殺人犯的兒子。

連余忱那件一萬出頭的羽絨外套都被人品頭論足。

寧希一直都知道余忱很努力，他家中這種情況並不是他的錯，他所經歷的一切，換成一般人，怕是早已自暴自棄。

可是他沒有，他的天賦和努力讓身邊許多人忘卻了他那糟糕的原生家庭，他是一中的驕傲。

這次的成績，足以讓他永遠出現在東市一中的榮譽牆上。

他不該經受這些亂七八糟的事情。

都是她不好，她不該手賤，抱著炫耀的心態發那些照片……寧希邊抹著眼淚，邊把微博全部清空。

她和余忱又不是公眾人物，根本不需要去回應什麼。

余忱今天凌晨五點的飛機，差不多中午會抵達機場，也不知道他有沒有看到這些。

好在寧希因為工作的關係，還認識幾個做行銷的人，對方介紹了專門做熱搜業務的公司給她。

在熱搜榜半個小時的價格不超過五萬塊，撤熱搜的價格要稍微高一點，不過對寧希來說並不算太過離譜。

其實她也可以等的，像他們這種市井小民的事，要不了一天就會被別的新聞取代。

但是她不想讓余忱遭受那種難堪。

余忱上飛機前就看到微博上的事了，他的心情一直有些低落。

坐在他身邊的陳齊瑤擔憂地看了一眼，問道：「余忱……那個，微博上的東西你不要放在心上。」

余忱心不在焉地搖搖頭，捏了捏自己手心，「謝謝，我沒事的，我沒有在意。」

他都習慣了。

住在那棟樓裡，有些人明明和母親生前關係還不錯，卻還是會背地裡嚼舌根，那些所謂嬸嬸阿姨說出的話，比網上陌生人要難聽得多，而且更傷人心。

他擔心的是寧希。

以她的性子，要是知道這事，肯定會把所有的錯都攬在自己身上。

他不想讓她難過。

「那你……」陳齊瑤沒再繼續問下去，換了個話題，「一會兒慶功宴你要去嗎，要是不想去的話，記得跟宋老師請個假。」

「嗯。」

陳齊瑤認識余忱好幾年，一直覺得他天生是當科學家的料，他內斂又低調，從不輕易表達自己的情感。

然而她錯了，她在意識到余忱待寧希跟別人不同後，就已經漸漸滅了對他的心思。她欣賞余忱，就算這次理論成績比余忱低了些，也不意味著自己不如他。

畢竟實驗是自己的強項。

她天賦極高，自負又驕傲，更不屑搞出什麼兩女爭一男的戲碼。

以後成就如何，還未可知呢。

下飛機後，余忱向領隊老師請過假，便直接從機場回了家。

寧希開門時嚇了一跳，她以為他晚上才會到家，她慌慌張張瞧了眼男生，又跑到浴室裡去。

鏡中女人眼圈還紅的，她往臉上撲了撲水，還是無濟於事，男生已經在外面喊她。

「寧希？」

寧希遲疑片刻，對著鏡子露出個自認為還行的笑，手摸著門把走出去，她笑說道：「剛才睡覺睡一睡，眼睛突然有點癢。」

余忱的行李就擱在門邊，眉頭攏著，他剛在廚房洗過手，指尖冰涼觸上她的面頰，「寧希，妳哭過？」

她不想承認，下意識反駁：「沒……」

男生卻已經看穿了她，「妳看妳，眼睛都哭腫了。」

寧希剩餘的話全堵在喉嚨，她只覺鼻尖一酸，抱住他的腰，哭出聲來：「余忱……」

她摟得他死緊。

男生心跳得厲害，就算貓在腳邊叫喚，她也能聽得一清二楚。

他昨晚還說有慶功宴，卻急匆匆地趕回來了。

「余忱，你看到那些了是不是？都是我的錯，我沒想到會給你帶來麻煩。」她哭得很傷心，他的胸前濕了一大塊。

他就知道。

余忱默默撫摸著她的背，親吻她的髮，「寧希，我沒有覺得是麻煩，那些話我真的沒有放在心上。妳說過的，我只是我自己，不是嗎？」他輕聲安撫道，「別哭了，餓不餓，我們出去吃好不好？」

寧希抽噎了一會兒才鬆開他，男生的白T恤被她弄得皺巴巴，她墊著腳親他一口，「還沒恭喜你呢。我們別出去了，我煮麵幫你慶祝慶祝。」

「好。」余忱抹去她眼角的淚。

寧希又覺得丟人了，明明想說瞞著余忱，即使他已經看到，也要安慰他的，沒想到最後卻讓這孩子來安撫自己。

「那我這就去。」

余忱俯身將喚了半天的貓撈起來，揉了揉牠的腦袋。

她跟余忱的事說大也不算大，沒有人會盯著陌生人的生活不放，不過寧希家裡的親戚幾乎全知道了。

家族群裡有人開口問，她一次都沒回過，反正她在他們眼中本來就不算聽話，大不了再成為反面教材。

邵麗打告訴寧希：「妳姑她們問我，我說我也不知情。反正日子不是給別人過的，妳自己心裡有數就好。」

平時邵麗把顏面看得那麼重，能說出這話已經很不容易。

讓這事情一鬧，寧希很久之後才想起，自己看到余忱和陳齊瑤站在一處時酸溜溜的心思。

同樣優秀，同樣耀眼，似乎只有那樣的女生才配得上余忱。

她看向正坐在那兒整理筆記的男生，前幾天，有家出版社找上他，有意編印出版，余忱這幾天都在忙著。

余忱注意到她的視線，偏頭看她，對上男生一如既往溫和的眉眼，寧希微微一笑，突然瞬間釋懷了。

似乎根本沒有提及的必要。

七月初時，余忱和寧希回了趟東市，學校邀請他在禮堂給全校學生做演講，余忱才高二就被北大錄取，還得了物理金牌，東市一中從校長到老師都與有榮焉。畢竟這關乎著學校的名譽和生源，以及學校老師的職稱評定。

余忱的私生活，基本上老師們都不怎麼感興趣。

除了梁申。

他其實受益最多，畢竟他教過余忱，又是物理專業。

正因如此，上個月學校申報中學高級教師二級的時候，把他的名字遞了上去，雖然他的任職年限才剛剛達到評定標準。

寧希沒想到會在一中停車場遇到梁申，她原本在這裡等余忱。

自從她出國後回來，身邊幾乎沒有什麼認識的異性，除了賀成東外，梁申勉強算一個，好歹相親吃過飯，他對她還有那麼點意思。

平心而論，梁申條件並不差，只是她都有余忱了，當時一聽到他是余忱的老師，恨不得立刻撇清關係。

就是這會兒，見了也有幾分尷尬，尤其他還是和余忱一同過來。

的。

要不是知道余忱這孩子性情溫良又穩重，寧希都要懷疑余忱是故意跟他一起來

他明明知道她和梁申相親的事，也知道她在停車場等，晚一會兒不行嗎，偏要領著人來。

她打開車窗，看了眼與梁申並肩的余忱，笑著先開口：「梁老師。」

「妳好。」梁申的窘迫並不比寧希少。

他確實覺得寧希是個好對象，人長得漂亮，家裡條件又好，就主動了一點。誰知道人家根本沒看上自己，還跟自己學生在一起了。

這事說出去都丟臉。

兩人虛虛打過招呼，寧希又喊余忱：「走吧，一會兒我爸媽那兒還叫了我們吃飯。」

余忱倒是動作慢吞吞起來，又說了好幾句話才和梁申告別。

「梁老師，那我們先走了。」

我們？這姿態，似乎有點挑釁意味啊。

寧希坐在車裡挑了下眉。

她輕拍著方向盤，耐心等余忱上車坐好，等車慢慢駛出學校了才開口：「余忱，你是故意的吧？」

車內空氣瞬間凝結。

余忱面上掠過慌張，他的手拘謹地放在雙膝上，低下頭輕輕嗯了一聲。

「妳生氣了？下次我不會這樣了。」

寧希啞然失笑，搖頭道：「這點事我為什麼要生氣？我只是覺得滿好玩的。」

余忱不解。

「你平時老成持重，訓起人來有模有樣，沒想到你會做出這麼幼稚的舉動……是因為吃醋？」寧希趁著等紅燈的時候，朝他眨了眨眼，「很稀奇。」

聞言，余忱暗暗鬆了口氣，老實坦承：「我也是剛好碰到梁老師，才……」

寧希頓時收斂了笑意，正色道：「話雖如此，下次不可以再這樣了。」

「好。」余忱認錯地低下頭，一副知錯小狗的模樣。

邵麗和寧偉斌抽空回來市裡，本來邵麗只是想跟女兒吃頓飯，還是寧偉斌在旁邊說：「把余忱也帶來吧，留那孩子一人也不太好。」

邵麗瞥了眼老公，「別以為我不清楚之前你妹跟你說過什麼，你現在是不是想著余忱無父無母正合適呢？我上回就說過，不要什麼事都讓她們來插一腳。」

寧偉斌被老婆嗆得心虛起來，「我也就隨口一說……沒別的意思。況且以後會怎麼樣，也還不知道。」

寧偉斌的為人是沒話說，但是他跟家裡姐妹關係好也是真的。

不就是想一出是一出，又攛掇著寧希找個能入贅的，怕寧偉斌也覺得可以。

當然寧偉斌不可能貿然對寧希提，畢竟女兒就是他的命根子。

總之，再說吧。

寧希不清楚這事，晚上一起吃飯，乍看著像是一家四口。

她媽還給余忱包了個大紅包，說是慶祝他考上大學。

當然她媽話說得滴水不漏，笑著道：「你考上大學，我們這老鄰居都替你開心，要是有什麼困難，跟你寧寧姐或跟我們說都一樣的。」

余忱倒沒有推辭，雙手接過紅包，「謝謝伯母。」

寧希目光在她媽身上停留了會兒，暗忖她媽自欺欺人，住都住一起了，還老鄰居。

但是寧希也清楚，他們不把話說開，自然有他們的道理。

起碼比起周澈的父母，他們已經算很開明了。

寧希沒在家待多久，因為余忱最近額外接了家教工作，一對一私人家教，時薪相當優渥。

還有他的貓，算起來年紀也不小，以人類的壽命來算，牠已經步入中老年了。現在寄養在寵物店裡，終究不太放心。

她跟余忱還去見了唐靜言。

在上回周澈把唐靜言接走後，兩人又復合了，不過她沒叫周澈一起來。

「他正忙呢，教授那邊有項實驗找他。」

對此，寧希無法置喙什麼。

「周澈說，他已經和他爸媽說好了，以後會走他爸的路，但是要和我結婚。他爸媽也同意了，說讓我們先訂婚。」唐靜言道。

寧希沒說話，畢竟二十幾年的交情在這裡，別人寧希不了解，唐靜言眉頭動一下，她就知道她還有話。

果然唐靜言又接著道：「不過我沒答應。寧希，我沒有結婚的打算。」

回想起當時，看著周澈那瞬間吃癟、詫異的臉色，自己竟莫名生出快意。

寧希聞言，愣了一下。

大學時期，唐靜言總是信誓旦旦地說以後要跟周澈在一起，然而現在她卻說，自己根本不想結婚。

「其實一個人也不錯，沒那麼多煩心事。」寧希順著她的話附和，她們又不像父母那輩，要麼想著傳宗接代，要麼說有個孩子好養老。

獨身或者已婚，都是個人選擇。

沒想到，寧希無心一嘴的安慰，被在場另一人當真了。手上力道忽緊，余忱在桌下捏住了她的手。

她差點忘了他也在。

寧希扭頭看了眼臉色不太好的余忱，另一隻手在他手背上輕拍了兩下。

余忱很快就被安撫住了。

倒是唐靜言瞧出端倪，笑看這兩人的小動作道：「寧希妳可別亂說話，妳要不想結婚，妳家小朋友還不恨死我。」

「他還小呢，離能結婚都還有好幾年。」寧希笑說。

「才沒有……」余忱臉頰微微泛紅，又忍不住看向寧希。

她這話是不是認真的？

不過……要是她真的不想結婚，就這樣過下去也可以，只要能跟她在一起就好。

第十一章　在他手心慢慢綻放

直到一頓飯結束，余忱都有些心不在焉。

晚上兩人回家，寧希還在浴室裡洗澡，沐浴乳泡泡黏在身上沒沖洗乾淨，男生就把自己脫光了開門進來。

「我幫妳洗。」

哪有這樣幫人洗澡的，蓮蓬頭的水還流著，他的手已經摸到下面。敏感的小穴記得他的手指和肉棒大小，余忱拇指輕輕揉搓陰蒂，中指才探入穴口，一瞬間就被不停張合的甬道吸住。

「寧寧，妳好軟。」余忱咬著她的耳朵，手指在她腿縫間抽插，很快整個手掌都濕漉漉的，分不清是水還是淫液。

她背後就是堅硬的大理石牆面，她闔眼低哼，「余……忱，先把水關了，都進我眼睛裡了。」

余忱直接把蓮蓬頭拿了下來。

氤氳霧氣覆在磨砂玻璃上，完全遮住裡面交纏在一起的身影。

「寧寧，我幫妳洗澡好不好？」

余忱指尖已從她縫隙裡退出來，他把噴頭對準寧希雙腿間數秒才挪開。

小穴剛剛讓異物塞進去過，又猛地被澆灌，穴肉受不了這刺激，不由開合抽搐，試圖吃下更多。

「余忱……我洗好了啊……」寧希頭髮濕漉漉地貼在額間，她小聲呢喃著他的名字，體內難以抑制的空虛在叫囂，好想有什麼東西來填滿。

面容青澀的男生蹲在她身前，舒適溫和的水流自她身上滑過，平坦的小腹，腿間如蚌肉般軟嫩的密地，稀疏恥毛上墜著幾滴水珠。

「我看看洗乾淨沒有。」

男生呼吸有些急促，溫熱的氣息噴在她下身敏感處，寧希又癢又酥，忍不住併攏腿，蹭了蹭腿心。

寧希總覺得這孩子今天這是不安好心，自己也是不爭氣的，他就幫她洗個下半身而已，她就舒服得差點站不穩。

余忱關了水，扔開蓮蓬頭，湊過去盯著她那兒看。

浸過水的小穴顯得分外誘人，兩片大陰唇緊緊地閉合在一起，男生粗糙的指伸過去掰開了它們。

藏在裡面的嫣紅口子還在冒著淫液，男生的手指在陰唇上慢慢逗弄，指腹撥弄微微凸起的陰蒂，還不到小拇指甲蓋大的嫩肉被他揉得充血腫脹，足足大了兩倍。

「唔……余忱……」

他把她陰唇內壁都刮了遍，勾得寧希身子直打顫，手撐在牆面，屁股頂著才沒摔倒，光禿禿的腳趾害羞地蜷縮起來。

「嗯，這裡真乾淨，還很香。寧寧，妳是不是擦了什麼？」男生扶著她胯骨，聲音略有些啞。

他話剛落，頭已經往前傾，埋在那中間，直接對著嬌肉親了上去，舌尖熟練地竄入洞口，在洞穴邊緣輕輕勾弄戳插。

寧希像置身烈焰中，蝕骨的麻，渾身灼熱焦躁，她又流了一身汗，澡肯定是白洗了。

余忱把她穴肉裡裡外外都舔舐了遍，牙齒輕輕咬著腫脹不堪的小核，他親吻著她腿心，舌頭輕巧地汲取著她體內蜜液，而他下身碩物早已駭然挺立。

「余忱，我想要。」寧希胡亂搓著他的髮，「你進來啊。」

前戲太久，磨得她耐性全無，她十幾分鐘前就出水了。

他從她腿間抬頭，唇角亮晶晶，「可是還有地方沒洗到。」

他站起身，嬌小光裸的寧希被他攏在懷裡，大掌沿著她的脖頸一路向下，嫩白身子在他手心慢慢綻放。

他將手探到了她鼓鼓的胸前，「這裡也要洗乾淨。」

「唔……要吃奶你早說啊。」寧希挺了挺身，余忱幾乎俯身就能咬到她的乳尖，嬌嫩的珠子翹著，勾著男生來採擷。

「癢了？」

他低身含了口頂端的花蕾，沒多會兒就又挪開，覆住她的身子，咬她的耳朵、她的脖子，甚至挪到下面的肚臍。

慢吞吞的，一點都不著急，像要把她身上舔遍，他自己的那根凶物仍狠狠地頂著她。

「唔，你來吃啊。」

寧希哼哼唧唧，到這會兒要是還不清楚男生心裡彆扭，她也算是白跟他睡了這麼久。

她眨了眨眼，趁男生站直的功夫裡，臉毫無羞赧地貼上男生結實精瘦的胸膛，舌尖一勾，含住了他那顆硬邦邦的小豆子。

寧希的手摸索到男生胯下，準確無誤地握住其中高高昂起的陽具，她惡作劇地按著馬眼處，笑出聲來：「余忱……你怎麼這麼小心眼，我不就說了句話嗎？」

他總歸是拗不過她的。

余忱倒吸了口氣，狠狠在她臉上咬了一口，委屈道：「寧希，妳答應過會等我的，等我年紀到了就結婚。」

寧希暗忖，自己可不記得答應過他這件事。

不過這會兒也不是什麼談心的好時機，而且她還真想過好幾次嫁給他的事。

寧希單手裹不住他的陰莖，只能勉強抓著前後套弄，「我那不是為了安慰靜言嗎，順著她的話而已。」

「那妳答應了？」

「什麼？」她怔了下。

「我們結婚的事。」

寧希險些被他拐走了，她哼聲，手裡拽著男生的命根子，「余忱你還小呢，整天就想著結婚的事，等你毛長齊了再說吧。趕緊進來啊，不進來我要生氣了。」

她鬆了手。

余忱摸到架子上的包裝，窸窸窣窣過後，抬起她的一條腿，架在自己腰間，炙熱粗壯的陽具不由分說地插進穴內。

這一下，直直到了底。

寧希差點喘不過氣來，「唔……太深了。」

穴道又窄又緊，巨大的龜頭被穴口死死包覆，一時間他根本不想從裡面出來。

余忱親了親她的額頭，「我不小了，毛沒長齊也能滿足妳的，是不是？」

何止是滿足。

他本錢夠，體力也好，她這不怎麼愛運動的身體，兩個都不夠他做。

欲望就這樣停在小穴裡，遲遲沒有任何動作。

寧希胯部貼著他扭了下身子，肉棒將小穴塞得滿滿的，她覺得鼓脹還痠麻，偏偏對方遲遲不肯動作，她得不到緩解。

「唔，我家余忱最大了，你動一動嘛。」她纏著他的脖頸，嬌吟如羽毛般掠過他耳畔，還故意在他下顎輕咬了下。

男人無論年紀，都耳根子軟，愛聽好話，禁不住誇。

也不知她那句「我家」還是「最大」取悅了他，余忱終於笑了，身下抽出幾分，重重往前撞擊。

「寧希……」

緊窒的花穴一次又一次地被撐開，明明再也吃不下，但每次他往裡面搗入，總覺得都比之前深入幾分。

男生托著她的腰，開始猛烈抽插起來，浴室內傳來陣陣肉體拍打的聲音，淫靡而浪蕩。

青筋暴起的巨大擦過女人柔嫩內壁，惹得她低吟起來。

寧希仰起頭，差點直接撞到後面的牆壁，余忱眼疾手快，連忙伸手擋了一下。

余忱乾脆攬她在懷裡，兩人身子貼得極近，他看她眸子含光，饜足呻吟的模樣，哪裡還忍得了。

他不由得加快了速度，一次次將巨大搗入她柔嫩的花心內，凶物狠狠地接連貫穿宮頸口，根本不給她喘口氣的機會。

堅挺的肉棍在小小的嫩穴裡出入，女人光滑柔軟的嬌軀癱在他懷裡，不斷隨著他的動作而急劇顫動著。

花肉被持續擠壓，她忍不住洩出數股汁液，穴裡一陣痙攣，咬緊男生的陰莖，稀薄的黏液澆灌上欲望前端。

「這麼快就到了？」男生摸著兩人交媾處，吻她的臉頰。

寧希癱在余忱懷裡，嬌喘吁吁地點頭：「唔啊……余忱，我腿痠。」

「快了，妳再忍忍，我們一會兒換個地方。」

「你還沒好啊？明天還要坐飛機呢。」

她腿已經完全放下，余忱雙手緊抱著她的背，胯下速度越來越快，數百次撞擊後，精液才射進了保險套內。

男生輕輕從她體內退出，去清洗了一遍後，才抱著腿軟的寧希上床。

寧希以為這就是結束，誰知道余忱等她睡著了還在折騰，她迷迷糊糊閉著眼，男生摟著她從她身前慢慢戳擠進來。

兩人蓋了層薄薄的被子，被子下春光無限，余忱除了那張臉，身子也長得好，毛髮不是那麼濃密，也不會扎人。

他胯下尺寸雖然不小，卻是偏粉的嫩色，情到深處勃起時顏色會稍微深一點。

「寧希，睏的話妳先睡。」余忱動作輕柔而緩慢，他抱著她在她耳邊低聲安撫。

含著那麼大的棍子除了感覺有點脹，寧希倒沒多難受，還滿舒服。

屋裡冷氣溫度正好，男生雖然年紀小，但他身子硬硬的，腹部堅硬似石塊，讓人莫名覺得安心。

寧希無意識架了條腿到余忱腰間，卻猝不及防使得兩人貼近，肉棒更入了幾分，最頂端的龜頭不斷擠壓她甬道深處，直直撞進宮頸口內。

「唔。」她蹙眉悶悶嚶嚀聲，腿縫間花瓣被撐著綻放開來，隨著男生戳弄做吞吐動作。

「沒事沒事，我慢慢的，妳睡覺。」余忱忙哄她，手在她背後輕拍了拍。

這麼多回下來，男生幾乎對她的身子瞭若指掌，她被他藏在懷裡愛撫、疼愛了大半夜。

剛開始，寧希還有點印象，睡著之後就完全不知情了，連余忱幫她擦身體都沒反應。

她倒是記得做了什麼夢。

許是受了唐靜言和余忱對話的影響，她真夢到自己和余忱結婚了，還是她硬逼著對方去的。

都說日思夜夢，導致寧希第二天醒來見余忱的眼神都怪怪的。

自己哪會這樣啊。

不過也不一定，當時自己饞他身子，還不是做過好幾回春夢。

「怎麼了？這樣看著我。」余忱疑惑地問。

寧希臉一紅，搖搖頭，岔開了話題。

暑假兩個多月的時間，余忱比她還忙，在外面接了三個家教，有時晚上七、八點還沒到家。

因為薪水都是周結，第一次余忱把錢轉給她的時候，寧希真的嚇死，才七天而已，居然就有幾萬元薪水。

聽說按京市的行情，余忱的時薪還算少了。要不是寧希自己念書時成績一塌糊塗，她都想學余忱接家教了。

他才多大，居然都賺得比她還多了。

以前邵麗跟寧希講，余忱再聰明都不能當飯吃，這話錯了，余忱還真的就是靠腦子吃飯。

他那書的版稅，首印一萬本，按著定價去算，也能拿到三、四萬塊。加上先前的十五萬，余忱都擱了快三十萬在她這裡。

他的同齡人，包括寧希自己，還都處在家裡伸手要錢的時候。

雖然她不缺錢，但是余忱這鈔能力並不妨礙她再度意識到，自己撿到寶了。

寧希其實是個很怕麻煩的人，偏偏從遇到余忱的那刻起，所有事情都不再受控。

她當初把他從孔溪正街筒子樓裡給撿回家的時候，決計想不到有天這孩子會和自己有這段緣分。更想像不到在她不知道的時候，這孩子曾默默把她當作人生的光。

九月初時，余忱大包小包地去學校報到，寧希抽出時間送他過來。

本科生原則上是不允許不住校的，即使戶籍在京市，申請也很麻煩。

寧希讓余忱還是先住在學校，週五晚上再回家。畢竟這孩子獨來獨往，除了他訓練的那幾個伙伴，連個說得上話朋友都沒有，他這年紀，還是該和同齡人多多相處。

余忱查了一下學校規定，學校在宿舍管理上並不嚴格，舍監也不太會查寢，於是他便接受了寧希的提議。

北物院，傳說中「四大瘋人院」之一，這裡天才眾多，國家物理科學元勛中，有一半以上曾在這裡學習過。

寧希抱著余忱的書包，其他被褥什麼的男生都執意自己拎著，根本不用她動手。

「余忱，我來這裡總覺得心裡沒底。」寧希偷偷跟余忱笑說，「周圍都是資優生，智力絕對碾壓，總覺得有點戰戰兢兢。」

余忱錯愕地看她，不太明白她的意思。

「算了，你肯定不會懂的。」寧希擺擺手，余忱向來都是在智力上碾壓別人，哪能體會到吊車尾的苦。

倒是她自己沒出息，都畢業了，居然還覺得心虛。

余忱確實不能理解，但男生明明兩手都拎滿了東西，還是騰出隻手來輕輕拉住了她。

九月的京市天氣還很炎熱，余忱到處跑著辦手續，這會兒手心全是汗，寧希不僅毫不嫌棄，反而感到相當安心。

余忱就是有這種本事。

寧希突然有點後悔執意讓他住校的決定，但當時自己義正言辭說為了他好，總又不能又突然說：「反正你上次說宿舍規定也很鬆，到時候晚上回來住吧。」

這不是打自己臉嗎？

算了，不用她說，余忱要是能回來肯定也會回，不為別的，就為那檔子事他也要回啊。

精力那麼旺盛，有時候晚上好幾次才肯甘休，插得穴都腫了。

托余忱的福，寧希又見到了幾個熟面孔，錢浩宿舍就在余忱隔壁，他和他女朋友韓怡都提前一天來報到，還幫忙余忱把東西收拾好。

中午寧希請他們吃飯，順便喊上了陳齊瑤，幾個孩子感情還算不錯。

寧希想著余忱以後跟他們打交道的時間還很長，本來她請客也是為了余忱。

便開口說了兩句：「余忱他年紀小，你們都在一個系，要是有什麼事還要麻煩你們多幫幫忙，照應一下他。」

說完，她才驚覺自己這話老氣橫秋，跟老母親似的。

她是他女朋友，又不是別的長輩。

寧希頓時有點困窘，尤其余忱還在桌子底下偷偷拽了拽她的衣服，示意她別說了。

錢浩他們三人對看一眼，憋著笑，誰都沒回應，生怕一不小心笑出聲。

最後還是韓怡說道：「姐姐，沒事的，妳放心。」

寧希尷尬笑了笑，一頓飯結束前都沒再說什麼。

開學前沒什麼集體活動，果真如寧希預料，余忱在宿舍待了兩、三個晚上就開始跑回家。

寧希原本以為余忱年紀就已經夠小了，聽說他們系還有個同樣高二被錄取進來的學生，生日還比余忱晚幾個月。

能進這個系的學生，無論天賦還是努力程度自然都勝過大部分人，他們之間除去極個別的學生，同學間的水準差距其實沒有像高中那麼大。

寧希不想當個老媽子喋喋不休，偏偏又忍不住操心，「余忱你週末那個家教乾脆辭掉吧，免得影響學習。」

「不會影響的，寧希妳放心。」

她拗不過余忱，最後只能隨他。再說，余忱自制力可比她強多了。

寧希之前用的微博小帳已經註銷掉了，僅剩工作用的還留著，在八卦群眾狂歡過去之後，她微博底下的評論又恢復到個位數。

這幾個月她參加了不少線上線下的插畫活動，有些還是像為流浪動物安家這種公益性質的。

等到十二月底時，她終於接到了一家京市手搖飲料店的插畫工作，工作量不算小，設計費也相當可觀。

兩人的生活終於漸漸步入正軌。

就是余忱那孩子有點怪，元旦過生日那天，把她弄得兩天走路都覺得不舒服，特別是尿尿的時候，感覺陰唇脹到堵著尿道口了。

但在這之後，余忱就不碰她了，剛開始她以為他是體貼自己，可接連一週都沒反應，寧希終於感覺不太對勁。

她倒是沒往移情別戀的方向想，余忱幾乎每天都回來，那股勤的樣子也不像變心了。她只擔心他身體出了問題，或者生病了。

直到偷偷看到余忱在房間裡打手槍。

寧希原本一直在客廳畫圖，想進房間找本書，沒想到見了這副景象，嚇了她一大跳。

顯然余忱受到的驚嚇比她還大，連褲子都沒來得及穿上，就那樣光著屁股，手捂住前面翹著的陰莖轉身。

「寧……寧希？」

寧希僵在那兒，半天才應了一聲。

這時，余忱才磕磕絆絆地說出事情真相。

寧希早忘記余忱說過想結紮的事了，而且她確實不贊同他去做，即使他說對身體沒有損害，以後想要孩子再做疏通就行，但畢竟余忱年紀還小。

沒想到他真的跑去結紮，還在恢復期，等一個月後要去醫院檢查精子含量。

寧希臉色不怎麼好，緩了緩情緒才開口：「余忱，下次別再亂來了，我擔心你擔心了好幾天。那你剛剛又在這裡幹什麼？」

她明知故問。

「醫生說回診前最好再打個七、八次手槍，確保之前的精液都排出去。」余忱意外紅了臉。

「讓我看看。」

余忱用手擋著不給她看，「沒什麼區別啦，還是長那樣。」

「余忱。」他這樣更勾得寧希想看的欲望，女人蹲下身喚他，輕扯了下他的手，他就鬆開了。

「噗嗤。」寧希沒能忍住笑。

余忱的臉已經紅到了耳後根，「寧希，是不是很醜，感覺怪怪的？」

「沒有。」

寧希手伸過去摸了摸余忱下面，大概因為要做手術的關係，原本根部那堆黑色恥毛被剃光，現在只冒出了些扎人的碎毛。

「我滿喜歡的。現在這模樣，你雖然成年，我還以為自己是在犯罪。」

粉色的肉棒，尺寸看習慣也不覺得駭人，幾乎可以忽略的毛髮……寧希越看越覺得賞心悅目，將唇湊了上去。

她的手毫不猶豫地握著那根粗物底端，輕輕撫摸著下面兩顆囊袋。

大概是寧希這麼做的次數不多，余忱乍被溫熱的唇裹住，竟受不了刺激，往後倒退一步，跌坐在床上。

「余忱，你喜歡躺著？」寧希看著他道，半彎下腰，把男生腳踝邊的長褲連同內褲都扒了下來。

「寧希。」他總覺得在她面前鬧了場笑話，他低頭看過那地方，光禿禿的很彆扭。

「你太緊張了。」寧希爬上床親他的唇，「我真的很喜歡，余忱怎麼樣都好。」

余忱輕易地就被安撫住了。

倒是寧希暗自感慨了句，沒想到有天這種甜死人不償命的情話會從她嘴裡出來。

余忱胯下處於完全勃起的狀態，蛇身一樣鼓起的嫩色陽具從腿間豎起，有意識地微微顫抖著。

寧希張開嘴，將龜頭含入口中。火熱的陰莖頓時擠入，她費力張大嘴，兩片唇瓣如同她下面小穴似地狠狠夾住肉棍。

「唔。」銷魂的滋味讓余忱不禁閉上眼呻吟出聲。

他好多天沒有碰過寧希了，其實心裡也想得厲害，之前幾天下面還有點輕微的疼痛，根本不敢靠近她。

女人的小嘴被肉棒完全塞滿，唇角邊流出晶亮的液體，粗長的碩物還有一小截露在外面，余忱受不了想挺腰，又怕傷了她。

寧希認真含住棍子，舌頭不斷抵在龜頭的小洞處，連帶著沒有舔到的地方也沒有忘記，手心輕輕安撫著。

她的手可比余忱自己的柔軟又舒服。

男生闔眼躺著，面部肌肉緊繃，看著都有些猙獰了，他低哼著，手胡亂往寧希身上摸，「寧希，我想摸妳。」

寧希空出一隻手把T恤往上捲了捲，裡面沒穿內衣，她身子躬著，雙乳往下墜，輕易就讓余忱拽住了乳尖。

他揉著一側乳，低聲喃道：「寧希，我好愛妳……」

只是幫他舔弄下體，寧希就覺得自己肯定濕了，身體深處傳來的酥麻滋味難以忍耐，她明顯能察覺到小縫裡流出一股又一股的愛液，內褲濕答答的，有點不舒服。

她臉頰泛紅，含著他的龜頭部分，手上下套弄，圈握住它急速地在掌心摩擦。

接連不斷地刺激影響著他，陽具上沾滿她的唾液，頂端不覺滲出分泌物，肉棒腫脹堅硬到極限，男生不由扭身動子，肉棍在她嘴裡哆嗦著。

「寧希……」

男生手從她胸前鬆開，腰身猛地一挺，馬眼處噴出數股白色液體，直直射入她嘴裡。

吞下這些東西後，寧希才扭頭去看余忱，他還閉著眼睛，一副陷在情欲裡無法自拔的模樣。

寧希低笑，過去咬他耳朵，親他的眼。

「余忱，我厲不厲害？」

余忱緩了一會兒才睜開眼，清亮的眸子變得霧濛濛的，他眨眨眼，摸她的臉，「我幫妳舔好不好？」

寧希被他勾得移不開眼，剛要點頭，忽地從床上跳起，「啊，我都忘了，我是進來拿東西的，客戶一會兒還等著看初稿呢！都怪你……」

余忱的臉比她還紅，用指腹按了按她嘴角，把那處沾著的零星白濁抹去後，他抵著她的額頭道：「那寧希妳先去忙吧，我也要出門。等我回來？」

余忱下午還要去幫家教學生輔導功課。

「嗯嗯。」寧希胡亂點頭，「再說吧，看你幾點能回來。明天你還要去學校，別累著了。」

余忱沒說話。

晚上男生回到家，身體力行給寧希好好上了一課。他精力旺盛，又肯做小伏低，就是胯下那根棍子不能用，寧希在他伺候下也通體舒暢。

余忱想著把這些天缺失的補上，還是寧希直哆嗦求饒，他才住嘴。

沒多久，北大放假，再過十幾天就是新年，寧希肯定是要回家的，總不能讓邵麗和寧偉斌跑到京市來過節。

余忱跟寧希講他就不回去了，正好家教那邊也忙。

寧希瞥他，掐著他的臉道：「余忱，我就沒聽過誰除夕、初一還請家教老師上門的。你別囉嗦了，到時候收拾東西跟我回家過年。」

「可是……」他還在遲疑。

「你都有膽子喊他們爸媽，沒膽跟我回去？」寧希笑道，「寧太太發話了，要我帶你回家。」

雖然帶余忱回去過年是寧希主動提的，但他們也沒有強硬反對，就當成是一個善意的謊言吧。

倒是余忱愣了半天，才笑咪咪地點頭道：「好。」

余忱太好滿足，他這樣子，寧希總有種吃定他的感覺。

從京市回去前一天，余忱磕磕絆絆向寧希要錢，數目還不小。他身上都不超過五百塊，每週薪水一發，他除了留下基本生活費，其他都轉到寧希帳戶裡了。

錢本來就是余忱的，寧希也沒過問用途，直接給了他一萬塊。

下午余忱從外頭拎著大包小包回來，寧希才知道他去買禮物給她爸媽了了。

寧希光看到包裝袋就知道不便宜，這孩子連高中發的針織背心都捨不得丟，居然會把大錢花在別人身上。

從昨天下午開始，京市的雪就一直沒停，她心裡一酸，墊著腳幫他撣去肩頭的雪，笑著道：「嗯，才這麼小就知道討好丈母娘和老丈人？」

余忱搓著凍僵的手，有些不好意思地低頭看她。

寧希覺得他好像又長高了一點，她伸手幫他捂了捂耳朵，指使他道：「回來得正好，等一下來幫忙我貼對聯，我搆不著，本來準備搬椅子來用的。」

「好，妳先放著吧，我來貼。」

明明年紀都不大，日子卻過得像老夫老妻。

寧希要把余忱帶回家過年的事，其實寧家夫妻早做好心理準備了，只是到時候去親戚家拜訪，又不能放余忱單獨在家，但帶過去的話，該怎麼介紹才好……

「反正也不差這一樁，寧寧愛怎麼說就怎麼說吧。」

夫妻倆琢磨一宿，都沒能想出個完全之策，對看一眼後，嘆了口氣，白天還要去機場接女兒他們。

他們光在這裡想也沒有用，主要還是看寶貝女兒的決定。

寧家一年中也就過年能聚在一起，原來的一家三口，今年變成了一家四口。

去年春節那時，邵麗根本不敢相信自己會同意寧希跟余忱在一起，可她現在不但默認，還把人接來家裡過年。

就像寧國斌說的，替自己家找了個上門女婿。

偏偏余忱這孩子本身挑不出任何錯，相貌好，會讀書，人也勤快懂事。

邵麗看著蹲在廚房摘菜的余忱，又瞥了眼翹著二郎腿在客廳裡看電視的寧希，當媽的都有點汗顏。

「跟你寧寧姐去看電視吧，這裡有我和你伯父就行了。」邵麗開口對余忱說。

「伯母，我把這些弄完就好。」

男生動作熟練，一看就是常做家事的類型。

隔了一會兒，余忱從廚房裡出去，邵麗不經意往外面看，那孩子還不得閒，正在幫自家女兒削蘋果呢。

她拽了拽正在洗菜的寧偉斌，「你看，寧寧跟人余忱一比，也太懶散了點。這麼大的人了，吃個蘋果還要人幫忙削皮。」

嘴上抱怨歸抱怨，邵麗臉上卻掛著笑，哪個父母不希望自己兒女活得輕鬆，何況都是他們慣出來的。

寧希咬了口蘋果，側過身小聲對余忱講話，臉幾乎要貼到他脖子上，「今天晚上大家一起吃年夜飯，到時你只管吃就好，要誰說話不中聽，我幫你罵回去。」

「沒事的，妳不要跟長輩鬧僵了。」余忱往邊上移了移。

畢竟她爸媽在，長輩都比較重視規矩，這麼親密不太好。余忱還記得去年那時，寧希從客房出來，她媽媽就不怎麼高興。

邵麗和寧偉斌還在煩著怎麼跟其他親戚介紹余忱，晚上到了飯店包廂，寧希一進門便先開了口：「二姑，小姑，這是我男朋友余忱。」

絲毫沒給兩位長輩發揮的餘地。

家裡人都看過寧希之前上熱搜，她二姑在高中任職，更是知道余忱，這次東市一中抱得奧運金牌，全靠了他。

「小余是吧，來這裡坐。」寧偉娟開口招呼，還沒等人坐穩，又介紹道，「你們不知道，余忱在國際賽事上拿了金牌，高二就保送北大。我們校長今年在校務會議上還在可惜，當年沒能搶過一中，要不這金牌就是我們學校的了。」

寧希坐在她表弟身邊，表弟跟余忱是同齡人，也剛上大一，雖然不能同余忱比，但好歹也考進了不錯的學校。

「老姐，姐夫厲害啊，他年紀是不是比我還小啊？」

寧希笑著看他，「沒錯，那你還不好好學習。」

多虧了余忱，從小到大都是被念的她，也有說出這句話的一天。她念書不怎麼樣，可是男朋友會讀書啊。

跟寧希想像的情況不太一樣，誰都沒提余忱父母的事，就連一向愛吹噓的小姑父今年都沒亂說話。

反而幾個姑姑私底下商量，因為初次見面，又是寧希初次帶到家裡來的男朋友，每人都發了紅包給余忱。

余忱不知該怎麼辦，還是寧希她媽發話：「都是姑姑們的心意，你就收著吧。」

眾人雖然有點震驚寧希跟小了六歲的男生在一起，但終究只是親戚，寧希爸媽都默認，哪輪得到他們多嘴。

今年的年夜飯吃得倒比往年還舒心。

回去後各自洗澡換上睡衣，邵麗開了暖氣，一家子坐在客廳裡打牌嗑瓜子。

電視裡播著賀年節目，正好演到小品類主題，寧希同她爸媽哈哈笑出聲，余忱偏頭瞧向他們，跟著輕扯了扯唇，心裡暖和得不像話。

余忱不會玩撲克牌，寧希簡單說明規則後，帶著他玩了一回。腦袋好使連打牌都比別人厲害，明明剛學會的人，架不住他會算牌，到最後居然是他贏的次數最多。

「余忱，你再這樣，明年我們打牌可就不找你了，讓你在旁邊端茶倒水。」寧希忍不住吐槽道。

邵麗笑著拍了她下，「怎麼說話的呢。」

男生彷彿掉進蜜罐裡偷吃了蜂蜜，眼裡亮晶晶的，一口答應她：「好。」

敢情這孩子讓女兒吃得死死的。

寧希的好心情一直維持到了睡覺的時候。

她豎著耳朵聽到邵麗和寧偉斌的房門關上，拿起手機，抱著枕頭，從臥室裡跑出去拉余忱的門，門卻從裡面被反鎖了。

她連忙傳訊息給余忱，要他開門。

余忱不開，回道：「**我們在家裡還是分開睡吧，伯父伯母會不高興的**。」

「**可是我現在就不高興了**。」

房間裡面還是沒動靜。

「**我要被凍死了**。」

她發完訊息後，身子湊過去靠在門上，試圖偷聽裡面動靜。

然而剛靠過去，門就從裡面被打開，寧希沒站穩，直直撲進了余忱懷裡。

客廳的暖氣已經關了，雖然是騙余忱，但畢竟穿著單薄的睡衣在外面站了會兒，寧希感覺鼻子有點癢，揪著他的衣服打了個噴嚏。

余忱既自責又心疼，忙摟著她上床，把她冰涼的手塞到自己衣服底下。

「幹嘛，你不嫌冷嗎？」寧希也怕凍著他，縮了縮手。

「我不冷。」他卻抓著她不放，「妳別亂動被子，讓熱氣都散掉了，我幫妳暖一下再抱妳回房間。」

「我不要。」寧希胡亂摸著他硬邦邦的肌肉，拽他黃豆大小的乳尖，「余忱，我們都快一個多月沒做，我要被你餓死了！現在都已經是新年了……」

都怪他莫名其妙去搞什麼結紮，按照計算，前天就能恢復正常性生活了。

這一個月裡，寧希真的吃夠他手指頭了。爽是爽，可是又硬又糙，磨得她裡面疼，關鍵的是還短。

就連平時最喜歡讓他舔，都漸漸變得索然無味。

「等過了這幾天好不好？」余忱低頭親她，「被子弄髒了不好整理，萬一動靜又太大……」

「我不出聲。」寧希蹭他，小聲哼著淫蕩的話，「余忱，我想吃大雞雞。」

她搞不懂他怎麼這樣瞻前顧後。

「余忱……求你了……」

他也忍得很難受，被這麼一求，腦子什麼都想不了，一個翻身把她壓在了床上。

「壞寧寧。」他咬著她的唇啞聲道。

寧希仰頭看他，手從他睡褲裡鑽進去，握住其中滾燙的棍子，嘴角露出得逞的笑，「你就不想要？」

余忱沒吭聲，直接把她衣服扒光了。

她雙腿分開，近乎成大字型，粉嫩的穴肉毫無保留地現在他面前，稀稀疏疏的毛髮散在陰戶周圍。因她的姿勢，原先緊閉的肉芽也被迫張開了絲細縫，像在迎接什麼。

即使這種時候，余忱都沒忘記先做前戲。

「余忱。」她腿架上他的腰，低低呻吟著。

他的手指剛鑽入，就被嫩肉咬住了，穴口不斷收縮，緊夾著他的指尖不放。

「我不要這個，余忱。我可以的，你進來啊。」

肉棒渾圓的頂端輕輕摩蹭著小穴，陰唇被撥開，余忱緊緊箍住她的纖細腰肢，身子漸漸下沉，嬌弱的甬道漸漸被巨物侵入。

他猛地往前一頂，完全埋到她身子裡，與她以最親密的姿勢融為一體。

「唔……」寧希睜大了眼，一口咬住余忱的肩，她懷疑他在她不知道的時候又長大長粗了一點。

也可能是她有段時間沒有吃過他的棍子了，下面像被撕裂一樣，寧希不得不把腿張得更開。

她的小穴根本容不下他，花瓣被強行擠入的碩大撐得變了形，緊緊貼著他陽具的每一寸，中間不留一絲縫隙。

「感覺怎麼樣？」余忱臉部微微僵硬，低頭問她。

沒了那層薄膜的阻礙，肉棒異常敏感，溫軟濕潤的小穴吞裹住他的東西，余忱只覺頭皮發麻，肉與肉緊緊相貼，令他幾乎發狂。

巨物在她身體裡幾乎動彈不得，軟嫩的花穴內壁痙攣收縮，抗拒他的抵入。

余忱低嘆一聲，只能靜靜停在她體內，不敢有任何動作。現在他只要稍微一動，這種夾雜著些微疼痛的快感瞬間就能讓他射在她身體裡。

把她射得滿滿的，小穴裡全是他的東西，光靠想像，他就激動地直抽搐。

「寧寧？」

他摟緊了她，身下女人媚眼惺忪，修長的腿夾住他的腰身，粉唇微啟道：「跟之前有點不太一樣……余忱，你是不是又變粗了，穴口那裡好難受……」

之前兩人做愛時，余忱幾乎沒忘記戴套過，這樣零距離接觸，也許是錯覺，不僅生理上甚至心理上都覺得更親密。

不過痛也是真實的。

「我摸摸。」余忱修長的指觸到她腿間最柔軟的那一部分，指腹輕輕撚著她的花瓣，兩指將被撐爆的花瓣再拉開了些，「可能妳前段時間吃習慣手指了，不太適應，多弄幾回就好了，把這張小嘴射得滿滿的？」

余忱嘴裡說著騷話，胯下已不覺抽動起來，他聳動著腰臀，窄小的花穴一次又一次被他撐開，速度越快越猛。

寧希臉蛋讓情欲染紅，她不敢發出呻吟，只在他肩處嚶嚶哼哼，聽在男生耳裡，猶如染了罌粟的毒液，明知會上癮還忍不住沉溺其中。

堅挺的凶物在她身體裡進出，不斷撐大穴口後又拔出，寧希只覺身體裡最後一股力氣也讓他強悍地奪走了，只能癱在他身下，被迫隨著他的動作大口喘息。

因為難受，她白嫩大腿分至極致，正好便宜了余忱，他乾脆單手扣著她的腦袋，另一手扣住她的大腿，狠狠往前衝刺。

她終於沒能忍住，凶猛的欲望侵襲而來，顫抖著身子尖叫出聲，甬道深處洩出蜜液，溫熱的汁水澆灌上馬眼，衝擊著體內硬物。

余忱措手不及，昂揚被她牢牢套住，背脊一陣電流湧過，伴隨猛烈而快速的抽動，他便跟著她射了。

肉棒噴出一股又一股精液，源源不斷射入她身體深處。

「余忱……」她勾住他嬌喘吁吁，喃喃哼著，「水、水流出來了，床單要弄髒了……」

余忱試圖退出身去拿紙巾，寧希卻不讓他離開，「髒都髒了，晚點再說吧。余忱，你好像又硬了。」

射了一回疲軟的硬鐵埋在銷魂地，再次有了蘇醒跡象。

「不是要灌滿裡面嗎？」

這個妖精。

余忱抱住她，咬她的唇，雙手輕撫細軟的長髮，兩人下面還牢牢貼在一起，「寧寧妳是故意的吧，這樣伯父伯母會討厭我。」

理智告訴余忱要從她身上離開，然後收拾乾淨了抱她回自己房間睡覺，可是他根本捨不得。

他投降妥協了。

「就你會自欺欺人。」寧希笑他，「我們住在一起這麼久，沒睡過才奇怪呢。我想跟你一起睡到大年初一，然後起床跟爸媽拜年啊。」

余突然瞬間明白了她的意思。

她心軟又善解人意，去年也是，她總是希望能彌補他前數年的孤獨和缺憾。

「寧希。」他舔她的臉。

「嗯？」

「笨。」她穴裡全是兩人的淫液，濕濕滑滑的。

男生嘴角揚起弧度，陽具就著泥濘的甬道一點一點地腫脹起來。

直到凌晨時，寧希終於開始後悔了。

身體裡一直插著男生的東西並沒有多好受，余忱在她裡面射了好幾回，居然還沒有要拔出來的意思，她又睏又累，最後只能含著肉棒漸漸睡去。

等寧希完全熟睡，余忱才拿紙墊在她屁股下面，小心翼翼從她身子裡退出。

穴裡被灌得滿滿的，原先流出了些在床單上，嬌嫩的穴肉被捅開，小縫一張一合，偶爾往外吐著黏液，然而更多的還堵在裡頭。

余忱蹲在她腿間看，陰唇因為被肏得太久微微腫起，恥毛濕答答黏在外面，一看就是被人狠狠疼愛過的模樣。

他伸出一指探入，往她穴裡摳了摳，很快便弄出一堆白濁。

這場面淫靡又勾人，男生眉頭緊鎖，呼吸突然變重，緊繃的臉早已洩露出他的心思。

不能再看了，看著就想往她裡面插。

他收回手指，並清理了一下，用被子將她裹了起來。

余忱站在地板上套好衣服，將她連人帶被抱起下床。

第十二章　懷孕

寧希對此一無所知，更不知道男生把床罩髒汙的那塊徹底清洗乾淨了，還擔心屋子裡味道奇怪，大冬天的，愣是開著窗戶兩個多小時。

她一覺睡到了太陽高升，按著東市習俗，大年初一不能催促人起床，不然會壞了人一年的好運氣。

家裡也沒人催寧希，只是寧家夫婦和余忱三人已經吃完早餐，寧希才一頭亂髮，腳上踩著雙拖鞋出來。

余忱忙站起身，「想吃什麼，麵包還是湯圓年糕，我去幫妳弄。」

寧希暗自瞪了他一眼，說好一起睡的，他倒好，又把她抱走，而且弄得太久，她身上也不太舒服。

「年糕吧，每年都要吃的。」因為身體不適，語氣稍微有些衝。

余忱不怎麼在意，邵麗在旁覺得不妥，拍了下自己女兒的手臂斥責道：「這麼大的人了，還沒小余懂事。自己去弄吃的，趕緊吃了飯，等一下還要去好幾家拜年，中午我們就在外面吃，下午一起逛逛，給妳和余忱買點東西。」

「京市什麼沒有啊，不用的，我們缺什麼到那裡買就成了。」寧希笑嘻嘻，「您要實在過意不去，就折現吧。」

「少貧嘴。」又被邵麗拍了一下。

「沒事沒事，伯母我去吧。」余忱盯著寧希，見她揉著手臂，有點心疼，但畢竟她爸媽在，只能跟著跑進廚房裡。

「寧寧去洗漱，換件衣服出來吧。」寧偉斌說道，又跟邵麗對看，方才余忱的小動作顯然都入了他們的眼。

等寧希他們走開，邵麗忽然笑了，低聲跟寧偉斌說悄悄話：「我就說寧寧是個有福氣的，我遇到的人也不少，看人有幾分準的。余忱這孩子很實在，你看剛才護著的那樣，寧寧跟他在一起不會吃虧。」

夫妻倆在這裡說了會話，等寧希收拾好吃完早飯，幾人一起出門。

寧希的外公外婆雖然已經過世，但邵麗還有個姨媽來往，一家子從寧偉斌大姐夫和二姐家出來，就去給她拜年。

老太太沒見過余忱，倒是非常喜歡，直拉著他的手誇小伙子長得帥。

寧希逮著機會，私下跟邵麗講：「這下親戚們可都知道余忱是我們家女婿了，您和老爸不是也對他挺滿意的嗎？」

不然臉往哪兒擱。

邵麗破天荒沒回嘴，鬆口道：「我看小余比妳會過日子得多，你們好好處著，別回來找我和妳爸哭就成。」

寧希聞言，又驚又喜，埋頭撲過去抱住媽媽的腰直搖晃，「邵女士，您真好，余忱肯定高興壞了。」

「我看高興的是妳吧。」邵麗瞥她，「好了，還不快點鬆手，腰都要被妳扭斷了。過幾年妳要能順利結婚，我和妳爸也能少操點心。那你們以後真的打算待在京市嗎？」

「我肯定要跟你們住一起的。」她一團孩子氣地撒嬌。

雖然寧希一直表現得很叛逆，但不得不說，邵麗和寧偉斌對她而言，才是世界上最重要的人。

當初她為了佘忱和他們鬧，全依仗著兩人愛她。如果兩人態度相當強硬，寧希肯定也沒有孤注一擲的勇氣。

隔了會兒，寧希又難得羞赧地回道：「不過還早呢，就算要結婚，佘忱也還有好幾年才到法定年齡。」

敢情自家女兒早就想過結婚了。

邵麗拍了拍她的手，沒拆穿她，倒突然想起一事，「我聽說佘忱家那房子被趙芳低價賣掉了。」

寧希不以為意，「賣就賣了吧，反正佘忱不會再回去。他要是想要，當初也不會痛快地讓給趙芳。」

「確實沒什麼回去的必要。」邵麗已經把佘忱看作自己人，自然站在佘忱的角度考慮，「畢竟當初發生那種事，住著怪叫人難受的。」

寧希悄悄跟佘忱說了邵麗對他的態度，佘忱身上穿著邵麗剛給他買的大衣，紅著臉低頭問：「那我什麼時候能喊他們爸媽？」

他獨來獨往，那麼多年一人生活，小時候見多了母親和父親的爭鋒相對。佘忱對父母的執念，其實沒那麼深，但他真的很喜歡寧希他們一家。

他還沒想過，一家人還能這樣相處，彼此親近，彼此珍視，只有這樣的家庭，才養得出寧希這樣美好的女子。

「小屁孩，等你再大幾歲再說吧。」寧希腳踩在余忱的鞋子上，抱著他仰頭瞧他，男生長得很高了，只是臉上青澀還沒完全褪去，「我說真的。」

她的話余忱瞬間聽懂，他摟緊了她點頭，「好。」

寧希和余忱正月初四就去了京市，余忱確實有事，寒假期間家教課還是要上，寧希也有自己的工作。

在東城的時候，礙著邵麗和寧偉斌在家裡，余忱一直表現得非常克制。連寧希牽他的手都要看長輩在不在，搞得寧希一度鬱悶，像自己強搶民男似的。

等回到京市，去寵物店把寄養的貓抱回來後，余忱就抱著寧希不肯鬆手。

兩人連晚飯都沒顧得上吃。

寧希翻身去搆自己的手機，才晚上八點多，她已經累得半根指頭都動不了了，偏偏余忱還堵在她裡面，不肯出來。

「寧希，我抱妳先去洗洗，我要在裡面待一整夜。」

寧希以為他在開玩笑，他們身子又不是鐵打的，哪個真的能做一夜——

過了好久，寧希又再次被塞滿了，她好累好想睡覺，余忱一直在她耳邊低語，這回說什麼都不肯退出。

余忱正年輕，渾身有使不完的勁，寧希哪是他的對手，她連自己最後是趴在男生身上，含著他的肉棒睡著都不知道。

等大一暑假的時候，余忱參加了為期兩周的軍訓，寧希幫他準備了防曬乳，但他大概忘記要用了，回來整個人臉和手臂黑了一圈，脖子那兒界線分明，寧希差點認不出他了。

原本白淨鮮嫩的男生乍看之下像換了個人，不過余忱畢竟底子好，黑了反而看起來沒那麼稚嫩。

「是不是很醜？」余忱平時連洗面乳都不怎麼用，根本不記得擦防曬，等後面照鏡子想起來時，軍訓都要結束了。

他其實沒那麼在意自己的樣貌，但是在寧希面前又是另一回事了。

「一點都不醜。」寧希在他臉上親了一口，「余忱，你別胡思亂想啊，我哪有那麼看重外貌啊。」

余忱低頭睨她，眼神裡寫著滿滿的不信，當初她對他不就是見色起意嗎？

寧希乾笑兩聲，「那是因為這個人是你嘛，我可不是隨便一個小男生都能下得了口。」

余忱卻突然問了她一個奇怪的問題：「以後不小了也喜歡嗎？」

寧希微怔，掐了他一下，「說什麼鬼話，我又不是變態。」太罪惡了。

余忱日漸成熟，一天天長大，臉上棱角越趨分明。面對他人時，臉上會掛著溫和又純淨的笑。

相較於高中的清冷態度，現在的他如果沒有特別提，旁人根本看不出他曾經有那麼慘烈的過往，這全都是寧希的功勞。

等余忱大四拍畢業照時，寧希跟著他一起去了。六月的天氣有點熱，寧希特意背了臺專業相機，跑前跑後幫余忱拍照，出了一身的汗。

雖然他面上青澀已褪去，但寧希看余忱，總忍不住有種自家小孩長大成人的欣慰感。

同樣來自東市的三個伙伴都選擇了出國深造，只有余忱決定留在國內讀研。

余忱拉寧希過來，幫她擦了擦額頭，男人身材頎長站在她左側，濃密的眉微微低垂，深邃的眸子洩露出一絲緊張，「寧希，我們晚上自己回家吃，別去外面了怎麼樣？」

這麼重要的日子，寧希本來打算帶余忱去吃大餐的，「不出去慶祝慶祝嗎，我想吃火鍋的說……」

前幾天她臉上冒了兩、三顆痘痘，已經戒嘴好幾天了。

「要不我們下午去超市買菜，自己在家裡煮？」余忱攬著她的腰問。

寧希太了解余忱，他不會沒事拒絕自己的要求，肯定有什麼問題。

她狐疑地看了余忱眼，還是沒有選擇戳破他。

余忱的手藝很好，辣鍋是火鍋底料加香料爆炒，另一邊則是豬肚鍋，味道半點都不比人家店裡的差。

這幾年，寧希的嘴被他養得越來越叼。

「余忱，你幫我去廚房裡拿個湯勺過來吧，我想喝這個湯。」

男人起身，離開好一會兒才過來，小心翼翼地遞出杓子，說道：「妳拿穩一點。」

寧希莫名其妙地接過，眼前閃過一陣耀眼的光芒，她根本來不及看清，只聽到撲通一聲，有東西掉進湯裡了。

「嗯？」她一頭霧水。

倒是余忱慌慌張張，忙自個兒取了漏勺去撈。

好在是掉在豬肚湯的這邊，不過也夠尷尬了，尤其是當余忱手足無措地撈出那樣東西，而寧希也看清楚是什麼的時候。

寧希不知道自己是該配合著余忱，轉過身去裝作不知道，還是直接讓他擦乾淨後遞給自己得了。

余忱耳根微微發燙，根本不敢抬頭看她，遮遮掩掩拿著東西進了浴室。

說實話，寧希有點擔心他這狀態會一不小心手抖，再把戒指給扔進下水道去，她記得家裡洗手臺的排水孔還滿大的。

寧希有心想囑咐一句，後想想還是算了，免得嚇到他。

隔了好一會兒，余忱才磨蹭著從浴室裡出來，他那麼高的一人，站在她身邊，擋住了大半光線。

「寧希……」

「唔。」

「那個，我不是還有半年就滿二十二歲了嗎……妳……」余忱忸怩著，連話都不怎麼說清楚。

寧希笑著抬頭看他：「余忱，你這是要跟我求婚嗎？我不要求別的，但你總不能讓我一直仰著頭跟你談這件事吧，你是不是得先跪下來？」

「哦哦。」余忱連忙屈膝。

還是寧希及時提醒：「單膝。」

余忱才換了姿勢。

寧希可不想受了他的大禮。

這會余忱跪在餐桌旁，眼巴巴地瞅著她，寧希笑道：「你說話啊。」

雖然這婚求得每一步都要她操心，像她自己跟自己求婚似的，不過誰讓這孩子是自己看著長大的呢。

「那個，寧希，我們結婚好不好？妳之前答應過，等我到歲數了就結婚。」余忱磕磕絆絆地開口，「我肯定會聽妳的話，上次伯父說能不能有個孩子跟妳姓，我覺得無論妳想生幾個，全都可以跟妳姓。」

寧希臉微僵，無奈扶額，「我爸怎麼會跟你說這個。」

「過年去表姐家吃飯的時候，伯父和二姑閒聊時，跟我提了提。」余忱對她說。

什麼老寧家就寧希這個獨苗，不能在她這裡斷了，余忱一聽就懂了。

寧希其實對姓氏沒什麼執念，但是既然她自己生的孩子，跟著她姓也是合理。

「哦。」她把手伸過去，「你快起來吧，這樣不累嗎？」

「寧希妳答應了！」余忱眼神澄淨清亮，眉宇頓時舒展開來，竟莫名透著點稚嫩的味道，他忙把戒指往她中指上套。

尺寸正好，不大不小。

寧希舉著手，左右看了看戒指，「余忱你什麼時候偷量的，我都不知道。」

「妳睡著的時候。」

余忱站起身來親她，他自己應該是漱過口，嘴裡還有股薄荷的清香。可是寧希剛才吃得滿嘴油膩，在對方試圖將舌頭伸進來時，她伸手推了推他。

「余忱，我還要吃飯呢，都沒刷牙。」

「就親一口。」他抵著她的唇嘆息，「寧希，我好高興，妳都不知道我想了多久。」

她反咬了他一下，牙齒輕輕磕著他的唇，「余忱，我也很高興，但我們能吃火鍋了嗎？我好餓。」

余忱應了聲，沒說自己現在比較想吃她。

晚餐洗澡完後，寧希戴著戒指從浴室出來，看著男人站在床邊褪去內褲，自己則穿了身什麼都遮不住的睡裙，撐著手臂仰頭看他，「余忱，你身材越來越好了，看得人想流口水。」

她話剛說完，男人就裸著身子撲過來，胯間碩大的陽具隨著他的動作輕甩，縱然寧希看了好幾年，目光還是忍不住往他腿心瞄。

那根陽具黑了點，毛髮也比他少年時多些，看起來越發猙獰。

余忱抱著寧希道：「寧希，以後我就是妳的人了……」

寧希笑著揉亂他的髮，反問道：「難道之前不是？」

余忱心想不一樣的，他很久很久之前就一心惦記著要跟她結婚，幾乎是一天天算著日子盼望自己長大。

下一刻，他被女人推倒在床上，女人力氣其實很小，余忱在察出她意圖時就順勢倒了下去。

她爬上床，親了親他的肚臍，「余忱。」

余忱被她挑逗得慾火焚身，本就蠢蠢欲動的陽具瞬間昂起頭，寧希雙腿徹底打開，她扶著他的胯骨兩側，坐上男人腰腹。

粗壯的肉棒戳抵進去，下面穴肉被迫張開，肉縫裡嫣紅的嫩肉往外翻。

「唔！」一下就撞到了最深處，寧希哼聲向男人伸手，「余忱，你坐起來抱我，我胸部不舒服。」

余忱對她毫無招架之力，他單手借力面對面摟住她的腰，她穴肉還咬著他的棍子沒鬆口，「那我吃會兒？」

寧希頭埋在男人頸窩，男人很乾淨，明明跟她用著同款沐浴乳，聞起來卻有點像是田野中的青草香。

純粹又誘人。

余忱低下身，扯住她的乳尖吸吮，女人已經發育成熟，不過乳頭還是小小的。

「寧希，以後要是有奶的話，第一個給我吃好不好。」他邊舔邊道。

這麼淫穢的話從他嘴裡說出，總感覺有點違和，寧希環住他，輕聲應：「好啊，餵給余忱吃。」

聞言，余忱吮得更加賣力了，豆子大小的肉粒在他唇齒間吞進又吐出。

「唔，余忱，重一點嘛。」寧希面色潮紅，髮絲讓汗水浸濕，甬道緊緊纏住肉棒，挺著奶子向他，「你動一動，裡面癢，還有別這樣往裡面塞了。」

寧希稍微抬起屁股，試圖自己上下磨蹭，卻被余忱毫不留情地按壓回去。

一屁股再次坐到底。

「余忱！」寧希喊他，男人也不知道哪裡來的癖好，就喜歡待在她身體裡面。尤其他結紮之後，次次都要射到宮頸口才甘願。

「讓我再待一會兒。」

男人愛極了她咬住自己的樣子，凶狠的利器插在她身體裡，把小穴都擠得變形，逼口裡面又脹又酥麻。

余忱不肯動，寧希只能自己左右挪動屁股，她這點力道跟隔靴搔癢似的，總弄不到敏感處，反而越磨越難受。

嫩肉吞吐著肉棒，她跨腿坐在余忱身上，髮絲一半落在男人肩處，寧希眸子含霧地低頭，揪住他的耳朵，「余忱，你變壞了。」

余忱沒吭聲，粗糲的掌心繼續摩挲著她的腰肢，似乎稍稍用力就能折斷。

「余忱，你動一動嘛。」寧希小聲哄他，「等以後結婚了，我們再養一隻貓吧。」

去年冬天的時候，她送他的那隻貓壽終正寢了。余忱傷心難過許久，畢竟陪伴了他那麼多年。而且因為早就結紮了，也沒有後代。

余忱嘆了口氣，搖頭道：「不想再養了。」

他扣住她的腰，把人往上提了些，又猛地將她身子落下，同時摟抱住她，自己腰身一撞，陽具肆意撐開甬道，往深處捅去。

「唔！」寧希被他直挺挺落下的動作，刺激得渾身顫抖。爽的，也是脹的。

「寧希，我有妳就行了，妳讓我弄好不好。」即使寧希求饒也已經來不及了，是她剛才哼求著男人來肏，就得按著他的力度來。

他手勁極大，那處更是駭人，她坐在余忱胯部，任由滾燙堅硬的肉棒將自己分成兩半，余忱根本不給她適應的時間，一次又一次凶狠地往裡抵入。

經過這些年，余忱已經相當清楚她的敏感點在哪裡。龜頭蹭著穴壁一路磨蹭，才三兩下就插得寧希埋在他懷裡直顫，小穴往外滲著水。

「余忱，夠了夠了。」

窄小的穴肉試圖將他的硬物往外擠，可是她坐在他腿上，余忱又不讓她撅屁股，不管她怎麼動，只能將他咬得更牢。

余忱悶哼一聲，笑話道：「咬這麼緊，這些年還沒吃飽嗎？難怪剛才讓我弄。」

「余忱。」寧希拍他，撓他癢癢的地方，他力道強勁，險些把她身子給弄散，「你就不能慢一點嗎！」

原先落在胸前的髮絲早被他搓得蓬亂，散在肩胛處，男人重重往上捅，捅得她捂住肚子，肚皮似乎都能隱隱看出形狀。

「余忱。」寧希櫻唇輕啟，小聲哼著，「裡面都塞滿了。」

好撐，她身子裡也不知道流了多少水，感覺屁股都濕漉漉的。

余忱咬著她的耳垂，沉重的呼吸落在她耳畔：「寧希，叫聲老公來聽聽。」

他早就長大了，他並不介意寧希有些時候仍把他當作孩子看，可是余忱更想告訴她，自己足以成為她的依靠了。

寧希張了張嘴，有點喊不出口，總覺得怪怪的。雖然兩人同居已久，跟老夫老妻沒什麼兩樣，畢竟他還是她一點一點看著長大的。

「寧希，寧希。」余忱親她，溫柔地舔她，發狠了繼續把棍子往她穴裡塞，棍身上滿是黏稠的白色液體，「妳喊一喊好不好，我求妳了……」

男人嗓音低沉，卻還如同年少時被弄得面紅耳赤，要哭出來那般求她，寧希哪裡受得了。

「老……公。」她還是不怎麼好意思，埋在他胸前，聲音斷斷續續。

余忱覺得神經繃緊了，僵硬地纏住她，一手揉捏她的乳房，下面的撞擊速度也越發猛烈，不斷搗弄的動作使得小穴裡淫水混著白濁往外湧。

不知道過去了多久。

寧希覺得自己又被他灌滿了，余忱越大越會陽奉陰違，肚子裡脹得厲害，她推了他一把，「余忱，你別抱著我了，讓我下床，下面堵得難受。」

余忱根本沒打算鬆手，他乾脆直接抱著她下床，他的昂揚洩了一回還不肯從她身子裡挪出，小穴緊繃著，似無數張小嘴吸吮，很快又把肉棒咬得硬起來，一頓一頓的動作戳抵著她花心。

「老公插得妳爽不爽？」

寧希根本說不出話來，只能任由男人把自己抱著從他肉棒上挪開。

余忱伸了隻手指進去小心翼翼地摳弄，淅淅瀝瀝的白濁混著她的淫液不斷往下淌。

「有好一點嗎？」余忱貼著她的臉問。

寧希雙腿還打顫、意識還不清的時候，又被男人掰開腿插了進去。因為被陽具捅了太久的緣故，小穴已經完全沒有知覺了。

「老婆。」余忱摟著她重新上床，男人還讓寧希坐在自己身上，他牽起她的手，含著她的指一根一根地舔，看起來既色情又挑逗。

像極了變態。

「余忱。」寧希輕聲喚他，「都還沒登記呢，你就這麼高興了？」

余忱亮晶晶的眸子遲疑了一瞬。

寧希碰了碰他的嘴角，「再等幾個月吧。」

元旦假日過後的第二天，余忱碩一的時候，兩人回東市登記了。

寧希爸媽倒沒說什麼，只跟寧希商量買房的事，畢竟兩人要在京市發展，不能總在外面租房住。而且那屋子太小，邵麗和寧偉斌去過幾回，一家人住著很擁擠。

「要買就買個稍微大一點的，這樣你和余忱有孩子了也住得下。我和妳爸還能再工作個幾年，等年紀大了就去投靠你們，我們再另買個小戶型就好。」

「九月份就滿五年，可以認購了。」寧希其實也早在考慮這個事，「我這裡有六百萬，不然繳個首付，其餘的我想還是貸款。」

邵麗和寧偉斌嚇了一跳，寧希的收入他們從不過問，但他們知道女兒也不是多能存得住錢的人。

「妳哪來這麼多錢？」

「大部分都是余忱放我這裡的。你們放心，都是他自己賺的，不是什麼來路不明的錢，光上次那個青年科學家獎金都有百萬了。」

「還是會讀書的好。」邵麗感慨了一句，「我和妳爸像余忱這麼大的時候，連買臺腳踏車都要考慮半天。」

「那也得有余忱那樣的腦子啊。」寧希笑道。

「就妳會貧嘴！錢我們這裡有，用不著你們貸款。還有事我可得跟妳說了，余忱是還年輕，妳今年可二十八了，趁著三十歲前趕緊要寶寶，恢復也快些。」

「再說吧，我回頭再跟余忱商量商量。」

「還商量什麼？妳都結婚了，我們也算是了了樁心事，妳看妳唐叔叔他們可愁壞了，還要我跟妳說，請妳私下勸勸靜言。」

這些年唐靜言依然跟周澈在一起，只是周澈研究所畢業後就回了家，唐靜言則留在東市念書做研究，博士學位都快拿到手了。

兩人一直遠距離戀愛，周澈提過幾次結婚的事，但唐靜言就是沒鬆口。

寧希自己雖然結了婚，不過在遇上余忱之前，她一直覺得婚姻這事可有可無。要不是因為余忱一直不安心，很想要個家，法律承認有牽絆的那種，她也不會這麼痛快地去登記。

唐靜言不想結婚，寧希也覺得正常，不過關鍵那人是周澈，兩人這樣耗著究竟是想幹嘛？

領了證之後，唐靜言請他們夫妻吃飯。

余忱很是知趣，知道她們一陣子沒見，定然有祕密要聊，假借去洗手間的時候，打算先迴避一下。

「還是妳教得好，余忱這孩子一點都沒長歪，乖巧聽話懂禮貌，又很會察言觀色。」

寧希瞥她，「他站起來都這麼高了，別再『孩子孩子』地喊了，他會生氣。倒是妳和周澈究竟怎麼回事？妳爸都來跟我爸抱怨了。」

「我跟周澈說清楚了，要想結婚，就別來東市找我。」唐靜言笑著對寧希道，「妳以為我還在跟他賭氣？不是的。寧希，我只是發現比起男人，我更願意跟實驗器材打交道。」

唐靜言自小就比寧希聰明冷靜，她如果都這麼說了，肯定是深思熟慮過。

寧希怔了片刻回道：「妳知道我的，從小就只會抄妳作業，我不太懂妳的志向，但肯定會一直支持妳。妳看以後我走出去多拉風啊，身邊有兩個大科學家。」

而且余忱和唐靜言很不同，余忱很大程度上是帶有功利性的，他就強在那點天賦，真論做研究的話，日後余忱的成就不一定比得上唐靜言。

若讓余忱選，他怕是寧可天天窩在家裡跟寧希廝混。

余忱磨蹭很久才從洗手間裡出來，唐靜言還沒等他坐下，就仰頭道：「余忱，我剛才可跟你老婆講好了，以後孩子出生，我可是要當乾媽的。」

余忱還沒答話，寧希倒先紅了臉。

昨天邵麗女士說孩子的時候，她還沒想到，這會唐靜言再一提，她突然意識到，余忱好像又有幾天沒碰她了。

回去路上，寧希偏頭看了眼余忱，「說起孩子，你是不是有事瞞著我呢，余忱？」

余忱一愣，幾乎瞬間明白了她的意思。

「妳是說去做恢復手術嗎？上個月我不是跟妳提過，妳不記得了？」

寧希一點印象都沒有，她一頭霧水地問：「什麼時候告訴我的？」

余忱想了會兒，「嗯……就那天我抱妳去洗澡，在浴室做了一次，妳不是嫌棄我射太多，又把妳裡面弄髒了……我問妳……」

對方一本正經地說著，寧希完全沒臉聽，隔了幾秒才憋出一句：「余忱，下次有重要事情要跟我講的話，能換個時間點嗎？」

「好。」余忱應得乾脆，又看向她說，「不過，我雖然去做了恢復手術，但是我會戴套的，等妳真的想要孩子的時候，我們再生好不好？如果妳不想生，我們就不生。」

「順其自然吧。」寧希說。

寧希說的順其自然，是對孩子的到來並不避諱，好歹都是登記過的夫妻關係，就算有了也不會怎麼樣。

然而余忱卻曲解了她的意思，他以為她是默許要個孩子了。

等他的恢復期過去，余忱便急切地撲向她，而且是沒做任何措施的。

這幾年來，寧希早適應他不戴套的狀態了，他直接射進去的時候，她根本沒意識到哪裡不對勁。

後來隔了幾天，她提醒余忱戴套，余忱愣了愣，看著她似乎想說什麼，最後還是默默地去買了套子回來。

直到正月中旬，余忱學校開學，寧希也忙著工作室的事，她前年在創意工廠裡租了幾間屋子，招了幾個志同道合的伙伴，工作室在業內漸漸小有名氣。

十月份的時候，寧希還參加了某手機品牌舉辦的視覺形象線下演講。

她聽工作室裡其他女生閒聊衛生棉條和衛生棉哪個更好用的時候，寧希才忽然想起自己這個月的生理期似乎已經遲了近十天。

前些日子在東市家裡，忙著處理過年各種事情，她都沒注意到。

而且她最近一直覺得胸口脹脹的，不太舒服，頭時不時就暈……

下班經過藥局時，她便順手買了兩盒驗孕棒。

到家時余忱還沒回來，寧希在浴室拆開試了一個，深淺不一的兩條線。

寧希有點愣，其實她還沒做好成為一個母親的準備，又仔細看了看說明書，說是晨尿準度最高，她想著第二天早上再測一遍。

夜裡寧希翻來覆去睡不著覺，余忱不放心，摟著她低聲問：「最近怎麼了？前兩天幾乎一沾床就睡，今天又這樣。寧希，那個……妳要不要去醫院檢查看看？妳還記得有一次我沒戴套嗎，寧希，妳會不會……」

余忱比誰都在意她的身體情況，發現她生理期沒來，他最近幾天碰她的時候一直都很克制。

「唔，明天再說吧。」寧希往他懷裡滾了滾，「晚上我自己拿驗孕棒測了一下，兩條線。不過我看說明書說晨尿比較準，我想說明天起床再看看。」

余忱摟著她愣了好一會兒，才訥訥開口：「寧希，妳的意思是？」

「大概是有了吧。」琢磨大半個晚上，寧希這會兒倒是坦然許多。

「哦。」余忱表面平靜地應了聲，手激動地都不知道要往哪裡放了，男人掌心在她腰間摩挲好一會兒，才輕輕覆在她小腹上，也不敢亂動，就那樣靠著。

寧希看他一副緊張兮兮的模樣，原本心裡那點說不清的情緒幾乎瞬間散得一乾二淨。

她噗哧一笑，「余忱，你傻了嗎，就算有了也不必這樣吧。睡吧，明早再測。」

「嗯，睡吧。」他在她額頭親了一口。

寧希打了個哈欠，本來沒什麼睡意，讓他這麼一鬧，倒真的覺得睏了。

第二天一早，寧希剛睜開眼，就被面前的人嚇了一跳。

男人頭髮亂糟糟，頂著兩個熊貓眼趴在床邊，手裡還拿著她昨天買的驗孕棒，不知道待了多久。

「余忱？」

「嗯。」他嗓音有點嘶啞。

「你幹嘛？」

男人揉了揉疲憊的眼，伸手進被子裡去拉她，「寧希，妳憋了一夜，趕快去尿尿吧。」

寧希懵懵地被他從床上拉起，再被他穿好脫鞋，順便把驗孕棒盒子塞進她手裡，「別忘記再測一下。」

她哭笑不得，自己往浴室走去。

沒想到余忱竟亦步亦趨跟在後面，寧希轉身將他攔在門外，「等一下我喊你，你再進來。」

雖然兩人早已坦承相見，但對於一起看她上廁所這件事，寧希還是難以接受。

她在浴室裡待了四、五分鐘，才打開門讓余忱進來，「你自己看吧。」

男人琢磨了一夜，心裡其實早有預感，不過親眼看著明晃晃的兩條線，他還是愣怔了一瞬，轉而激動地摟抱住寧希，「真的有寶寶了？」

寧希笑著點頭，「應該吧，驗孕棒的準確率不是很高嗎，不然去醫院抽個血也能確定。」

余忱興奮壞了。

直到兩人從醫院回來，余忱嘴角的笑意都沒消失，他反覆地看著檢驗結果，連寧希叫他都沒聽見。

第十三章　跟姐姐來家裡吃西瓜啊

「余忱！」寧希喊了他一聲，「你下午學校不是有事嗎？」

余忱搖搖頭，扭頭親了親她的臉，「今天不去了，在家陪妳。寧希，我真的好高興。」

這話即便余忱不說，寧希也看得出來。

說實話，她本來對這孩子沒多少想法，純粹感覺來得有點突然。看男人忙裡忙外、手足無措的模樣，連帶著她也跟著緊張起來。

好在婚禮就定在五月，那時候她肚子還不算太大，禮服不用再改。

確認懷孕沒多久，寧希的妊娠反應就變得嚴重起來，早也吐晚也吐，整天都沒什麼胃口，余忱只能想盡辦法換菜色哄她吃。

每每看著她虛弱地抱著垃圾桶嘔吐，余忱都覺得心疼不已，恨不得替她受苦。

「老婆，對不起。」睡覺的時候，余忱摟住寧希，含吞著她的耳垂低聲道歉，「都是我不好。」

寧希近來嗜睡，每天七、八點就想上床睡覺了。她迷迷糊糊聽著男人在耳邊說話，她嗯聲歪頭道：「沒事啦，我覺得還好。余忱，早晨你在浴室裡待那麼久做什麼呢？是忍得太久，自己解決了？」

「不是不是。」余忱連連否認，「不是的，妳都這樣了，我哪有那個心情。這兩天不知道怎麼回事，跟妳一樣，總是想吐。」

寧希喔了句，眼皮子耷拉著，越發沉重，幾乎睜不開來。她實在沒精力去細想了，沒多久後，便貼著佘忱的胸膛沉沉睡去。

然而佘忱嘔吐的症狀卻沒有好，不但如此，還跟寧希一起，出現頭暈、食欲不振的症狀。

寧希這才覺得不對勁，她才懷孕多久，佘忱都跟著瘦了一大圈。

佘忱被寧希拖著去了趟醫院，原來他真的生病了，不過屬於心理症狀，醫學上稱作擬娩症候群。

寧希哭笑不得，她曉得佘忱因為她嘔吐，近來一直很焦慮，卻不知道他嚴重到這地步，只得反過來安慰道：「你不是都查過資料了嗎，我不會這樣持續太久的。倒是你，如果一直盲目恐慌，我要是有點事，還怎麼使喚你？」

不知道是不是寧希的話起了作用，後來佘忱的症狀就好了不少。他開始四處收集資料，架勢比他寫論文時還認真，一副要把寧希當豬養的節奏。

好在沒過多久，寧希懷孕兩個多月的時候，她的妊娠反應完全消失了，佘忱總算鬆了口氣。

他卻沒料到，更煎熬的在後頭。

自從寧希懷孕後，兩人在床上關係相當純潔，每天同床同被，他最多親親她的額頭和肚子，一點逾矩的舉動都不敢有。

夜裡頭寧希直往他懷裡鑽，哼哼道：「佘忱，我這肚子還有兩天就十三周了，人家不都說懷孕中期，適當的性生活有利於孕婦身心健康。」

她大概真的臨近三十歲，到了如狼似虎的時候，尤其孕後雌性激素發生變化，她身子異常敏感，下面動不動就濕了，還癢得厲害。

余忱渾身僵硬地摟著寧希，俯身抵著她的額哄道：「那妳再忍兩天好不好？」不愧是做研究的人，待寧希的問題上更是嚴謹，容不得半點差錯，就是差個兩天都不行。

「可是，你自己都硬成這樣了。」寧希不理會他的話，手逕自鑽進他內褲裡，握住他硬成石棍的陽具，「老公，我想要。」

余忱最受不了她這樣求自己，他強忍著小腹躍躍欲試的衝動，仍在掙扎，「不行，寧希妳聽話，再等等？」

「余忱，你答應過我，一輩子要聽我的話呢。」寧希怏怏地哼，「而且我自己的身體我心裡有數，你輕一點就可以了。」

聞言，余忱徹底投降。他將手蹭到她內褲裡，小心翼翼地張開手心，裹著下面那處軟肉輕揉。

不多會兒，他的掌心全被打濕。

「老婆，妳下面都濕透了，這麼想要？」余忱低頭攫住了她軟軟的唇，舌尖探入纏著她啃了好一會兒，安撫她，「我幫妳舔舔。」

他親得她臉上全是他的口水，這才鑽到被子底下，撐著身去咬她胸前奶子，輪番吸吮著。

臥室裡太過安靜，寧希只聽得男人逐漸粗重的呼吸和吞咽聲，越聽越覺得下身空虛難耐。

「唔，余忱，下面也要……」她弓起身，唇間溢出勾魂的呻吟聲。

余忱很難受，臉部肌肉緊繃著，雖然很想立刻將陰莖插進她身子裡，但還是不得不先哄道：「我們慢慢來，不能一下刺激太大，引起宮縮對肚子裡孩子不好。」

他緩緩移動身子，生怕會壓到寧希的肚子，她小腹平坦，還沒任何顯肚的跡象。男人伏在她雙腿間，鼻尖湊著在陰唇外面舔了下。

寧希大概真的是忍得太久，不過輕舔而已，就惹得她渾身戰慄，忽地抖了下，嚇得余忱連忙抬頭去安撫她的肚子。

小腹讓人揉著，剛有的那點快慰都沒了，寧希忍不住伸腿蹭了蹭男人的背，「余忱，沒關係的，你來啊。」

被吊著不上不下的感覺真的很不好受，寧希眼睛閉著，微張開唇胡亂呻吟，壓根沒注意到余忱眼神溫柔得不像話。

「嗯。」

女人下身洗得乾乾淨淨，沒半點異味，兩片大陰唇緊裹著裡面的嫩芽，余忱以舌頭分開，舌尖在陰蒂附近逗弄好一會兒，才從洞口鑽了進去。

「唔，余忱。」她手揪住他的髮，許久沒外物侵入的小穴還記得他，激動地纏住男人的舌頭不放。

越往裡頭去水越多，又軟又濕滑，淫液往外直淌，都讓余忱吸吮了去。

兩人剛開始在一起時，寧希確實是喜歡讓他舔的，因為舌頭很軟，每每都能讓他舔得高潮。不過這幾年，她的胃口已經被余忱養刁了。

寧希不舒服，想要更多，余忱也沒好到哪裡去，胯間巨物高高昂起頭，維持這亢奮的模樣不知道多久了。

「老公。」她哼哼唧唧喊他，想要什麼余忱清楚，「就在外面一點，沒事的。」她眼閉著，貓一樣地撒嬌。

余忱讓她徹底帶歪了，要是剛才，男人肯定不會同意，可舌頭都進去過，換成他下面那東西，感覺也沒什麼太大區別。

只要注意點，別往裡面擠就好。

余忱成功說服了自己，他起身親了親寧希的唇，跪坐在她腿心，抬起她的屁股，雙腿分在自己身子兩側。

腰腹下堅挺的肉棒抵住女人嬌羞縫隙，沿著洞口慢慢往裡面捅。

粗壯陽具撐開了穴口，寧希雙腿緊緊勾住他的背，余忱不敢在穴裡亂戳，只將一小截塞在她身體裡，另一半則握在手裡。

寧希滿足地嘆了口氣，她也不是半點分寸都沒有，沒再催促他，只呻吟說：「余忱，你動一動嘛。」

余忱挪了挪身子，猙獰的欲望隨著他的動作在穴裡緩慢戳弄，余忱黑眸微斂，溫聲問她：「好些了沒？」

女人圈住他，腿心媚肉被陰莖戳入帶出，小穴陰唇外翻，含著根不屬於自己的硬物，雖然沒抵到花心，對她來說好歹能稍微緩解。

余忱難受得很，他費勁討好、取悅她，又怕傷了她的肚子，每次幾乎將碩物全退出，隔會兒又輕輕插入。

寧希髮絲落在枕間，臉頰潮紅，舒服得直哆嗦，腳趾害羞地蜷縮在一起。

「老婆。」這樣的姿勢對余忱來說太考驗自制力，他手背上青筋凸起，背部僵硬挺直，「等寶寶生下來，讓我好好做一次？」

他俯身，大手揉捏抓住一隻乳房，圓潤軟嫩的奶子被他擠成各種形狀，而下面一直維持著不緊不慢的撞擊速度。

寧希又濕了。

從甬道深處噴出的液體直接澆灌到龜頭上，余忱差點沒忍住刺激，就要不管不顧進到她最深處。

他不敢再亂弄，忽地從她腿間離開，下了床，一手拿起垃圾桶，一手在肉棒上飛快套弄。

寧希緩了會兒偏頭看他，津津有味看著男人在那兒自瀆。

「別看了。」

余忱要轉過身，拿屁股對著她，又被寧希喚回來。

「我喜歡看啊。」

他又弄了一分鐘，終於射了出來，白色的精液全射進了垃圾桶。余忱把垃圾袋綁好，洗了手上床，用毯子裹住她，「我抱妳去洗洗。」

余忱跟寧愉的第一次見面，在離他二十三歲生日還差一個月零十天時。

小傢伙除了前期讓寧希吃了些苦頭，孕中期倒是安安分分，寧希過得很是舒坦，甚至還挺著五個月大的肚子跟著仲介看房子。

邵麗他們都覺得在人家房子裡生孩子不好，一直催著兩人買房，正好遇到前任屋主，房子地段好就在北大附近，一次沒住過，原本裝修好留給孩子結婚用，結果孩子跑去海市了。

九月初簽下合約，寧希又將房子空置了一個多月才搬進去。

寧希生寧愉那天，只有余忱在她身邊，當時離預產期還有一周，邵麗和寧偉斌都沒來得及趕過去。

早晨余忱去學校前，兩人還在床上親熱了好一會兒。余忱整天緊張兮兮的，恨不得二十四小時守著她，最後還是被寧希催走了。

余忱如今碩二，指導教授是國家科學院院士，是粒子加速器方面的帶頭人，極其看重余忱，就是私生活方面有點八卦。

他的幾個研究生中，就算是碩一的學生年紀都比余忱大，不過結婚的也就他一個。余忱才二十二歲，孩子都快出生了，據說他是被他老婆養大的，他老婆比他還大好幾歲。

余忱聽了也不惱，直接乾脆點頭承認，「嗯，我是她養大的。」

他似乎根本不覺得丟臉，反引以為豪。

寧希起床吃了余忱一直溫著的早餐，在客廳裡來回走了兩趟，覺得身下不太對勁，到浴室一看，似乎見紅了。

她不慌不忙地換好衣服，帶著證件，拉起很久之前就收拾好的行李箱，自己叫了輛計程車直奔醫院。

等見過醫生，並辦理好住院手續，她躺在待產區病床上時，才打電話給余忱和她爸媽。

「沒事沒事，醫生說還不急，這剛開了宮口，一般要十幾個小時才能生。」

寧希說得輕巧，卻把他們三人嚇了一跳，尤其待產區除了她之外還躺著幾個孕婦，有些快臨產的，時不時傳來痛苦的呻吟聲，透過電話聽著讓人更心慌。

當時余忱人在實驗室裡，掛斷電話後，連衣服沒換就往外跑。

邵麗和寧偉斌還在工廠那邊，等趕到東市機場已經是幾個小時後的事。

邵麗亂了心神，「早知道就該提前過去的，我不在那裡陪著寧寧，心裡好不安啊。」

「沒事，還有余忱在，那孩子很穩重，不會有什麼事的。」其實寧偉斌也慌。

邵麗瞥他一眼，「女兒是從我肚子裡爬出來的，要受什麼苦我知道……」

縱然懷孕期間吸收了不少相關知識，但寧希沒想到生孩子這麼痛，早上那時還能忍，就一陣一陣的輕微抽痛，待產病房裡其他孕婦在叫喊，她還有心思吃了兩塊麵包。

下午陣痛加劇，來得又密又急，五臟六腑攪拌在一起，呼吸都覺得困難。寧希臉色慘白弓著身，額前汗珠不斷沁出，緊緊拽著余忱的手臂。

余忱坐在床邊，手一直在抖，另隻手不停幫她擦著汗，語無倫次安慰道：「寧希……老婆……妳別怕，別怕啊。」

寧希痛歸痛，腦子還算清醒，聽到這句話有點想笑，明明怕得要死的那個人是他自己。

寧希感覺男人都快哭了，但她早已沒有力氣安慰他。

幸好寧愉不忍折騰他爸媽太久，下午四點二十三分，寧希肚子裡的小傢伙終於瓜熟蒂落。

三點三公斤，是個女寶寶。

小傢伙出生於十月二十四日，名字是余忱和寧希一早就取好的。

本來寧偉斌覺得孩子的「愉」跟余忱的名字共用同個部首有點不妥，然而年輕人根本不在意這些，他便沒再多說。

只能說女兒看人的眼光不錯，說女婿是半子，其實家裡跟多了個孩子差不多，還比自己生的女兒乖巧多了。

寧希孩子生得順利，剛出產房那會兒她精神還不錯，余忱急急衝上前，看她臉色發白，但好歹意識還清醒，他才稍微鬆了口氣。

余忱性子還是內斂羞澀些，不習慣在旁人面前親密，這麼久了，在寧希父母前都規規矩矩的，每次在東市，牽手都偷偷摸摸。

這會兒卻顧不上那麼多，他俯下身親了親寧希的額頭，又在她唇間舔了下，低喃道：「寧希，我好愛妳，我們再也不生了。」

余忱真的被嚇壞了。

尤其他看過不少書，分娩時的一些突發症狀他都了解，知道越多，就越會胡思亂想。

四周都是人，除了推病床的傳送員，還有護理師，還有邵麗他們，寧希反倒不好意思起來，她撇了下頭。

「余忱……」

男人這才讓開。

寧愉生下來渾身皺巴巴的，臉上皮膚紅通通，讓護理師洗好了抱著，余忱小心翼翼地從護理師手中接過。

抱著孩子的感覺太過奇妙，這孩子是世界上與他唯一有直接血緣關係的人，還是他跟寧希的孩子，她在寧希肚子裡的時候，他就跟她說了好多話，他覺得自己肯定能成為一個好父親的。

小傢伙還沒睜眼，就拽住了他的手指，余忱直接被拽傻了，愣愣盯著孩子一動也不敢動。

邵麗和寧偉斌也圍在一旁，還是護理師在旁邊提醒：「先餵小嬰兒三十毫升的奶吧。」

三人才手忙腳亂地幫孩子沖泡奶粉。

寧希在醫院住了三天，工廠那邊畢竟還有事，寧偉斌便先回去東市了，邵麗留在這照顧她。

月子中心早在幾個月前就預約好了，三室一廳的空間，她跟寧愉的日常生活都有專人照料。

余忱跟指導教授請了十多天的假，在月子中心裡照顧寧希和寧愉，甚至比護理師和邵麗還積極，幾乎一手包辦大小事。

邵麗私下勸道：「不用這麼辛苦，我們給了錢，尿布請他們幫忙換就好。」別人孩子都是護理師二十四小時貼身伺候，他們家的倒好，除了夜裡讓護理師抱到隔壁房間，白天都是余忱來來回回跑。

「沒事的媽，我不累。」

余忱笑著搖頭，那邊在小床上睡著的寧愉突然醒了，小姑娘哇一聲哭出來，沒等護理師和邵麗站起身，余忱已走過去，低頭看了看，動作熟練地幫她換好尿布。

「我來，你去陪著你老婆吧。」護理師三、四十多歲，忙抱過寧愉。

「我這個女婿人就是這樣，妳別看他年紀不大，倒是很懂得照顧人。」邵麗扭頭跟護理師閒聊。

護理師回道：「可不是嗎！我見多了放著不管的，像你家女婿這樣的還真少見，而且還心疼人，昨天他還問我能不能把孩子母乳給戒了。」

邵麗聞言一怔，她還不知道這件事：「寶寶還小呢，又不是沒母乳，怎麼這樣問？」

「所以我才說他會心疼人，說媽媽被寶寶咬得難受。」護理師笑笑，「妳看這情況，我也是頭一回遇到。」

「這孩子盡亂來，母乳哪能說戒就戒，寶寶還小呢。」邵麗嘴上說余忱，臉上卻笑開了花，畢竟寧希是她女兒，女婿知道心疼女兒，她比誰都高興。

寧愉小姑娘吃了一個多月母乳後，還是被她爸強制斷了奶。她的嘴太厲害，牙都沒長出來，就把媽媽乳頭咬破，誘發急性乳腺炎。

寧希燒了一夜，差點把余忱心疼壞，顧著大的，還要顧小的，好在前幾天邵麗回東市之前不放心他們，特意多聘了一位看護來，幫著帶寧愉。

阿姨老家離東市不遠，人也勤快，看起來就很和善。

等寧希稍微好一點，余忱說什麼都不肯再讓她繼續喂母乳了。

「其實喝奶粉也一樣的，上次媽媽不是還開玩笑說，妳小時候是喝米糊長大的，不照樣長得這麼好嗎？」

寧希也是被寧愉咬怕了，只見阿姨沖了奶粉抱著她過來，寧愉躺在阿姨懷裡抱著奶瓶喝得正開心，她無奈地輕戳了戳女兒的臉蛋。

「妳呀……」

「小柳丁一點都不挑食，好養得很呢，又乖巧。」阿姨笑著說，「有些孩子斷奶後怎麼都不肯喝奶粉，還得餓上一兩頓才行。」

小柳丁是寧愉的小名，寧希懷寧愉時特別愛吃柳丁，余忱笑說是肚子裡的寶寶貪吃，便開玩笑地喊了幾回柳丁。

有次胎動，隔著肚皮踢了余忱一下，寧希看著一臉激動的准爸爸，摸著肚皮說：「乾脆小名就叫小柳丁好了。」

小姑娘漸漸長開了些，眼睛和鼻子都像余忱多點，下巴像寧希，聽到媽媽的聲音，圓溜溜的眼睛循聲到處轉，就是不肯鬆開奶瓶，把寧希逗笑了。

「我看她懶的呢，正好喝奶瓶還不用費什麼力氣。」

「哪有這樣說自己孩子的。」阿姨等寧愉吃完奶，給她拍著飽嗝，「小柳丁才不懶。」

寧愉晚上跟阿姨睡在隔壁嬰兒房，主臥的門牢牢鎖著，屋裡滿是淫靡的味道。兩人的衣服扔在床腳，她趴在他身側，輕輕舔著男人的眉眼、嘴角，余忱僵硬著愣是沒敢動。

「余忱，醫生說禁同房一個月而已，現在早過了。」她的呼吸落在男人耳邊，溫熱的濕漉漉的唇從他喉結順著胸膛而下，直到腿間昂頭翹著的碩物。

寧希吞咽了下手，再看余忱，男人呼吸急促，手揪著床單，緊張得都不知道往哪兒放了。

她懷孕後面幾個月，余忱根本不敢亂碰她，更別說讓她幫著自己疏解。

「余忱，你想不想？」

寧希在陽具頂端舔了下，這蜻蜓點水的吻，差點逼瘋余忱，男人身子不由自主地顫慄，幾乎從牙縫間擠出話：「想……」

她笑了聲，低身下去，整個人跪趴在男人腿間，手扶住肉棍，嘴裡咬著棍子的上半截，上下套弄，吸吮。

「寧希。」余忱閉著眼喊她的名字，沒多久又忍不住睜開去看她。

女人弓著身，他忍不住伸手去撫摸她光滑的背脊，一直摸到恥骨處，寧希嘴裡咬著他的肉棍子哼了聲，含糊不清道：「別弄。」

他這才戀戀不捨地鬆手。

寧希那點技術都是跟余忱在一起時練出來的，就像他知曉她的每一處敏感點，她其實也很清楚他的。

小嘴吞咬住碩物，口腔幾乎整個被塞滿，她伸出舌尖戳弄著頂端小孔，手還不忘記揉搓他的兩顆囊袋。

余忱臉皺著，一副痛苦難忍的表情，「寧希，妳重一點。」

他的手又試圖往她身上蹭，指尖分開她腿心兩瓣嫩肉，食指逕自找到狹窄的洞口，往內戳去，寧希嚇了一跳，驚得猛顫了顫身子，牙齒磕在龜頭上。

「唔！」余忱強忍著下身又疼又癢的激烈刺激，耐著性子幫她擴張小穴，「寧希妳放鬆，腿分開一些，我幫妳弄弄……」

他粗喘著，額間不斷墜下汗珠，長指在她穴口沒入又探出，直覺得洞裡足夠潤滑，手指沾滿了黏液，才徹底抽出。

「寧希。」男人身子往上抬了抬，半倚在床頭讓寧希過去。

女人嘴角還殘留著晶亮可疑的液體，他伸手攬住她的身子，讓她坐在自己大腿上，低頭去親她的額，攫住她軟軟的唇。

余忱食髓知味，完全不肯從她身上挪開，臉蹭著她的肌膚往下親，輕輕啃咬她的脖子，還撐著她的腰，讓她身子往後仰，自己埋下頭去咬她胸前那兩坨嫩肉，輪番吸吮、疼愛。

臥室裡太過安靜，寧希連余忱那點輕微的喘息聲都聽得一清二楚。

寧希剛生下寧愉的時候，余忱還從這兩粒乳尖裡吸吮出母乳過，他對寧希的感情，肯定不只是愛情那樣簡單，寧希於他而言，更像是人生中的棲息地。

余忱喜歡把頭埋在她懷裡的感覺，寧希前段時間被寧愉弄得有些怕了，開始身子還緊繃著不動彈，不過男人力道極輕，不多會兒她已經完全忘記之前乳腺炎的不愉快，禁不住挺腰把奶往他嘴裡送。

「余忱……」寧希抱住他的頭，唇邊無意識溢出勾人的呻吟。

余忱托著她的屁股，寧希清晰地感覺到他胯間那根滾燙的棍子抵在穴口，他給了她好一會兒適應的時間，她在懷裡哼哼扭著腰，粗物這才撐開花肉，緩緩往裡擠。

兩人許久沒做過，余忱不敢一下插到底，只時不時顧及她的感受，「寧希，妳覺得怎麼樣？」

她花肉周圍淌了好多水，腿間縫隙咬著碩大，突如其來的脹痛感消去，快感從下身蔓延至全身。

「唔，余忱。」她摟著他的脖子，咬住嘴唇，不等他反應過來，直直往他腿間坐下，粗壯的陽具插進穴心，她仰起頭，哆嗦地喚了下他。

余忱讓她咬得死死的，幾乎失了理智，陽根抵到深處，圓潤駭人的龜頭戳著宮頸口，自己全然埋在她身體裡，恥骨間沒留下一絲縫隙。

她有孕這些日子，他作為個性功能正常的男人，不是沒有欲望，不過他更在乎她，實在忍不住了就偷偷躲在浴室自瀆，還不敢當著她的面。

好不容易再次嘗到甜頭的男人滿足地嘆息，他單手環住她的腰，另一隻手不安分地在她身前游移著。

寧希赤裸著坐在余忱身上，他結實有力的手臂穩著她的身子，男人眉眼清秀，在她耳畔低聲說著情話。

「余忱，你舒不舒服？」寧希貼著他的臉問道。

她面色酡紅，敏感的身子不覺前後扭動起來，主動套弄著陽具。

男人胯間碩物被她吞沒，隨著她的姿勢，露出小半截在外，一遍又一遍，來來回回，欲望一次次擠入花肉，被嫩穴吞吐著。

「很舒服。」余忱眸中漾著興奮的光，他咬著她的耳垂氣息不穩地低哼，「妳放鬆一點，唔，太緊了。」

余忱坦然地向她傾訴著自己的感受。

兩人今天都有些興奮，尤其寧希，在他胯間起起伏伏，這副淫蕩又魅惑的姿態像個妖精，余忱被她勾得腦子昏昏沉沉。

不過她畢竟才剛生完小孩快兩個月，縱然余忱借了大半力氣給她，她還是很快就體力不支。

寧希不肯再動，腿夾住余忱的腰，穴肉含著他的棍子癱軟在他懷裡，但她那裡還癢得很。

她湊過去輕啃男人下巴，「老公，我腿軟了，你動一動嘛，我不痛的。」

哪還需要她再多說什麼，余忱順勢蹭著她的鼻尖，讓她勾著自己脖子，雙手托攫著她的屁股，腰腹不斷挺動起來。

其力道狠厲，差點讓寧希岔了氣。

「唔……」

臥室隔音其實還算不錯，但是屋內太過安靜，夜裡阿姨起床幫寧愉沖泡奶粉時，依稀聽見呻吟聲從門縫裡傳出。

開始阿姨還在納悶半夜哪裡來的奇怪聲音，她畢竟過來人，很快反應過來，拿著奶瓶迅速回到了房間。

寧愉肚子餓了，眼睛都沒睜開就含著奶嘴大口大口地吸。

阿姨輕哄著寧愉，想到剛才的事，笑著自言自語了句：「看來小柳丁很快要多個弟弟妹妹了。」

小寧愉完全聽不懂，喝飽後乖巧地趴在阿姨肩頭，拍完嗝後很快又睡著了。

不過阿姨根本不知道，隔壁余忱也在寧希耳邊悄聲說話。

「寧希，我們就小柳丁一個好了。」他將裝滿精液的保險套扔進垃圾桶，上床親了親寧希臉頰，認真道。

寧希神色萎靡，聞言掀起眼皮子看了余忱一眼，「行啊，上次在醫院你不就說過了嗎。」

之前余忱看寧希生寧愉生得那麼辛苦，就曾說過不想再要孩子，寧希父母也以為他隨口說說而已，只有寧希從沒懷疑過余忱，她知道這人從不信口開河。

余忱擁著她躺下，下巴抵著她的髮輕聲道：「寧希，我有妳就夠了。」

連寧愉都是她帶來的。

數年前，十多歲的男孩和他的貓住在孔溪正街筒子樓裡，隔壁鄰居叔叔是外地人，單獨在東市的水產市場做生意，看男孩一個人可憐，有時候還會給他帶點賣不掉的魚蝦回來。

偶爾對方也會說起自己的事：「我這房東人挺不錯的，事少，我住了這麼久人家也不會說不放心要來看看。房租要是不小心晚幾天給，他也不會催你。不過說來說去，應該是夠有錢，不在乎這點房租吧……你說我哪天也能在東市買間房子多好……唉，跟你說了你也不懂……」

男孩穿著制服，懷裡抱了隻肥胖的橘貓，抿唇站在走廊上望著遠處高樓沒吭聲。

他記得，這是她的家。

或者有一天，她會突然回到這裡，就像小時候那樣，牽著他的手說：「余忱，跟姐姐來家裡吃西瓜吧。」

——《喜歡藏不住》完

番外　醋意

這幾年寧希工作室發展得不錯，除去商業項目外，與政府也有合作項目，工作室逐漸發展擴大，由最初的五、六個人到現在，已經有二十幾個正式員工，完全可以稱得上是一間小型公司了。

不過工作室規模雖然大了，寧希的工作量倒不像前幾年那樣繁重了，大部分工作都交由底下的員工來完成。一來，她已經三十六歲，歲月雖然沒在她臉上留下太多痕跡，實際上體力終究還是比不上年輕人，偶爾熬一次夜身體就會異常疲乏，要好幾天才能恢復。二來，寧愉已經開始上小學了，余忱博士畢業後留在科學院研究所工作，工作也不清閒。為了孩子，總要有人稍微顧及到家裡。要是可以自己選擇，余忱百分之百匯願意留在家裡當個「家庭主夫」，但是寧希不同意，他明明有這個天賦，浪費了多可惜。當然還有一點，時代變化太快，她經驗豐富不假，但在想像力方面未必比得上這些初出茅廬的年輕人。

公司最近倒是有點忙，主要是幫某家大型遊戲設計的方案，客戶一稿和二稿都不是很滿意，寧希不得不親自熬夜修改。這天是週五，寧希下午一點到公司，待在自己的辦公室裡已經七、八個小時了。她接完余忱的電話，覺得眼睛乾澀，正拉開抽屜準備滴眼藥水時，辦公室的門突然被人敲響。

「寧總。」對方隔著道玻璃門開口，「您還沒走嗎？」

寧希讓他進來，認出對方是公司今年九月份剛招進來的應屆畢業生。她低頭看了看腕間的手錶，這塊表是余忱那年參加比賽的獎品，她一直戴到現在。

她笑笑說：「都九點多了，高陽你還沒下班？我們公司可不提倡加班文化喔。」

「寧總妳不也還在工作？」高陽畢竟是年輕人，又是藝術相關出身，說話做事都沒那麼拘謹，聽她這麼講，便笑了下反問她。

寧希無奈地一笑，「我已經準備關電腦了，你也早點下班吧，搭計程車回去，月底拿收據找會計王姐報銷。」

寧希和高陽一同離開公司，也不知道是下午坐得久腿麻，還是天黑燈暗她沒注意，從辦公室大樓裡出來，走下階梯時，她忽然腳下一軟，整個人直直往前面摔去。

幸好高陽眼疾手快，及時扶住了她。

「寧總，妳沒事吧？」

寧希擺擺手，「沒事，剛才沒注意。」

她鬆開高陽的手，試圖自己往前走，然而右邊腳踝處傳來一陣劇痛，走兩下就是撕心裂肺的疼。

她痛呼一聲，高陽趕忙又扶住了她。

「寧總？」

寧希心嘆自己倒楣，正想著要不要打個電話給余忱，才發現自己手機不知道什麼時候沒電了。

一旁高陽開口：「寧總，妳車停在哪裡？要不要我開車送妳去醫院？」

「不用，沒什麼大事，回去貼個貼布就行。你先回去吧，我一會兒找個代駕把車開回去。」寧希想等高陽走後，自己再回辦公室充一下手機。

「代駕不知道要等多久，我開車很安全的，我也開車開了三、四年……」高陽又說。

寧希想想，時間的確不早了，余忱不久前還打電話問過她幾點能到家。因此她不再推辭，而是改問：「我家在北大那塊的燕堂花園社區，你順路嗎？不順路的話就算了，省得浪費你時間。」

「方便的，我正好會經過。」

高陽開著寧希的車回去，寧希這是請人幫忙，禮貌上便坐進了副駕駛座。

高陽太健談，一路上都在找話題，寧希不是能說會道的性子，而且她腳不舒服更沒有心思說話，敷衍兩句後高陽也察覺出來了，便沒有再開口。

直到車子快駛入社區，他才看了眼寧希說：「寧總，妳回去拿冰袋敷一敷，要是明早還沒好轉跡象，還是得去醫院看看。」

寧希終於露出了笑容，對他說：「謝謝你送我回來。你放心吧，沒什麼大事。」她一扭頭，卻看到了余忱站在大門不遠處，像是特意來等她的。

「停車！」她忙喊道。

高陽忙將車子停在路邊，寧希解釋道：「我老公來接我了，車子停在這裡就好。那個，你回家的時候注意安全。」

高陽扭頭看向車窗外，果然有一個男人走了過來，他從駕駛座下車，剛要跟對方打招呼，對方卻直接繞過他，上了車，砰一聲關上車門。

寧希在車裡坐著呢，余忱這副態度早被她看在眼裡，只得隔著車窗跟高陽說再見。

等人走了，她略帶幾分責備看向余忱，「剛才我公司同事跟你打招呼，你怎麼連理都不理人家？」

余忱沒說話，直接將車開回了自家那棟樓的地下車庫。

他先熄火下了車，往前走了兩步才發現寧希沒跟上來。不得不折返回去，打開車門，寧希還坐在副駕駛座上，抱著胸仰頭睨他。

「余忱，你今天到底怎麼了？吃錯藥？」

余忱抿著唇不吭聲，他站在那兒，兩人就這樣僵持了好會兒，他才服軟先開口：「寧希，妳怎麼不接我電話？」

沒等她回答，又問：「剛才那個男的又是誰？」

寧希哭笑不得，要是這會兒還搞不清楚余忱怎麼了，她也算是白跟他在一起十幾年。

她從包裡拿出手機，在余忱面前晃，「手機沒電了。剛才那個是我同事，至於怎麼是他開車送我回來嘛……」她故意賣關子，頓了頓才接著說，「我扭到腳了，沒辦法開車。」

果然，余忱一聽這話，哪還顧得上吃醋，驟然臉色大變，慌張地彎著腰湊到她跟前，要把她從車裡抱出來。

「沒事吧？要不要去醫院？」

「不用，比剛才好多了，你讓我自己走走看。」寧希暗嘆，這男人還有一、兩個月就要三十歲，她也都快三十六歲了，無論從年齡還是男女生理結構，該擔心的人不也應該是她嗎？他倒好，不過同事送她回家，他就如臨大敵似的。

即便寧希說自己腳沒有大礙，余忱還是一路將她抱著回家。好在時間不早了，沒碰到什麼鄰居，否則寧希真的要尷尬死了。

直到進了屋子，余忱才肯放下她。寧希低頭看向腳踝，還有點微微紅腫，她試著走了兩步，雖然還是不舒服，但沒有像剛扭到時，走一步都覺得鑽心疼的程度。

「我先抱妳去洗澡，再幫妳冰敷一下？」余忱不讓她多走，忙過來扶她。

「我想先去看看小柳丁。她睡了？今天作業做了沒有？」

余忱臉上露出一抹尷尬的笑，「算是寫完了吧，阿姨哄睡著了。」

家裡有個幫忙照顧寧愉的阿姨，寧愉今年七歲，因為月份小，下半年剛上小學。寧希洗完手，又由余忱攙著，躡手躡腳去看已經熟睡的寧愉。

小姑娘漸漸長開，五官更像余忱一些，走出去誰都說這父女倆根本是一個模子印出來的。就是學習方面，隨了寧希，每天做個作業都磨磨蹭蹭，連在高校任教、已經當上副教授的唐靜言都笑她：「妳說這智商要是也隨了余忱多好，偏偏隨妳。」

那時候，寧希反問唐靜言：「妳和周澈腦子都很好，以後生出的孩子肯定聰明。」

「別提我們了。」唐靜言在電話那頭皺起眉，「我們現在就這樣過著，指不定哪天就一拍兩散了。再說，他要是想結婚，我也沒拿繩子拴著他。」

寧希實在看不懂這兩個人在幹嘛，這麼多年來，沒有結婚卻還是在一起。暑假的時候唐靜言來京市看他們，周澈還一起跟過來，不過她尊重唐靜言的選擇。

夫妻倆從寧愉臥室出去，余忱給寧希放好洗澡水，扭頭問她：「真不要我幫妳洗嗎？」

寧希連連推他，「好了，我是扭到腳，又不是腳斷掉，我可以自己洗。坐了大半天，腰痠背痛，我去泡個澡，你睏的話就先睡吧。」

余忱深深看了她一眼，倒沒再說什麼。

這兩日實在累得很，寧希大半個身子都沉在水裡，頭歪靠在浴缸上，整個人闔著眼，昏昏沉沉幾乎要睡著了。然而，一陣水聲驚醒了她，寧希愕然抬頭，看見了不知何時把自己剝個精光，就那樣大剌剌站進浴缸裡的男人。

「余忱？」她輕喚了一聲。

余忱沒說話，只是在她跟前玩弄起胯下碩物，原本早有抬頭跡象的陽具經不住任何逗弄，很快地硬挺起來，直對著寧希。

寧希揉著眼打了個哈欠，她到這會兒還不怎麼清醒，就在剛才她還想著這次方案的事，這會兒只想好好躺到床上，裹著被子睡一覺。

「你要泡澡嗎？水有點冷了，你重新放水泡吧。」寧希從浴缸裡起身，正要去拿擱在置物臺上的毛巾，剛轉過身子，就讓男人從身後給摟住了腰。

下一秒，她忽然尖叫出聲，人被迫撅著屁股往前傾，膝蓋半曲著抵在浴缸邊緣，雙手則撐在牆壁上。

余忱壓根不給她任何反應的機會，幾乎瞬間，他腰腹下那根凶狠的利器已重重撞進她身體裡。

兩人在一起這麼多年，幾乎就沒分開過一天，彼此早已熟悉對方的一切，尤其在這件事上。然而寧希根本沒任何心理準備，她甚至還沒濕呢，余忱這根棍子粗得不像話，在開始那會兒可讓她吃盡苦頭。她現在覺得不太舒服，便扭了扭屁股，騰出隻手去推後面的男人，試圖讓他抽出埋在自己身體裡的肉棒。

可惜男人紋絲不動，陽具就這樣插在肉縫裡，被不斷痙攣抽搐的內壁包覆著。其實余忱也沒有多舒服，但他就非得維持這樣的姿勢弄她，手還伸到前面去揉捏她的奶子。

「余忱，我不太舒服。」她有點累了，以致於她沒注意到自己的口氣比平時冷了幾分。

余忱一手掐著她的腰，一手覆著她的胸不吭聲，他也不動，就這樣過了一、兩分鐘。

寧希覺得自己腿都痠了，原本埋在體內讓人難以適應的異物也變得滾燙起來，下身漸漸滲出水，驟然升起的欲望磨得人心癢。她循著本能又挪了下屁股，這回卻是示意他動一動，余忱還是只當作沒感覺。

到這會兒寧希要是還意識不到他的反常，那她算是白跟他在一起這麼多年，她想扭過頭看他，他卻不肯。

「怎麼了，余忱，你動啊。」她嗔怒道。

余忱還是不說話，直到寧希幾乎要失去耐心了，他突然狠狠攥住她的腰，退後幾分，又再次凶猛地朝深處捅去。一下撞上花心，驚得她渾身緊繃了，蜷縮起腳趾。

不等她喘口氣，下一波衝擊再次襲來，這個男人如今早不是當年稚嫩的模樣，他身子強壯高大，腰腹不斷前後聳弄撞擊她的屁股，兩人性器緊緊地連在一處，從剛才就沒有分開過。

寧希又疼又爽，她跪趴著向他討饒：「余忱，你輕一點嘛……啊，別動……輕一點！」

聽到她的聲音，余忱反而更激動了，力道越發凶猛，恨不得將她兩腿間那點地方折磨壞了才肯罷休。

她被身後男人插得氣喘吁吁，明明大冬天裡，屋子裡暖氣溫度也不算高，她仍是出了一身汗。

不知道過去多久，他在她身體裡洩了出來。

寧希緩了緩，終於才有力氣好好說話：「余忱，你今天有點不對勁。」

余忱聞言，也不從她身體裡拔出來，就這樣趴下去，貼著她的背，濕潤的唇慢慢親吻她的背，一遍又一遍，沿著她背脊緩緩滑下。

隔了好一會兒，寧希才聽到余忱的聲音。

「姐姐。」他喊道。

這稱呼對寧希來說實在太過陌生，她愣了一下。在她印象裡，他只有小時候和兩人最初重逢那時他這樣喊過。後來她不願意，他便再也沒喊過。

寧希覺得莫名其妙，但好歹她還是了解這個男人的，她輕聲問：「怎麼了？」

余忱頓頓說：「妳是不是嫌我年紀大了？」

寧希想破腦袋也猜不出他折騰半天是因為這個，她哭笑不得，這樣的姿勢說話讓她覺得彆扭，卻不得不先安撫他：「我比你還大六歲呢，你忘了？這話要說也應該是我來說。」

「但是妳不接我電話，還讓人送妳回來。」余忱在她背部咬了一口，「那人看起來不過二十多歲吧，的確滿年輕的。」

他居然還在意高陽送她回家的事，而且還莫名給她戴了個「喜歡年輕男孩」的帽子！

她舉著單手發誓道：「今晚真的是個巧合，我手機沒電，要是知道你這麼介意，我肯定離他遠遠的。何況，他那款長相根本不是我的菜，也不喜歡比我小的！」

這話一出，余忱那根凶物又在她穴內膨脹起來，嬌嫩的甬道再次被強行撐開，花心被龜頭頂著，刺激得寧希差點失禁。

余忱像是要刻意折磨她似的，剛一下把她送上欲望巔峰，又匆忙退出，被戳弄許久的花肉頓時空了，她也說不出自己是什麼感覺，下面肯定有些腫，再吃下他肯定沒那麼舒服，但是偏偏心癢難耐。

他抱著她轉了個身子，寧希被他像抱孩子那樣面對面抱起，然後他就這樣屈身彎腰坐進了浴缸裡，連帶著將寧希再次扣在自己胯間。

寧希雙腿纏在余忱腰後，她坐在他身上，他直挺挺立著的肉棒由於她自身的重量毫不費力抵到了深處，龜頭衝破禁錮，頂端小部分插進了她宮頸口。

「唔啊！」她仰著頭呻吟出聲。

余忱低頭含著她的乳尖，囫圇吞進嘴中又吐出來，不等她再說話，他就先委屈巴巴地反問她：「不喜歡比妳小的？」

三十歲的男人吃醋起來，寧希還真有些招架不住，她強忍著適應在自己身體沒完沒了抽搐的硬物，磕磕絆絆地開口：「余忱，跟你在一起之前，我是真沒想過要找個比自己小的啊，畢竟那時我年紀也不大，才二十多歲呢。余忱，我真對比我小的男人沒什麼興趣。只不過那個人是你，而你正好比我小，僅此而已。」

誰叫他勾引她，還爬上她的床。

她果然是最了解余忱的人，幾句話就讓先前還抑鬱的男人心花怒放。他咧開嘴，對著寧希笑道：「那妳下次晚了，記得叫我去接。」

寧希點頭，正要說出口的話直接被余忱吞沒。余忱擁著她，兩人抱在一處，他咬著她的嘴唇，讓自己整個都埋在她溫暖潮濕的穴縫裡。

他在她唇邊低聲說著：「寧希，我好幸福，妳呢？」

寧希讓他摟著，在他鬆開她時低頭看了眼兩人還交連在一處的地方，應該……是很「性福」的吧。

——番外〈醋意〉完

——《喜歡藏不住》全系列完

BH022
喜歡藏不住

作　　者　十夜燈
封面設計　MOBY
封面繪者　吉　茶
責任編輯　林書宜

發　　行　深空出版
出 版 者　星巡文化有限公司
地　　址　臺北市中正區重慶南路一段 57號 3樓之 5
法律顧問　泓準法律事務所 孫瀅晴律師
電　　話　(02)7709-6893
傳　　真　(02)7713-6561
電子信箱　service@starwatcher.com.tw
官網網址　www.starwatcher.com.tw
初版日期　2025年 5月

總 經 銷　聯合發行股份有限公司
地　　址　新北市新店區寶橋路 235巷 6弄 6號 2樓
電　　話　(02)2917-8022

國家圖書館出版品預行編目 (CIP) 資料

喜歡藏不住 / 十夜燈著 . -- 初版 . -- 臺北市 :
星巡文化有限公司出版 : 深空出版發行 , 2025.05
冊 ;　公分
ISBN 978-626-74125-9-6(第 1 冊 : 平裝). --
857.7　　114003410